수레국화꽃

이 도서의 국립중앙도서관 출판시도서목록(CIP)은 e-CIP 홈페이지
(http://www.nl.go.kr/ecip)에서 이용하실 수 있습니다.
(CIP 제어번호 : CIP2013025613)

수레국화꽃

2013년 11월 25일 초판 1쇄 인쇄
2013년 11월 30일 초판 1쇄 발행

지은이 | 노령
펴낸이 | 孫貞順
펴낸곳 | 도서출판 작가
　　　　서울 서대문구 북아현3동 1-1278 (우-120-866)
　　　　전화 | 365-8111~2　팩스 | 365-8110
　　　　이메일 | morebook@morebook.co.kr
　　　　홈페이지 | www.morebook.co.kr
　　　　등록번호 | 제13-630호(2000. 2. 9.)

편집 | 손희 김지숙

디자인 | 오경은
영업 | 손원대
관리 | 이용승

ⓒ노령
ISBN 978-89-94815-38-1 (03810)

* 잘못된 책은 구입하신 서점에서 바꾸어 드립니다.
* 지은이와 협의하에 인지를 붙이지 않습니다.

* 이 책은 전라북도 문예진흥기금을 지원받아 출판하였습니다.

값 12,000원

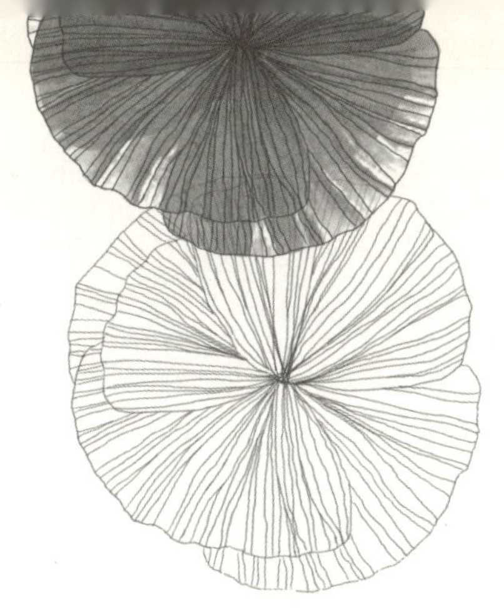
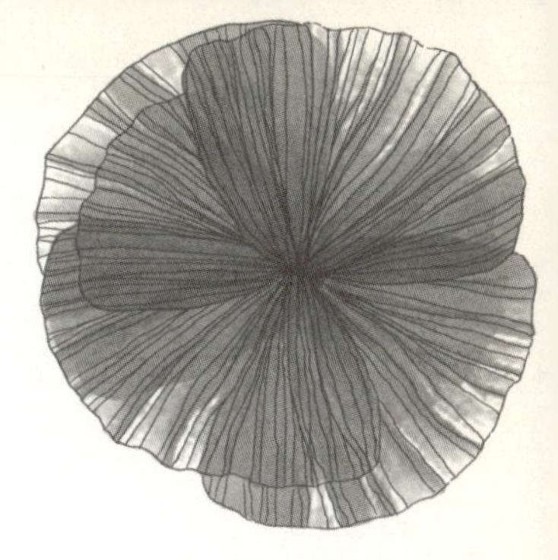

수레국화꽃

노령 소설집

작가

운명처럼 다가온 문학

두 번째 창작집을 펴낸다. 한 번 치렀으니 감동도 반감되려니 했는데 아니다. 첫 번째보다 더 가슴이 뛴다.

나는 참 부끄러움을 많이 타는 성격이다. 그래서 남 앞에 쉽게 나서지 못하는 탓에 학창 시절 별로 튀는 아이가 아니었다. 의기소침한 학교생활을 보냈다. 그런 나에게 가장 위로가 된 것이 독서였다. 학교에서나 집에서나 시간만 나면 손에 책을 들었다.

그 시절은 너나 할 것 없이 궁핍했다. 당연히 지금처럼 책을 풍족하게 쌓아 놓고 사는 집은 그리 많지 않았다. 쉽게 구할 수 없었던 탓에 나는 책에 목말랐다. 해서 나이에 맞는 책을 골라 읽는 것이 아니라, 손에 잡히는 대로 가리지 않고 읽었다.

초등학교 5학년쯤으로 기억한다. 초등학교 교사였던 언니가 한국문학전집을 들여왔다. 장편소설이 주종이었으나 이름을 날리고 있던 작가의 단편집, 시모음집도 섞여있었다. 전집은 무려 백 권이 넘었다. 박스 속에서 나와 비어있던 책장에 나란히 꽂인 책을 보는 순간 나는 세상을 다 얻은 것처럼 마음이 뿌듯했다.

책은 글씨가 세로로 편집되어 읽기에 불편했다. 더군다나 활자도 유난히 작아 쉽게 읽혀지지는 않았다. 그러나 일곱 남매나 되는 대가족 중에서 그 책을 모조리 완독한 사람은 막내인 나뿐이었다. 어른을 위한 소설전집을 초등학생이던 내가 2년여 만에 완전히 독파하고 만 것이다.

사실 지금 생각해 보면 그 전집은 내 또래의 수준에 맞는 내용이 아니었다. '금삼의 피', '무정' '유정' '상록수' '김약국의 딸들' 같은 장편소설이 주였으니, 궁중에서 벌어지는 암투, 첫사랑의 아픔, 사랑, 모험, 그리고 선각자의 고뇌 등을 다 이해하지는 못했다. 그러나 문맥 속에 흐르고 있는 인간의 따뜻한 마음은 어린 내 감수성을 자극하고도 남았다. 그 후로도 나는 손에서 책을 놓지 않았다. 직장을 다니며, 아이를 키우며, 꽤나 바쁘게 살면서도 독서는 생활의 일부분이 되었다.

그렇게 열심히 읽을 줄만 알았지, 직접 글을 써야겠다는 생각은 미처 하지 못했다. 천부적인 재능이 있어야만 작가로 성공할 수 있다는 생각이 그때는 컸기 때문이었다.

그러나 내게 작가적 소질이 조금이라도 있다면 소설을 쓰고 싶었다. 이유를 곰곰이 생각해 보니 내 성격 때문인 듯싶다. 부끄러움을 많이 타는 소심한 성정을 지닌 나는 남에게 속마음을 쉽게 풀어놓지 못했다. 허나 내게도 가슴 안에 부글부글 끓어오르는 열정이 숨어있었나 보다. 쏟아버리고 싶은 가슴 속의 응어리들, 그것이 세상의 부조리이거나, 인간 관계에서 불거지는 갈등이거나, 아니면 인생사의 허무가 가슴에 꽉 들어찼을 때, 그것을 퍼낼 수 있는 통로가 나에겐 바로 소설쓰기였다.

그렇게 운명처럼 다가온 문학은 나에겐 구원의 단비였다. 내가 글을 쓰지 않았다면 어찌되었을까? 퍼내지 않고 가슴에 하나씩 하나씩 담고만 살았다면? 생각하니 참 아슬아슬했다.

글 쓰는 시간은 참 행복하다. 글이 써지지 않을 때는 마냥 논다. 쓰고 싶을 때는 밤을 새워 쓴다. 가슴 속에 쌓인 응어리가 하나하나 풀려갈 때마다 마음속으로 외친다.

'문학, 네가 있어 세상은 살만하다!'

운명처럼 다가온 문학을 자유롭게 만날 수 있게 터를 닦아준 油然님께 항상 감사한다. 든든한 울타리가 되어주는 아들내외와 손주들 璘·多·朗도 무척 고맙다. 해설로 격려해주신 송하춘 교수님께, 그리고 좋은 책을 만들어주신 손정순 사장과 편집진에게도 깊은 감사의 말씀을 올린다. 아울러 창작집을 낼 수 있도록 마중물을 부어준 '전라북도문예진흥기금'에도 감사를 표한다.

2013년 11월
寓居〈璘多朗〉에서 魯 玲

차 례

작가의 말

수레국화꽃　11

습작인생　39

가면을 쓴 세 명의 연주자를 위한 고래의 목소리　61

어둠이 귀를 열다　85

탁란托卵　105

독毒　129

울밑에 선 봉선화야　149

해삼과 불가사리　177

향香　205

블랙박스　225

수數의 굴레　247

해설
사랑, 동물적 본능, 인간애의 진화 방정식…송하춘(고려대명예교수)　265

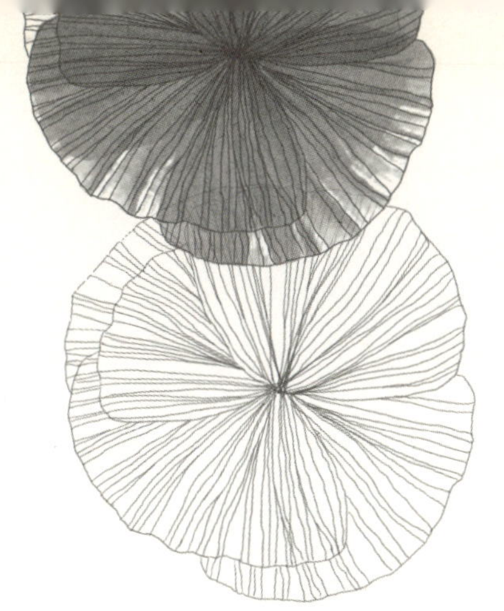
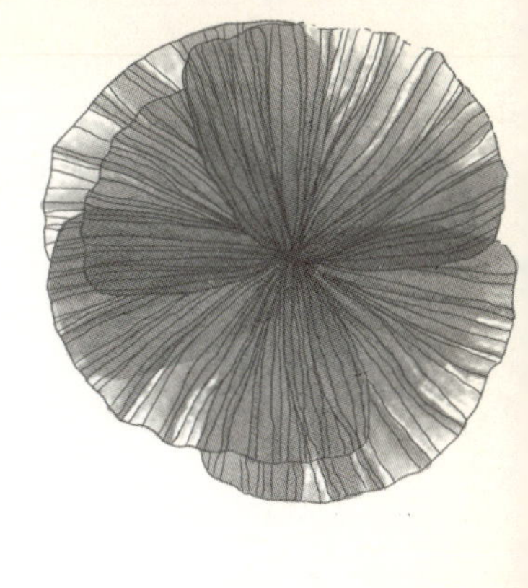

수레국화꽃

수레국화꽃

*

딱, 딱, 따닥 딱, 따닥 딱.

쉬지 않고 이어지는 소리에 눈을 뜬다. 시계를 보니 새벽 세시다. 빌어먹을! 순간적으로 튀어나오는 욕설을 가까스로 삼킨다. 허리가 끊어질 듯 아프다. 자세를 옆으로 고쳐 누워보지만 통증은 여전하다. 이놈의 허리를……. 중얼거리며 왼손을 들어 등 뒤 허리를 사정없이 두드려댄다. 통증이 가라앉기는커녕 찌르르, 허리를 관통하는 통증에 그만 윽, 비명을 지른다.

옆방에서 들리는 자판기 두드리는 소리가 마치 에스오에스를 치는 구원의 비명소리처럼 들린다. 녀석은 도대체 무슨 생각으로 사는 걸까? 생각할수록 절로 상이 찌푸려진다. 한때는 참으로 기특했던 아들 녀석이었다. 열심히 노력하여 모두 부러워하는 일류대학에 당당하게 입학했고, 그로 인해 모임 때마다 친구들의 부러움과 시기질투의 시선에 얼마나 우쭐했던가. 또 학기마다 장학금도 받아와 등록금부담도 덜어주었던 녀석이다. 그런데 왜? 도대체 어디서부터 잘못된 것인가.

쉽게 잠 들것 같지 않아 거실로 나와 리모컨을 찾아 누른다. 환하게 밝혀지는 화면에선 축구경기가 시작될 모양인지 대낮처럼 밝은 경기장이 보인다. 이 밤중에 자지 않고 무슨 지랄들이야. 짜증을 풀만한 곳을 찾은 양 볼멘소리를 뱉어내다 흠칫 놀란다. 아! 올림픽이 열리는 저곳이 런던이랬지? 올림픽에 관해 대강 설명을 해주면서 영국과 한국의 시차가 여덟 시간이라고 했던 아들의 말이 생각난다. 그렇다면 지금 저곳은 저녁 일곱 시쯤 되겠군! 하는 생각이 들자 괜히 부린 짜증이 면구스럽다. 쑥스러운 표정으로 화면으로 눈길을 돌린다.

자막 위쪽에 3,4위전이라는 글씨가 보인다. 한국과 일본이 맞붙는 모양이다. 중계를 하는 아나운서나 곁에서 해설을 맡은 해설자의 음성이 한 옥타브 올라간 것으로 보아 한·일전의 뜨거움이 축구장을 들었다 놓았다 할 것임에 틀림없다. 가장 가까운 나라 일본, 어찌 보면 이웃사촌으로 잘 지낼 수도 있으련만 그렇지 못한 것은 그동안 맺힌 것이 너무 많기 때문일 게다.

아들이 유난히 좋아하는 축구중계방송이라 귀 밝은 녀석이 알아듣고 건너올까 봐 얼른 채널을 돌린다. 밤이 깊었는데도 지구 건너편에서 벌이는 축제에 사람들은 온통 정신을 빼앗기고 있는 모양이다. 돌린 채널에서는 메달 딴 선수의 살아온 이야기가 한창이다.

바뀐 화면에 비닐하우스집이 뜬다. 논 한가운데 기다랗게 지어진 비닐하우스를 가리키며 금메달을 딴 선수의 집이라 소개하는 리포터의 음성이 축축하게 가라앉는다. 정신이 번쩍 든다. 저런 집에서 사는 것이 하나도 부끄럽지 않다고 말했다는 선수, 그는 부모님께 안전하고 따뜻한 새집을 지어드리고 싶은 것이 소원이라고 한다. 지금까지 살아온 선수의 행적은 참으로 믿기 어려운 내용이다. 태릉선수촌 훈련비가 하루에 4만 원 정도인데, 쓰지 않고 차곡차곡 모아 매달 어머니 통장에 넣는다는 그의 모범적인 생활은 감동을 넘어 안쓰럽기도 하다. 셀 수도 없이 뛰어넘었을 뜀틀은 저 선수에게 도대체 어떤 의미였을까? 선수의 어머니는 '아무 것도 해준 것이 없다', '저 혼자 컸다', '기특하다' 며 아들이 정말 자랑스럽다는 표정으로 활짝 웃는다.

화면에 시선을 둔 채 생각한다. 아들 녀석은 도대체 어디서부터 잘못된 것인가.

*

시계를 보니 벌써 세시 십 분이 지나고 있다. 오늘 열리는 한일전은 꼭 보리라 작정했는데 기척으로 보아 어머니가 잠에서 깬 모양이다. 거실에서 희미하게 들리는 소리에 귀를 기울여본다. 이미 경기가 시작되었는지 떠들썩하다.

나가고 싶은 마음을 꾹 누른다. 나가면 어머니는 중계방송화면을 돌려버릴 것임에 틀림없다. 아니 화면을 돌리는 것뿐만 아니라, 화면에 나타나는 모든 사람과 비교를 시작하겠지. 학벌이 저만 못하냐? 어디 인물이 빠지냐? 나이가 저보다 적기라도 하냐? 도대체 무슨 생각으로 사는 것이냐? 어머니의 잔소리는 끊임없이 되풀이될 것이다.

어머니의 지적이 틀렸다는 것은 아니다. 남들이 가고 싶어 안달하는 일류대학을 졸업했고, 모교강단에 서서 강의를 몇 년 해보았다. 비록 장동건만 못해도 이목구비가 수려해서 여자들에게 호감도도 높다. 나이? 계산해보니 서른여섯이다. 그러고 보니 어머니 말마따나 적은 나이라 할 수 없다.

어머니의 근심과 걱정이 무엇인지 안다. 그러기에 대놓고 반발할 수 없다. 반발할 수 없으니 숨이 막힌다. 금방이라도 죽을 것만 같다. 널리 얼굴이 알려진 인기방송인이 앓고 있다는 공황공포증일수도 있다는 생각이 들자 등줄기에 식은땀이 쫙 퍼진다.

별 수 없다. 인터넷 중계라도 볼 수밖에. 오래된 컴퓨터라 속도가 무지 느리다. 이 컴퓨터에 아버지가 남긴 설계도가 들어있을지도 몰라, 속이 터지게 느린 속도이지만 바꾸지 못한다. 가까스로 연결된 중계방송 화면이 연결 불량인지 자꾸 끊긴다. 욱, 나도 모르게 화가 치민다. 참지 못하고 다른 방송국에 연결을 시도한다. 역시 느리다. 한참 만에 떠오른 화면에는 축구중계가 아니라 금메달 딴 선수의 살아온 얘기가 방송되고 있다. 누굴까? 얼굴이 낯설다. '효자선수'의 폼 나는 일거수일투족을 진행자는 반복하여 말한다.

지금쯤 어머니도 이 프로를 보고 있을까? 그렇다면 또 비교하겠지. 도대체 무슨 생각으로 사느냐고. 생각이 없어서가 아니라 생각을 죽이면서 사는 이유를 어머니는 모른다. 차마 그 말을 하지 못하는 이유는 따로 있다. 그 말을 듣고 난 후 어머니가 받을 충격이 어느 정도일지 짐작할 수 없기 때문이다. 아버지의 자살이 '사회적 타살'이라는 것을 알면 미칠지도 모른다. 벌써 오년이 지난 일인데 아직도 그날의 기억은 생생하다.

그날 아버지가 말했다. '미안하다. 내가 네 아빠가 된 것이 불행의 시초야. 그러나 어쩌겠니? 인력으론 빠져나갈 수 없는 다 정해진 인연인 걸.' 모든 것을 다 내려놓은 듯 낮게 읊조리는 아버지의 음성이 무척 건조하게 들렸다. 이미 아버지가 되었으면서 뒤늦게 아버지가 된 것이 불행이라니 도대체 무슨 말인지 이해가 되지 않았다. 그때는 정말 이해도 되지 않았고 참을 수 없을 만큼 화가 났다.

어떻게 그런 참혹한 생각을 할 수 있었으며, 그것을 실행으로 옮길 수 있었단 말인가. 한 여자의 지아비가 되고 또 한 아이의 부모가 된 가장이라면 그런 끔찍한 일을 벌이면 안 된다는 생각에 울지도 않았다. 눈에 눈물 대신 분노가 타올랐다.

장례는 매우 단출하게 치러졌다. 아버지의 쉰다섯 평생에 직장 동료나 친구가 꽤 있으련만, 무슨 까닭인지 식장엔 아무도 나타나지 않았다. 겨우 얼굴을 알 수 있는 친인척 몇이 식장을 지켰을 뿐이었다. 세상에 이런 인심이 어디 있느냐고 어머니가 울먹일 때, 자살이 무슨 벼슬이라도 되는 것이냐고, 차라리 아무도 안 오는 것이 속편하다고 어머니를 윽박질렀다.

금메달을 딴 선수의 부모는 카메라 앞에서 많이 수줍어한다. 자라는 동안 해준 것이 너무 없어서 미안하다며 계면쩍게 웃는다. 그러나 선수의 아버지는 아들을 낳은 것이 불행이었다는 말은 하지 않는다. 도리어 아들 덕분에 웃을 수 있었다고 고백한다. '우울증'으로 시달리던 선수의 아버지가 삶을 지탱할 수 있었던 것이 바로 뜀틀을 넘는 선수의 재주였다는 말에 가슴이 철렁 내려앉는다. 나도 저런 기술을 습득했으면 아니 교수가 되지 않았으면 아버지는 우울증을 견뎌냈을지도 모른다는 생각을 문득 한다.

아버지가 우울증으로 오랫동안 고생한 사실을 어머니는 정말 몰랐을까?

*

아들 방은 잠잠하다. 인터넷방송 소리도 자판을 두드리는 소리도 들리지 않는다. 축구중계방송을 끝까지 보고 이제야 잠이 들었나보다.

누워있어 보았자 잠이 들것 같지 않아 좀 이른 듯싶었지만 자리를 털고 일어난다. 요즘은 이삼일 간격으로 이렇게 불면증이 찾아온다. 의사는 몸에 그리 나쁘지 않으니, 그럴 때 마다 먹으라고 약을 지어주었지만 되도록 먹지 않으려 애쓴다. 몸에 좋고 안 좋고를 떠나서 그 약을 먹으면 몸이 내 의지대로 움직여지지 않는다. 자고 일어나도 좋은 기분이 아니다. 그럴 바에야 차라리 몸이 피곤한 것이 낫다는 생각이 들어서다. 그런 사실을 눈치 챘는지 아들은 자주 약봉지를 체크하며 잔소리를 하지만, 알았다는 대답에 더 이상 말을 못한다.

현관문 앞에 놓인 신문을 들고 거실로 들어온다. 일면에 나타난 사진이 뿌옇게 보인다. 이르게 찾아온 노안에 잠을 자지 못한 피로가 겹쳐 다른 때보다 눈이 더 침침하다. 돋보기를 찾아 낀 다음에야 지면의 깨알 같은 글씨가 또렷하게 보인다.

'의문사 37년 만에…장준하 선생 유골사진 공개' 라는 제목 밑에 두개골 흑백사진이 게시되어 있다. 사진 밑에 쓰인 설명을 읽어본다. '의문사한 지 37년 만에 세상에 공개된 장준하 선생의 두개골 사진. 망치로 맞은 것처럼 오른쪽 귀 뒤쪽머리부위가 지름 6cm 크기 원형으로 깊이 1cm 가량 함몰돼 있고, 주변에 금이 가 있다.' 이어진 이면에는 유골사진 및 검시소견서를 당시 검안소견과 비교하며 타살의혹을 제기하고 있다. 벼랑에서 추락하여 실족사 했다는 당시 검찰의 발표가 의문시된다는 내용이다.

지금까지 가슴 한 쪽에 똬리처럼 틀고 있던 의문이 또 떠오른다. 남편은 왜 연고도 없는 그곳에 갔고, 무엇 때문에 목숨을 끊었을까? 의문사로 추정된 많은 사람들의 기사를 접할 때마다 항상 되새기던 의문이었다. 남편을 처음 발견하여 신고했다는 목격자는 우리를 만나주지 않았다. 남편의 죽음에 대해 우리가 들을 수 있었던 것은 사고수습을 했다는 경찰관의 설명뿐이었다.

"익사사고입니다. 신고를 받고 인양했을 때 이미 숨이 끊어진 후였습니다. 혹시 자살할 만한 일이라도 있었습니까?"

자살이라고 확인하는 어투였다. 자살할만한 동기는 찾을 수 없었다. 그렇다고 타살이라고 우길만한 증거도 찾지 못했다. 정신없이 장례를 치르고 겨우 한숨 돌리는가 싶었을 때, 아들이 사고를 쳤다. 비록 시간강사였지만 모교였던 대학교수자리를 박차고 나온 것이다. 별다른 이유를 설명하지도 않고 녀석은 지금까지 저렇게 논다. 아니 뭔가는 하고 있지만 그것이 무엇인지 모르니 더 답답할 뿐이다.

배우자를 잃은 슬픔이 어떨지, 그 스트레스가 얼마일지 아들은 모르는 것 같다. 귀하게 얻은 외동아들이라고 너무 싸고돌았던 교육 탓인가.

정말 모르겠다. 한 순간에 변해버린 아들의 의중을 도무지 이해할 수 없다.

　직장을 잡기 싫으면 최소한 가끔 코에 바람이라도 쐬어주고 오라는 말에도 아들은 들은 척 만 척이다. 복장이 터진다. 체구라도 적으면 안쓰럽기라도 하겠는데, 장신인 녀석이 집안에서 어슬렁어슬렁 거릴 때면 열이 한꺼번에 머리로 확 쏠린다. 내가 미쳐! 미쳐버리겠다니까! 아들을 향해 수시로 터지는 열에 받친 고함에 녀석은 이제 대꾸조차 없다. 차라리 미치기를 바라는 것인가. 괘씸하다.

　하기야 그동안 몇 번의 큰 다툼이 있었고, 그때마다 후유증이 매우 컸다. 화를 참지 못해 고함을 내지르다가 쓰러져 응급실에 실려 가기도 했고, 홧김에 던진 전화기에 녀석의 이마가 터져 꿰맨 적도 있었다. 여러 번 겪은 사건 이후에 아들은 내 눈에 띄지 않으려 조심하는 것 같다.

　신문을 거실탁자에 놓고 주방으로 들어간다. 쌀을 씻어 밥을 안치고, 반찬을 만들기 위해 냉장고를 뒤져본다. 장을 본지가 꽤 된 탓에 눈에 띄는 반찬거리가 없다. 이제 장을 보러가는 것도 신경이 쓰인다. 남편이 남기고 간 퇴직금과 보험회사에서 받은 생명보험금도 바닥이 난 상태다. 15년이 넘은 서민아파트 한 채가 달랑 남아있을 뿐이다.

　아들이 사표를 냈을 때만 해도 나는 건강에 자신이 있었다. 나라도 벌어야지 하는 생각으로 체력에 힘겨운 일을 밤낮을 가리지 않고 한 탓인지 삼년 만에 몸은 부실해지고 말았다. 마트의 아르바이트 일은 다리가 아파 서있을 수 없어 그만 두었고, 아이 돌보미도 끊어질 듯 아픈 허리통증 때문에 더 이상 할 수가 없었다. 이제 하나 남은 이 보금자리마저 팔아야할지도 모른다.

아들은 아직 일어나지 않고 있다. 어차피 일어나도 같이 식사하지 않을 것이니 굳이 깨우려하지 않는다. 대신 일어나면 먹을 수 있도록 식탁에 차려둔다.

오늘은 모처럼 여고동창생 모임에 참석할 계획이다. 남편이 가고난 뒤 모든 모임을 끊다시피 하며 살았다. 만나면 몹시 궁금해 하는 그들의 시선도 싫었고, 무엇보다 한 푼이라도 벌어보려 뛰어다니다보니 시간적 여유도 없었다. 한 번 두 번 빠지다보니 연락도 뜸해졌다. 그랬는데 어제 동창회 총무로부터 연락을 받았다. 새로 선출되었다는 총무는 여고 시절 나와 절친 이었다. 모처럼 만나 그동안의 소식이나 나누자고 조르는 총무의 청을 거절하기도 뭐해서 간다고 약속해 버렸다. 사실 아들 녀석과 온종일 함께 지내는 것이 짜증스럽던 차라 나갈 결심을 했는지도 모른다.

모처럼 나가려고 하니 옷부터 말썽을 부린다. 맘에 드는 옷이 하나도 없다. 그도 그럴 것이 몇 년 동안 격식을 차릴 자리에 참석한 적이 없으니 새 옷을 장만한 적도 없기 때문이다. 다른 곳도 아니고 말 많은 여고 동창 모임인데 난감하다. 그렇다고 이제 와서 참석하지 않겠다고 하면 뒷담화가 또 얼마나 많을 것인가. 옷장을 뒤지다 남편이 죽기 전 해, 생일선물로 받았던 원피스가 그중 나아보였다. 지금은 유행에 뒤떨어진 디자인이 되었지만 그때는 제법 높은 가격을 주고 산 옷이다. 남편이 모처럼 큰 맘 먹고 사준 선물이라 아끼는 마음에 몇 번 입지 않았다.

입어보니 다행히 몸에는 잘 맞는다.

*

　따가운 햇살에 눈을 떴다. 창문으로 들어온 햇빛의 기울기로 보아 점심때가 지난 것 같다. 간밤에 벌어진 런던올림픽 동메달결정전은 무척 흥미진진했다.

　젊은 선수들은 지칠 줄 모르고 운동장을 뛰었다. 박주영과 지동원, 구자철과 김보경이 서로 바꾸어가며 제로톱 전술로 일본의 골문을 괴롭혔다. 한국의 유동적인 움직임은 일본선수들의 발목을 붙잡았고, 한국선수들은 발 빠른 공격으로 여러 번 찬스를 만들었다. 전반 38분, 드디어 박주영이 후방에서 날아온 공을 받아 수비수 4명을 제친 뒤 단독 드리블로 일본 골대에 공을 꽂아 넣었다. 경기가 벌어지고 있는 영국 웨일즈 카디프 밀레니엄 스타디움은 커다란 함성으로 가득 찼다. 많은 관람객들은 겁도 없이 공격해대는 한국선수를 응원했다. 소리죽여 관전하고 있던 내 입에서도 함성이 터졌다.

　전반전에 이은 후반전에도 한국선수들의 몸놀림은 위축되지 않았다. 아니 4강전에서 연장전을 치른 선수들답지 않게 펄펄 기운이 솟는 것처럼 보였다. 집중력을 잃지 않고 섬세한 공격을 계속하던 한국은 후반 12분 또다시 기분 좋은 쐐기 골을 넣었다. 볼을 잡은 구자철이 수비수를 따돌리고 전력질주를 하여 강력한 슛을 시도했는데 멋지게 골문을 가른 것이었다. 정말 짜릿한 승부였다.

　경기가 끝나고도 승리의 여운으로 한동안 잠을 이루지 못했다. 첫 출전 이후 64년 만에 첫 메달을 획득한 역사적인 순간이기도 했지만, 숙적 일본을 이겼다는 만족감이 더해져 심경이 복잡했다. 한참을 뒤척이다

겨우 잠든 것이 그만 늦잠으로 이어진 것이다.

거실로 나와 보니 어머니 모습이 보이지 않는다. 차라리 잘 되었다는 심정으로 주방으로 들어간다. 식탁에 차려진 아침상에 밥상보가 덮여져 있다. 상보를 들추자, 단출하게 차려진 음식이 보인다. 김치, 깍두기, 콩자반, 달걀말이 그리고 콩나물국이 보인다. 밥은 압력밥솥에 들어있을 것이다. 현재의 상태에선 이 정도도 진수성찬이다. 이렇게나마 따뜻한 밥상을 언제까지 받을 수 있을지. 그동안 있는 돈은 곶감처럼 빼어먹었는데 무슨 돈이 남아있다고 반찬투정을 할 것인가. '벼룩도 낯짝이 있지. 감히 어디다대고 반찬투정이야' 하며 눈을 흘기던 어머니의 얼굴이 떠오른다.

밥솥에서 밥을 퍼서 국에 만다. 챙겨져있는 반찬을 주섬주섬 쟁반에 올려 거실로 나온다. 거실탁자에 올려놓고 막 한 수저 입에 떠 넣다 옆에 놓인 신문에 시선이 꽂힌다. 어머니가 읽다가 펼쳐둔 채 나가신듯 2쪽 면에 보이는 그림판이다.

'폭력의 계보' 라는 제목 밑에 늘어선 암살단 계보! 구사대, 백골단, 국정원, 안기부, 보안사, 중정. 그들 중 누군가가 장준하를 가리키며 은밀하게 명령한다. '저분은 전설이시다. 쥐도 새도 모르게 처리하고 사라져…' 정말 쥐도 새도 모르게 그들 중 누군가가 처리하고 사라졌다. 영원히 감춰질 줄 알았던 사건이 37년 만에 타살의혹으로 불거졌다는 기사가 2쪽 전면을 장식하고 있다. 암살단 계보 속에 들어있는 보안사는 지금은 기무사로 이름이 바뀌었다. 아버지가 남긴 일기처럼 써진 장부 속에서 수없이 보았던 기관이름이다. 아버지의 글을 읽기 전까지는 그런 기관이 있는지도, 그 기관이 무슨 일을 하는지도 관심이 없었다.

아버지가 남긴 글에는 처음부터 끝까지 사찰에 대한 불안감으로 가득 찼다.

밥 먹는 것도 잊은 채 기사를 꼼꼼히 읽어나간다. 예순이 훨씬 넘은 선생의 아들은 국내에서 제대로 살 수 없었다고 한다. 외국을 떠돌며 부평초 같은 인생을 살아야했다는 말이 가슴을 무겁게 누른다. 그와 비슷한 인생을 살아갈 것 같은 예감에 부르르 살이 떨린다.

아버지는 차마 가족에게 모든 것을 말할 수 없었을 것이다. 알면 다친다고 생각했기에 가족의 안위를 위해서 혼자 끌어안고 떠나려했다. 그러면서도 마지막까지 불의에 눈감는 것을 참을 수 없었던지 수수께끼 같은 문구를 남겼다. '세상이 바뀌는 날, 개봉해라.' 그러나 개봉하라는 것이 어디에 있는지 아직 찾지 못했다. 시간 날 때마다 집안 구석구석 이 잡듯 뒤졌지만, 아직도 오리무중이다.

쓸데없는 자존심을 세우느라 교수직을 팽개쳤다고 나무라지만, 그건 순전히 어머니의 오해다. 투명인간에 비유되는 시간강사의 고달픔이야 젊음으로 이겨낼 수 있었다. 정말 죽을 만큼 싫었던 것은 교수직을 내걸고 벌인, 아버지의 절친한 친구인 선배교수의 회유였다. 거기에 응하면 전임교수가 될 수 있었다. 교수자리 하나 얻는데 일억 오천 내지 삼억이라는 공시지가가 버젓이 살아있는 바닥에서 어쩌면 쉽게 살 수 있었을지도 모른다. 허나 그렇게 되면 아버지는 회사의 기밀을 누출한 범죄자가 되는 것은 물론, 평생 노력하여 성과를 올렸던 연구물은 다른 사람의 이름으로 둔갑할 것임에 틀림없었다.

사실 처음에는 좀 흔들리기도 했다. 인생에 기회가 자주 오는 것도 아닌데 한 번 눈 딱 감고 넘기면 평생이 편할지도 모른다는 생각으로 그들과 줄다리기하는 몇 개월 동안 고민했다.

아버지가 가시고 삼 개월 정도 전처럼 출근하여 강의하며 살았다. 삼 개월이 지나자, 지켜보는 사람들이 안달하기 시작했다. 아버지와 끈이 있었던 사람들이 나를 찾기 시작했다. 어떤 이는 읍소하듯 간청을 했고, 어떤 이는 해직이라는 무서운 겁박을 일삼았다. 그들의 입을 통해 알게 된 사실 하나, 아버지는 회사의 비밀기술을 빼돌린 자로 찍혀있었다. 회사가 심혈을 기울여 만든 기술을 빼돌렸다는 것인데, 설계도만 돌려주면 모든 것을 눈감아 주겠다는 것이었다. 설계도를 본 적도 없다는 내 말을 그들은 믿지 않았다. 회유가 쉽지 않을 것이라고 눈치 챈 그들은 그들 방식의 전술로 전환했다. 출근하는 아침, 퇴근하는 저녁, 친구와 만나 한잔하는 음식점까지 나를 따라다녔다. 은밀함도 배제하고 행해지는 그들의 노골적인 불법사찰에 숨이 막혔다. 날이 갈수록 불안해졌다. 아버지가 일기장처럼 쓴 장부에서 보았던 구절이 자꾸 떠올랐다.

'그들은 나를 납치할지도 모른다. 아니 인적 드문 뒷골목에서 죽일지도 모른다.'

*

약속장소가 시내라 혹 시간을 대지 못할까봐 조금 일찍 집을 나선다. 시내버스를 이용하자면 30분 정도는 일찍 나서야 한다. 버스를 기다리는 시간과 막히는 도로사정을 감안해야만 늦지 않는다.

적당한 시간에 약속장소에 도착한다. 얼추 시간이 다 되어 가는데 반 정도 모여 있다. 여자들의 약속은 항상 이랬다. 들어가자 미리 와있던 친구들이 반색하며 반긴다. 우리 나이에 오년이란 세월은 짧지 않았던지 모습들이 많이 변해있다. 변한 친구들을 바라보며 그들 눈엔 나 또한 저처럼 늙어보이리라 생각하니 울컥 서글픔이 밀려온다.

꼭 나오라고 졸라대던 총무는 들어서는 나에게 눈짓으로만 인사하고 그만이다. 사실 총무의 간청만 아니었다면 참석할 마음이 없었는데 총무의 그런 태도에 괜히 머쓱해진다. 총무는 누군가를 기다리는지 문 앞에서 초조하게 서성인다.

한쪽 구석에 자리를 잡고 앉아 주위를 둘러본다. 친구들은 서로 안부를 물어가며 무엇이 그리 재미있는지 깔깔댄다. 마치 이곳이 여자들의 해방구나 되는 것처럼 떠들썩한 모습이 사십여 년 전 여고시절 쉬는 시간과 많이 닮았다. 한참이나 떠들썩하던 실내가 갑자기 숙연해진다. 무슨 일인가 싶어 친구들의 시선이 모인 곳을 바라본다.

음식점 출입구로 낯익은 얼굴이 들어서고 있다. 동창생이어서 낯익은 것이 아니라, TV화면이나 지면에서 많이 보아온 얼굴이다. 동창이지만 다른 세계에 사는 사람처럼, 그래서 항상 목에 힘이 들어가 있는 도도한 J다. J는 재벌가의 며느리다. 거기에 그의 남편은 이 고장의 치한을 책임지는 사법부의 수장이다. 그녀는 항상 바쁘다. 이런 자리에는 참석이 힘들 만큼 빡빡한 일정일 텐데 오늘은 별일이다.

입구에 서있던 총무가 깊이 고개를 숙인다. 마치 회장님을 맞이하듯이. 거만한 걸음으로 다가온 J가 우리를 둘러본다. 휘둘러보던 그녀의 시선이 내게서 잠시 멈춘다. 누구인지 얼른 생각이 나지 않는 표정이다. 총무가 눈치 빠르게 설명한다.

"오랜만에 나와서 기억이 나지 않지? 여고시절 총학생회장 오미란

이야."

J의 얼굴에 알 수 없는 미소가 흐른다. 그녀가 다가와 내 손을 잡는다.

"미란아, 잘 있었니? 너무 많이 변해 몰라보았지 뭐니?"

말없이 그녀의 얼굴을 멀거니 건너다본다. 아는 척하는 대도 반색하지 않는 태도에 놀란 총무가 내 옆구리를 찌르며 귓속말을 한다.

"곧 국회의원 사모님이 될 거야. 이참에 눈도장이라도 찍어두면 네 아들에게 이로울 수도 있으니 고개 한 번 숙여. 미란아."

아들에게 이로울 것이라는 말에 잠시 갈등한다. 갈등도 잠깐 그녀에게 잡힌 손을 뺀다. 아무리 다급해도 그녀에게 머리를 숙이고 싶지 않다. 하나 남은 자존심인데. J의 얼굴이 빨갛게 달아오른다.

여고생 시절에 그녀는 나를 이기고 싶어 했다. 용모는 물론 공부도 항상 나에게 쳐졌다. 그녀에게 언제나 나는 라이벌이었다. 그녀와 결정적으로 사이가 벌어진 것이 총학생회장 선거 때였다. 이미 내게로 기울어진 선거판인데도 그녀는 막무가내로 운동을 하고 다녔다. 어디서 났는지 어린 나이에 돈을 물 쓰듯 썼다. 그래도 결국 선거에 진 그녀는 학생회장 일 년 동안 나를 무척 괴롭혔다. 학생회비를 어디다 쓰는지, 행여 공금을 유용하지 않는지 그녀는 염탐을 멈추지 않았다.

J가 어떻게 해서 재벌가의 며느리가 되고, 검찰총수의 아내가 되었는지 그 자세한 내막은 알지 못한다. 다만 여고시절에 그녀가 벌였던 비열한 수단과 방법이 쓰이지 않았을까 의심이 든다. 이 자리도 사전 선거운동을 위한 동원임에 틀림없어 보인다.

미리 비어두었던 중심자리에 J가 앉자, 동창생들은 자리를 정비하듯 그녀를 중심으로 둘러앉는다. 앞에 놓인 컵에 맥주가 따라지고 총무가 일어서서 구호를 외친다.

"우리의 찬란한 미래를 위하여!"

찬란한 미래? 세상에 불행이란 단어를 모르는 사람들처럼 한껏 밝은 미소로 복창하는 친구들의 모습이 무척 낯설다. 아니 동화되지 못하는 내 모습이 백조의 무리 속에 끼어든 한 마리 미운오리새끼 같다. 가슴이 저려오며 아리다.

술에 약한 것을 잊고 겁도 없이 맥주잔을 단숨에 비운다. 곁에 앉은 친구가 빈 술잔을 채운다. 그 잔도 단숨에 넘긴다. 술을 따르던 친구가 안주도 먹어가면서 천천히 마시라고 제지한다. 괜찮다는 표정을 짓는다.

그때, J가 곁으로 다가오더니 내 빈 잔에 가득 술을 채우며 말한다.

"일류대 나왔다고 그렇게 자랑하던 아들이 지금 집에서 놀고 있다며? 얘. 너 참 속상하겠다. 어쩌니?"

그동안 가슴에 쌓인 앙심을 풀려는지 얄미운 미소를 띠며 말하는 그녀를 벌게진 얼굴로 말없이 건너다본다. 좌중을 한 번 훑어본 그녀가 큰 소리로 말을 잇는다.

"애들아, 너희들 요즘 유행하는 '캥거루족' 이란 말 들어 보았니? 독립한 나이가 지났는데도 부모의 경제력에 기대어 사는 젊은이들을 말하는데 말이야. 일류대학을 나오면 뭘 하니? 부모 등골 빼먹는 이런 한심한 아들들이 도처에 깔렸으니 말이야. 왕년의 잘나가던 우리학생회장님이 그 대열에 합류할지 누가 상상이나 했겠니?"

J의 말에 시선이 내게 와락 쏠렸다. 어머나! 불쌍해서 어째? 스트레스 꽤나 받겠는 걸? 그러기에 공부 잘했다고 모두 잘사는 건 아니지, 잘

난 척 하더니 쌤통이다. 동창들의 얼굴에 각양각색의 표정이 뜬다. 갑자기 눈앞에 아무 것도 보이지 않는다. 이죽대는 J의 얼굴만 확대되어 눈앞에 다가온다. 거품을 품은 채 가득 담겨진 술을 J의 얼굴을 향해 쫙 끼얹는다.

맥주를 뒤집어쓴 채 사색이 된 J를 뒤로 하고 모임장소를 빠져나온다.

*

어머니가 비틀거리며 현관을 들어온다. 홍시처럼 벌건 얼굴이 마치 외계인 같다. 소주 한 모금 마시고도 취하는 체질인데 무엇을 얼마나 마셨는지. 그런 상태로 집을 찾아온 것이 기적이다.

비틀거리는 어머니를 껴안듯 부축하고 안방으로 간다. 뜻도 모르는 말로 횡설수설하는 어머니를 침대에 눕힌다. 막 일어나려는 찰나 어머니가 꽉 끌어안는다. 안긴 자세로 숨을 죽인다. 얼마만인가. 몸에 남자의 상징이 커갈 즈음부터 알게 모르게 어머니의 품을 벗어나려 애썼다. 몸이 멀어지니 마음도 멀어지는 것인지 대화도 점점 끊어졌다. 그랬는데 안기니 참 포근하다. '야, 임마. 사람들이 너를 캥거루족이라고 놀린다 해도 넌 내 사랑하는 아들이야.' 귀에 대고 속삭이는 어머니의 숨결에서 달콤한 맥주향이 퍼진다.

누군가가 나를 캥거루족이라 놀렸나보다. 화는 나지 않는다. 엄밀하게 따져보면 그 말이 틀린 것은 아니기 때문이다.

성인이 되어서도 부모에게 경제적으로 사회적으로 종속되어있는 자녀를 캥거루족이라 일컫는다. 그것은 부모의 집에 기거하며 무료로 숙식을 해결하는 생활태도를 캥거루 새끼가 어미 배속에 달린 주머니 안에서 자라는 습성에 빗대어 회자된 말이다. 현재의 내 생활이 딱 그에 부합된다.

현재의 내 생활모습이 그렇다 해서 싸잡아 그쪽으로 매도하는 것은 용서할 수 없다. 누군가는 그런 사회를 이렇게 말했다. '제대로 된 일자리를 찾지 못해 경제적 독립이 힘든 사회는 절망의 사회다.' 라고. 그런데 국가권력이 개인의 삶을 송두리째 빼앗아가는 이 현상은 '사회적 타살' 이 아니겠냐고 아버지의 장부는 끊임없이 그 점을 일깨운다.

아버지는 일류대 기계공학부에서 박사과정까지 마친 우수한 인재였다. 우리나라에서 손꼽히는 자동차공장에 입사한 아버지는 젊은 시절을 몽땅 회사에 바쳤다. 그는 가정보다 회사를 우선순위에 두고 살았다. 나에게는 어린 시절 아버지와 손잡고 나들이 간 기억조차 없었다.

간결하게 요점만 적은 수첩에는 이런 내용이 간략한 메모형식으로 기술되어 있었다. 아버지의 꿈은 자연친화적인 자동차를 만드는 것이었다. 없는 시간을 쪼개어 틈틈이 연구한 결과 만족스런 실적을 거두게 되었다. 그런데 연구가 거의 끝날 즈음 주변에 도는 이상한 낌새를 느꼈다. 자신의 주변을 누군가가 끊임없이 맴돌고 있다는 느낌이었다. 왜? 무엇 때문에? 아버지의 수첩에는 수많은 물음표가 찍혀있었다. 한참 후에야 직장상사의 말 한마디로 아버지는 그 실체를 알게 되었다.

"회사에서 자네의 연구물이 회사의 비밀을 빼낸 불법기술이라고 고발했다는 말 들었나? 자네가 아무리 아니라고 해봐야 먹혀들지 않을 것이네. 그러니 적당한 선에서 회사와 타협하는 것이 어떻겠나?"

그 말을 들은 이후로 아버지의 수첩에는 불안에 떠는 단어가 부쩍 많

아졌다. 하마터면 자동차에 치일 뻔 했다던가, 되도록 큰 길로 다녀야겠
다는 말도 보였다. 그러다가 죽기 얼마 전 날짜에 죽음을 예감이나 하듯
이런 말을 남겼다.

"아들아, 내가 남긴 연구물은 세상이 바뀌는 날, 개봉해라."

아버지는 누구도 믿을 수 없었던지, 설계도는 꽁꽁 숨겨놓고 떠났다.
아마 내게 직접 설계도를 남기고 가면 위험하다는 생각이 들어서 일게
다. 아니 아들인 나조차도 믿을 수 없었는지도 모른다. 얼마나 공포가
심했으면 아버지의 휴대폰에 가족은 물론 친구나 지인의 번호까지 깡그
리 삭제하고 다녔을까. 아버지의 수첩 마지막 장에는 누구를 향한 메시
지인지 모를 한마디가 쓰여 있다.

'미안하다.'

*

머리가 몹시 아프다. 집을 어떻게 찾아왔는지 기억조차 나지 않는다.
동창생 J에게 맥주를 끼얹은 것까지는 떠오르는데 다음은 도통 모르겠
다. 눈을 떠보니 안방이다. 다행이라는 생각이 들지만 아들 보기가 민망
하다.

안방에 신경을 모으고 있었던지, 내가 깬 것을 기척으로 알아차렸나
보다. 아들이 꿀물 한 잔을 들고 들어선다.

"이기지도 못하면서 무슨 술을 그렇게 마셔요?"

안쓰러워서인지 목소리가 따뜻하다. 울컥 목이 멘다. 본인이 더 괴로
울 것을 잘 알면서 시시때때로 윽박질렀음이 후회스럽다. 눈을 마주치

지 못하고 컵을 받아 꿀물을 꿀꺽꿀꺽 마신다. 시원하게 목을 타고 내려가자, 두통이 좀 가시는 것 같다.

쟁반을 든 채 기다리는 아들이 부담스러워 그만 나가라고 손사래를 친다. 내 손 끝에 전해지는 단호함을 느꼈는지 녀석이 머뭇대며 말한다.

"저녁준비는 제가 할 테니 그럼 쉬어요."

얼마만인가.

아들은 요리에 취미를 가졌다. 녀석의 음식 만드는 솜씨는 꽤 창의적이다. 전해 내려오는 대로 요리를 하는 내 방식과 달리 아들의 요리과정은 특출했다. 도무지 요리에 맞지 않을 것 같은 재료가 녀석의 손에 잡히면 멋진 재료로 탈바꿈한다. 도저히 입맛에 맞지 않을 것 같던 음식도 입에 한술만 넣으면 저절로 매료된다. 즐거움으로 식탁을 차리던 그런 아들이 두문불출하던 순간부터 요리에서도 손을 놓았다. 그랬던 녀석이 오늘 상을 차리겠다니…….

그래, 모처럼 아들 밥상이나 받아보자. 중얼대며 침대에 벌렁 눕는다. 몸은 물에 적신 솜처럼 처지는데 정신은 말짱해진다. 좀 전 모임에서 들은 얘기들이 떠올랐기 때문이다. 빠르게 변해가는 세태는 이제 정말 개그수준이다. 이삼십년도 지나지 않았는데 내 젊은 시절과 비교되며 웃어야할지 울어야할지 도무지 모르겠다.

모임을 항상 좌지우지하던 쾌활한 성격의 K가 오늘도 좌중을 휘어잡는다.

"얘들아, 친구를 만났을 때 절대로 물어보아서는 안 되는 말, 다섯 가지가 있다는 걸 너희들 알고 있니?"

모두 호기심 어린 눈으로 K를 쳐다보며 잠깐 생각에 잠긴다. 어디선가 그 말을 들은 기억이 났지만, 나는 말을 아낀다. 대답했을 경우 내 처지가 얼마간 난감해질 대답이기 때문이다. 성질 급한 동창하나가 기다리지 못하고 재촉한다. K는 좌중을 한 번 일별 하더니 손가락을 꼽으며 대답한다.

"첫째, 자녀가 어느 대학 갔냐고 물어 보는 것. 둘째, 취직은 되었느냐고 물어보는 것. 셋째, 결혼은 했냐고 물어 보는 것. 넷째, 아이는 두었냐고 물어보는 것. 다섯째, 둘 사이가 좋은지 물어 보는 것."

모임장소에 잠시 정적이 흘렀다. 모두들 한두 번 가슴앓이 했을 내용이었기 때문이다. 아니 어쩌면 서너 번씩 그런 위기를 넘겼는지도 모른다. 대학 가기부터 취직하기, 결혼하기가 어려운 세태에 요즘은 자녀들이 애가 들어서지 않아 걱정하는 친구들을 많이 봤으니 말이다. 거기에 다섯째로 거론된 내용은 뒷맛마저 씁쓸하다. 이혼이 만연한 현실을 모르고 친근한 척 물었다간 염장 지르는 소리 말라며 뺨맞기 십상이다. 그 뒤로도 가십 같은 얘기들이 오고갔다. J가 오기 전까지는 그렇게 화기애애했다.

그때, 머리맡에 놓인 토트백이 부르르 떤다. 모임에 방해를 주지 않으려 진동으로 돌려놓았던 것을 바꾸지 않았음을 깨닫는다. 부리나케 가방을 뒤져 휴대폰을 꺼낸다. 전화는 툭 끊긴다. 통화버튼을 누르자, 부재중 번호가 여러 개 달려있다. 잠든 사이에 걸려온 전화번호 같은데 누구 번호인지 확인이 되지 않는다. 아는 것은 총무번호뿐이다. 길게 누르자 통화 신호음이 간다.

격앙된 총무의 목소리가 들린다. 너, 지금 어디야? 집이다. 왜? 큰일났어. 기집애야. 뭐가? 넌 참, 속도 편하구나? 총무가 전하는 말에 의하면 모임장소에서 한바탕 난리가 났다고 한다. 맥주세례를 받은 J가 분을 참지 못해 여러 차례 통화를 시도했는데 내가 받지 않자, 이를 갈면서 돌아갔다고 한다. 남편의 권력을 이용해 분풀이를 할지도 모른다는 총무의 걱정에 내가 대답한다.

"J에게 전해. 천년만년 지금처럼 영화를 누리고 사는지 똑똑히 지켜본다고."

*

안방에서 나와 주방으로 들어선다. 전에는 참 많이 들락거려 눈과 발이 익었던 곳이다. 그런데 몇 년 만에 들어선 주방은 낯설다. 저녁을 챙긴다고 자신 있게 말하고 나온 것을 바로 후회한다. 언제부터인지 자주 머릿속이 하얗게 비어지곤 한다. 그것이 병인지 아니면 감정 탓인지 모르지만 낯선 공간에 서면 나타난다. 공황장애란 병에 그런 증세가 나타나는지 그건 알 수 없다.

한동안은 인터넷을 뒤져 병명에 따른 증상을 조목조목 적어본 적이 있었다. 그 많은 증상 중에 일부는 일치했지만, 대부분은 아니었다. 그런데 증상을 자꾸 생각하다보니 없던 증상이 하나 둘 늘어나기 시작했다. 정말 이대로 중증환자가 되는 느낌이었다. 그런 이후에 나는 내 몸에 나타나는 증상을 일부러 모른 척했다.

저녁걱정은 하지 말라고 큰소리쳤으니 뭔가는 해야 한다. 냉장고를 연다. 언제 장을 봤는지 냉장실 안은 텅 비어있다. 야채실을 열어보니 검은 비닐 하나가 보인다. 꺼내어 살펴보니 마른 오이 한 개가 들어있다. 과일 칸에도 신선 실에도 요리할 만한 재료는 보이지 않는다. 도대체 어머니는 저녁 반찬을 뭐로 만들 작정이었지?

동네마트에 가볼까 생각해본다. 그러자 두려움이 앞선다. 블라인더를 들춰보니 아직도 주변을 서성이는 그림자들이 보인다. 참으로 끈질기다. 저들의 밥벌이가 저것이니 별 수 없을 테지만, 할 일 없는 사람처럼 저러기도 참 쉬운 일이 아닐 것이다. 가끔 얼굴이 바뀌는 것으로 보아 일정기간이 지나면 교대하는 모양이다. 원하는 것을 얻을 때까지 그들의 감시는 계속될 터, 나가는 것을 단념한다. 그렇다고 어머니에게 대신 장을 봐달라고 말할 수도 없다.

그렇다면 하나 남은 이 오이로 요리를 해야만 한다. 우선 마른 오이를 물에 담가둔다. 오이냉국을 하자면 오이에 조금이나마 생기를 불어넣어야 할 것 같다. 어차피 주방에서는 더 이상 재료를 찾을 수 없다. 그렇다면? 이리저리 머리를 굴리다 재료 하나가 머리에 퍼뜩 떠오른다.

부리나케 내 방으로 간다.

지난해 여름 어머니가 갈무리해 나누어준 수레국화꽃을 찾는다. 여름국화로 유명한 수레국화꽃은 수레바퀴를 닮았다하여 붙은 이름이다. 청색, 홍색, 분홍색으로 피어나는데 보랏빛이 도는 짙은 청색 수레국화꽃은 여름을 시원하게 해주는 매력 있는 꽃이다. 항균작용과 항산화작용을 가진 여름철 대표적인 건강꽃차의 재료라서 어머니가 매년 손수 말려놓곤 한다. 한동안 잊고 있었는데 불현듯 기억이 났다.

가끔 차를 즐기려고 얻어둔 것은 기억이 나는데 어디에 두었는지 가물거린다. 책상서랍을 뒤져보고, 책꽂이 뒤쪽도 살펴본다. 컴퓨터에 가려진 책상구석도 들여다본다. 어디에도 없다. 이런 곳에 둘리가 없지 하

면서도 혹시나 하는 마음에서 사용하지 않은 채 구석에 놓인 사각휴지
통 케이스뚜껑을 들어올린다. 어? 이것이 왜 여기에 들어있지? 눈이 휘
둥그레진 나는 안의 물체를 끄집어낸다.

대여섯 살 때 아버지와 함께 처음으로 조립한 장난감지프자동차다.
그 나이에는 조립하기 어려울 만큼 정교함이 요구되는 장난감이어서 주
로 아버지의 힘을 빌려 만든 것이지만, 그래도 아버지와의 추억이 담긴
하나뿐인 물건이라 오랫동안 소중하게 간직했다. 그러다 눈에 띠지 않
아 잊고 있었는데 여기에 있었다니! 죽은 아버지가 살아온 것만큼이나
반갑다.

지프자동차를 컴퓨터 자판기 옆에 올려놓고 다시 수레국화꽃을 찾는
다. 한참을 헤맨 끝에 상자에 들어있는 말린꽃을 찾아낸다.

꽃잎을 찾고 나니 마음이 바빠진다. 주방으로 가서 요리를 시작한다.
우선 찾은 수레국화꽃을 팔팔 끓는 물에 우려낸다. 우린 물을 차갑게 만
들어야 하는데 시간이 부족하다. 어쩔 수 없이 냉동고에 넣는다. 그런
다음 물에 담가 둔 오이를 돌려 깎는다. 곱게 채 썰어 소금과 설탕으로
절여둔다. 적당히 차가워진 수레국화 우린 물을 냉동고에서 꺼내어 냉
국을 만든다. 절여둔 오이에 다진 파와 마늘, 식초, 소금을 넣어 맛을 낸
후 냉국을 붓는다. 여기까지는 어머니의 요리법과 별반 다르지 않다. 나
의 필살기는 다음이다. 수레국화꽃을 냉국에 꽃피우는 것이다. 보랏빛,
분홍빛, 그리고 흰색의 화사함이 유리그릇에서 활짝 피어난다.

쪽빛 바다에 버금가는 시원한 남청색으로 피어나는 꽃을 보고 있노라
니 바다가 무척 그립다. 물기 하나 없이 말라있던 수레국화 꽃잎이 물에
닿자마자 시원하게, 화사하게, 순수한 열정으로 되살아나는 모습은 마

술 같다. 오랫동안 빼빼 말라버린 내 청춘도, 시들어가기만 하는 어머니의 인생도, 촉촉한 습기에 닿으면 저렇게 활짝 피어나는 날이 올까? 가슴 밑바닥에서부터 차오르는 설렘으로 심장이 쿵쾅쿵쾅 뛴다.

밥상을 차린 뒤 어머니를 초대한다. 식탁으로 온 어머니의 얼굴에 놀라움이 가득 찬다. 비록 밥 한 사발에 김치 한 보시기 그리고 냉국 한 그릇이었지만, 식탁 위는 시각적으로 살아 움직인다. 냉채 속에서 나풀거리는 꽃잎이 마치 무희처럼 아름답다.

수레국화오이냉국을 한 수저 떠먹은 어머니는 입맛이 당기는지 사발을 들고 후루룩 마신다. 목을 타고 넘어가는 소리가 청량하다. 하긴 숙취를 풀기에 이만한 음식은 흔치않다. 내가 만들었지만 썩 마음에 든다. 어머니처럼 나도 후루룩 마셔본다. 가슴속까지 시원하다. 꽉 막혀 답답하던 가슴이 조금 풀린다. 어머니도 그런 마음인지 표정이 한결 누그러진다. 이럴 때 말하면 어머니는 충격을 적게 받을까? 숨겨왔던 모든 진실을 어머니에게 털어놓고 싶은 강한 유혹에 빠진다. 허나 아직 그럴 시기가 아니라는 생각으로 마음을 다잡는다.

내방으로 들어와 책상 위에 놓인 장난감지프자동차를 들고 이리저리 살핀다. 자동차의 겉모습은 완벽하다. 태엽을 감아본다. 웬일인지 돌아가지 않는다. 고장인가? 드라이버를 찾아 태엽이 있는 밑 부분을 떼어낸다.

툭, 물체 하나가 방바닥으로 떨어진다. 이게 뭐지? 들어 올리는 손이 떨린다. 아버지가 남긴 설계도를 찾기 위해서 그동안 집안 구석구석을 얼마나 훑었던가. 또 컴퓨터 안에 프로그램으로 남겼을지도 모른다는 생각으로 시간이 날 때마다 암호를 풀려고 얼마나 애썼던가. 이렇게 외부저장장치에 남겼을지 생각조차 못했다니!

저장장치를 컴퓨터에 연결하여 프로그램을 열려다 깜짝 놀라 마우스에서 손을 뗀다. 이 컴퓨터도 조직적인 해커와 연결되어 있을 것임에 틀림없다. 그들이 얼마나 영악한 자들인가.

창가로 다가가 블라인드를 들추고 밖을 내다본다. 어둠 속이지만 검은 실루엣이 나타났다 사라지는 것이 보인다. 그림자가 집 주위를 어슬렁거리며 유령처럼 맴돈다.

메일을 열고, P교수에게 보내는 글을 쓴다. 암호처럼 찍혀가는 이 글이 해독되기를 진심으로 바라는 심정으로.

딱, 딱, 따닥 딱, 따닥 딱.

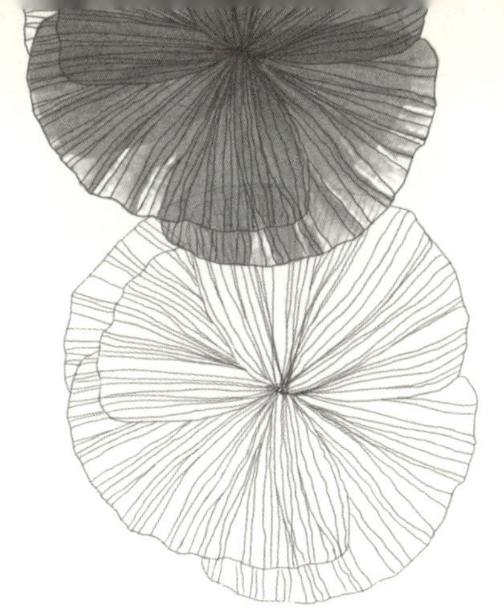
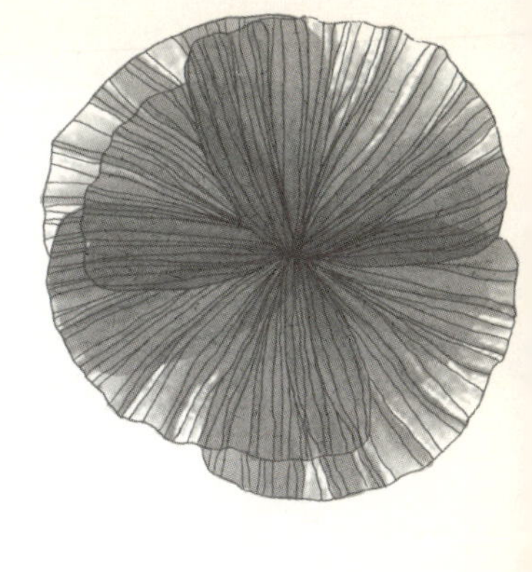

습작인생

습작인생

아직 첫 문장도 쓰지 못하고 있다.

　시간이 없다. 어떻게 하든 일주일 안에 끝내야 한다. 오늘은 꼭 시작하리라. 조바심은 커지지만 소설전체를 아우를 수 있는 문장은 좀처럼 떠오르지 않는다. 첫 문장과 마지막 문장이 소설의 승패를 가른다며 교수는 시간마다 누누이 강조했다.
　식탁을 치우고 그 자리에 노트북을 꺼내어 스위치를 켠다. 다음 주가 내 합평차례다. 석 달마다 단편 한 편씩을 제출해야 한다는 지도교수의 말에, 석 달 동안 원고지 팔십 매를 못 쓸까? 에이, 하루에 원고지 한매씩만 써도 석 달이면 구십 매인데. 나는 가소롭다는 듯 중얼거렸다. 그랬던 호기는 다 어디로 갔는지 자판에 올린 손가락은 움직일 줄 모른다.
　끙끙대며 주위를 살펴보다가 식탁 바로 옆에 세워진 간이책꽂이에 눈이 간다. 순간 눈을 번쩍 뜨이게 하는 책 제목이 보인다.『사랑하지 말자』 도올 김용옥 선생이 쓴 글이다. 인문학적 소양이 있어야만 좋은 글을 쓸 수 있다며 강의를 시작하는 날, 교수님이 추천해준 서너 권의 책 중에 하나다. 곧 바로 사놓고 읽지 못했다. 사실 잊고 있었던 게 아니라 읽기도 전에 의지를 꺾어버린 남편 탓이 크다. 나보다 먼저 꽂혀있던 책을 빼내어 이리저리 훑어보던 그가 이런 말로 내 기를 죽였다.

"꼴뚜기가 뛰니 망둥이도 덩달아 뛴다더니, 쯧쯧. 이 어려운 철학책을 무슨 수로 이해하겠다는 건지 원. 살다 살다 이젠 별 잡스런……."

나를 물속의 생물로 변환시키고는 혀까지 찬다. 아예 내 두뇌를 어류의 머리로 치부해버리는 남편이다. 말을 이어가다 너무 심했나? 스스로 느꼈는지 도중에 말을 끊었지만 이미 내 심사는 꼬여있었다. 그럴 일이 아닌데도 고까운 마음에 내가 사놓은 책인데도 아예 펼쳐보지도 않았다. 그 책이 지금 눈에 띈 것이다. 물론 순간적으로 제목이 눈길을 끌었지만, 이 책을 보면 뭔가 색다른 첫 구절이 생각날 것도 같아 첫 페이지부터 읽기 시작한다.

첫 장을 들추자 서막이 열린다. 죽음, 어둠, 혼돈, 미래, 생명, 변혁, 이 모든 것이 지금의 세상을 지배하고 있음을 고한다. 아수라장 같은 세상 속에서 개인이 할 수 있는 일이 도대체 무엇인지 묻는 학동을 위하여 이 책이 써졌음을 알겠다.

이어진 제1장 '청춘' 부분을 들추며 나는 또 조바심을 댄다. 이 두꺼운 책을 다 읽고 나면 무슨 생각이 떠오를지도 모르지만 지금 나에겐 그럴 시간적 여유가 없다. 일주일 밖에 남지 않은 시간을 책을 읽는 데에다 소비할 수는 없지 않은가.

별 수 없이 편법을 쓰기로 한다. 어차피 다 읽을 수 없을 바에야 관심이 있는 한 장만 추려 읽을 작정이다. 아홉 개로 구분된 차례에서 제9장 '음식'을 취한다. 요즘 젊은이들이 무엇을 어떻게 먹을지를 모르니 식食에 대해서 한 마디 해달라는 질문에 저자의 답이 명쾌하다.

'식食은 똥이다'

시작할 소설의 첫 문장으로 나는 이 말을 빌려다 쓸 생각을 한다. '식食은 똥이다.' 단순한 말 같지만 얼마나 명쾌한 문장인가.

읽어가는 동안 글은 많은 부분에서 생각하게 만든다.

전업주부인 나는 습관적으로 음식을 만들고 먹었다. 다양한 언론매체에서 끊임없이 주장하는 건강식 밥상차림에 관심을 가지고 나름 노력한 적이 있긴 하다. 영양학을 전공한 박사들이나 건강을 책임지는 의사들이 툭툭 던지는 말 한 마디에 아 참! 그걸 먹어야겠군! 그래 이번에는 이걸로 건강을 찾아보자! 하며 따라 한 적도 꽤 된다. 어디 그뿐인가. 아침은 왕처럼, 점심은 서민처럼, 저녁은 거지처럼 먹어야 건강하다는 말을 충실히 따라 해본적도 있고, 하루에 한 끼만 먹어도 장수할 수 있다며 직접 체험을 얘기하는 일본학자의 말에 따라 한동안 실험적인 식사도 해보았다. 이렇듯 날마다 무엇인가를 열심히 먹고 살면서 똥에 대해선 거의 생각해본 적이 없다.

주제에 집중하며 읽고 있던 참이라 남편이 부르는 소리를 놓쳤다. 신경질적인 목소리로 비웃는 소리가 바로 머리위에 떨어진다.

"이러다 우리 집에 철학자 한 분 나겠구먼. 착각은 자유지만 돌이 보석되겠나?"

이제 아예 대놓고 무시한다. 아, 나는 그에게 어떤 존재인 걸까? 왜 찾았는지 묻는다. 물 한 컵 떠오라고 불렀단다. 그래도 조금 미안한 마음이 들었던지 생각하는 척 한 마디를 붙인다.

"내가 떠다 먹을 테니, 하던 공부 계속 하던지, 말던지."

몇 달 전까지 나는 동네 작은 슈퍼에서 일했다. 채소를 다듬어 작은 포장으로 만드는 일이며 과일을 크기순으로 골라 역시 소포장을 하는 일이었다. 비록 월급은 적었지만 내 손으로 벌어 쓰는 재미가 쏠쏠했다. 그 일에 대해서도 남편은 대놓고 비웃었지만 이 일이라도 하지 않으면 우울증이 도져 죽을지도 모른다는 내 엄포에 겁이 났는지 슬그머니 눈감아 주었다. 그런데 예고도 없이 귀국한 시어머니에게 그만 탄로가 나고 말았다. 시어머니는 불같이 화를 냈다.

— 너, 이 시어미가 그리 우습니? 나와 네 남편의 얼굴에 똥칠을 해도 유분수지, 어디 할 짓이 없어서 그런 막일을……

시어머니는 부들부들 떨면서 말을 잇지 못했다. 이 일이 왜 그들의 얼굴에 똥칠을 하는 것인지 이해가 되지 않았지만 빌 수밖에 없었다. 다소곳한 내 태도에 시어머니는 교양과 품위를 되찾고 설교를 시작했다.

— 어미야. 가방 끈이 짧다고 꼭 그렇게 티 낼 필요는 없잖니? 이 집 식구가 된지 벌써 십오 년이 넘었는데 너는 아직도 그렇게 사태파악을 못한단 말이냐. 애비의 위신을 세워주려면 네가 최소한 노력이라도 해야 할 것 아니더냐. 짧은 가방끈을 이어볼 생각이라도 해야 장차 네 자식 앞에 얼굴이 설 터인데 도대체 넌 무슨 생각으로 사는 거니?

아이들 얘기에 나는 그만 울적해졌다. 벌써 십년 째 나는 아이들을 만나지 못했다. 간혹 영상으로 몇 마디 주고받기는 했지만, 어려서부터 떨어져 지내서 그런지 대화가 생뚱맞고 도대체 이어지지 않아 몇 마디 하지 않았는데 아이들은 끊어버리기 일쑤였다. 나는 용기를 내어 아이들을 잠깐이라도 데리고 나오지 그러셨냐고 기어드는 목소리로 말했다. 시어머니는 예상대로 핀잔을 주었다.

— 너도 참 별나다. 지금 한창 공부를 해야 할 시기인 줄 번연히 알면서 그새를 못 참아 왜 그리 안달이냐? 외국 유학을 꿈꾸면서도 돈이 없어 가지 못하는 사람이 세상에 널려 있다는 걸 너도 귀동냥은 했겠지? 내 강아지들은 할미 잘 만나 앞길이 창창하게 열려있는데 어미라는 사람이 도와주지는 못할망정 앞길을 가로막으려 하니 네 속은 참 알다가도 모르겠구나. 애들이 너의 이 구질구질한 모습을 보았다면 그 실망감이 어떠했겠니? 앞으로 처신 잘해라. 다시 한 번 더 나를 실망시키면…….

시어머니는 말을 끝맺지 않았지만 다음 말이 무엇인지 나는 너무도 잘 안다. 십 오년을 살아오면서 나를 길들이기 위해 끊임없이 위협하던 한마디, 생활비를 끊어버리겠다는 말이라는 것을.

시어머니가 필리핀으로 돌아간 다음 슈퍼 일을 그만두었다. 물론 시집에서 보내주는 생활비가 끊기면 당장 살아갈 일이 걱정이기도 했지만 단지 그 때문만은 아니었다. 그것이 아이들의 장래에 걸림돌이 된다면 그건 안하는 것이 옳다는 생각이 들어서였다.

다섯 살, 세 살 어린 남매를 필리핀으로 보내고 한동안 심하게 우울증을 앓았다. 아이들이 보고 싶고, 할 일은 없고 정말 그때 마음 붙일 곳이라곤 한 군데도 없었다. 그때 시작한 것이 동네슈퍼 일이었다. 비록 팔십 만원도 채 되지 않은 월급이었지만 내 힘으로 벌 수 있다는 자긍심은 남들보다 몇 배나 컸다. 그곳에서 사람들과 어울리다보니 사는 것이 바로 이런 것이구나 하는 작은 행복을 느꼈고, 우울증세도 한결 호전되었다. 무엇보다 그곳에는 사람냄새가 풍겨서 좋았다.

부동산을 잘 굴려 단시간에 벼락부자가 된 집에서 태어난 남편은 마흔 다섯이 될 때까지 돈 버는 일이라곤 해본 적이 없었다. 젊은이들이 대부분 경험하는 시간제 아르바이트는 물론 직장에 출근하여 월급을 받아본 경험도 없었다. 시어머니가 소유한 몇 개의 건물에서 나오는 월세가 주 수입원이었다. 월세수입도 적잖은데 시어머니는 생활비까지 덤으로 얹어주었다. 손수 벌어봐야 돈의 귀중함을 알지 않겠느냐고 무슨 일이든 한 번 해보라고 남편을 부추긴 적이 있었다. 그 사실을 전해들은 시어머니는 나를 심하게 나무랐다.

— 눈에 넣어도 아프지 않을 내 귀한 자식에게 지금 뭘 하라고 부추기는 것이냐? 쥐꼬리만 한 돈을 벌기 위해 애비가 남의 밑에 들어가 눈치 보며 살아야 네 속이 시원하겠니? 너는 도대체 애비에게 아무런 도움이 되지 않는구나.

쓰고 남을 만큼 충족한 돈에 길들여진 남편은 자신이 무엇인가 해보겠다는 의욕이 전혀 없다. 출근할 회사가 없으니 일찍 일어날 생각조차 하지 않는다. 느지막하게 일어나 빌딩관리실에 잠시 얼굴만 보이고, 빌딩 오층에 있는 헬스장에서 간단히 몸을 푼다. 그런 다음 같은 부류인 건물주 사장들과 골프연습장으로 몰려 가 게임을 즐긴다. 저녁내기, 2차 내기 등을 마치고 그들과 어울려 저녁과 술을 마신다. 집에 오는 시간은 거의 매일 새벽이다.

시어머니가 사준 사십 오평 아파트는 너무나 휑했다. 슈퍼 일을 그만

두자 긴 시간을 집안에서 보낼 일이 까마득했다. 한참을 고민하던 중에 지방대학교안에 개설한 평생교육원에서 수강생을 모집한다는 안내서를 보았다. 건강을 위한 강좌, 교양을 위한 강좌, 전문적인 직업을 위한 강좌 등 여러 교육내용이 있었지만, 생소한 문예창작 강좌에 마음이 끌렸다. 아마도 가방끈 짧다고 무시하는 시어머니와 남편이 잘 모르는 분야를 택하여 시시비비를 논하지 못하게 하고 싶은 속마음이었을 것이다.

소설 창작을 배워보겠다고 하자 아니나 다를까 남편은 홍, 콧방귀를 뀌며 말했다.

― 당신이 소설을 쓰겠다고? 지 분수도 모르고 개나 소나 나서기는. 소설은 아무나 쓰나?

순식간에 짐승이 되어버린 나는 어처구니가 없어 말이 나오지 않았다. 대신 순간적으로 픽 웃음이 터졌다. 남편의 말이 정치권에 회자된 말을 상기시켜 주었기 때문이었다. '철수나 영희나 모두 출마하면 소는 누가 키우냐' 100분 토론에서 야당후보자를 겨냥해 들이대던 패널이 한 말이다. 거기다가 남편이 끝에 붙인 말은 '사랑은 아무나 하나' 란 노래로 리메이크되어 그만 웃음이 터진 것이다. 그런 내 태도가 자존심을 건드렸는지 남편은 도끼눈으로 날 째려보았다.

오늘 문예특강 소설 반에 신입회원이 들어왔다. 처음 만난 자리에서 그녀는 기존회원들에게 자신을 이렇게 소개했다.

"소설에 목숨을 건 작가지망생이에요. 만나서 반갑습니다."

그 말을 듣는 순간 나는 그녀가 정말 소설 때문에 죽을지도 모른다는 생각이 들었다. 소설에 목숨을 걸겠다니! 저런 미련한 사람 좀 봐! 미간을 찌푸리며 나는 중얼거렸다. 그런 내 기우에도 불구하고 그녀의 목소리는 탁구공이 퐁퐁 튀어 오르듯 살아 움직였다.

그녀가 오기 전 '간접경험과 직접경험이 소설 속에서 어떠한 모습으로 되살아나나' 라는 주제로 회원들끼리 토론을 하던 중이었다. 회원들은 의견이 분분했다. 어떻게 직접 경험한 내용만으로 소설을 쓸 수 있겠느냐. 그것은 절대 있을 수 없다. 직접 간접으로 경험했던 모든 사실들을 토대로 글을 쓰고 있지 않느냐? 대충 그런 의견들로 모아가고 있는데 당돌한 목소리로 제동을 걸고 나선 이가 바로 그녀였다.

"전 그 의견에 동의할 수 없어요. 자기가 경험하지 않은 사실을 마치 사실처럼 표현한다는 것은 독자들에게 사기 치는 거라고 생각해요. 상상? 물론 좋죠. 그러나 그 상상도 경험의 바탕 위에 서야만 리얼리티가 살지 않겠어요?"

잠시 강의실이 숙연해졌다. 그 순간을 기점으로 강의실 분위기는 처음 온 그녀에게 완전히 제압되고, 두 시간 내내 당돌한 그녀의 발언이 거침없이 계속되었다.

어쩜! 저렇게 자신만만하지? 나는 자꾸 기가 죽었다. 시간이 아직 끝나지 않았는데 자리에서 벗어나고만 싶었다. 그러나 한껏 고조되어 있는 분위기를 깰까봐 선뜻 일어나지 못하며 머뭇대고 있는데, 그녀가 비어있는 내 옆 의자로 옮겨 앉으며 물었다.

"몇 년 생이죠?"

묻는 의도가 무엇인지 정확하게 알아채지 못한 나는 약간 벌어진 입을 다물지 못하고 그녀를 멀거니 쳐다보았다. 육감적이고 매혹적인 표정으로 그녀가 나를 바라보았다. 나는 호수처럼 깊은 그녀의 시선에서 쉽게 헤어나지 못했다. 내가 살아오면서 바라던 모든 것을 그녀는 갖고 있었다. 그녀는 눈이 부시게 아름답고, 감탄할 만큼 지적이었다.

'세상에……. 저렇게 훌륭한 몸매에 영리한 두뇌까지 두루 갖춘 사람이 정말 있긴 있네.'

생각에 빠져 대답을 하지 않는 나를 향해 그녀가 불쑥 손을 내밀었다.

"이렇게 만난 것도 인연인데 우리 터놓고 지냅시다. 난 육사년 용띠인데……."

내미는 그녀의 손은 군살 하나 없이 매끈했다. 이곳에 오기 전 네일아트 전문점에 다녀왔는지 손톱 끝에 매화꽃이 활짝 피어있었다. 감탄의 시선으로 내려다보던 나는 재촉하는 그녀의 시선에 끌려 엉겁결에 마주 잡았다. 오랫동안 해온 슈퍼 일로 물이 마를 새도 없이 부려먹은 탓에 손가락마디는 굵어지고 볼품없어진 손이 매끄럽기만 한 그녀의 손안에서 주눅 들어 잘게 떨렸다.

"난 육육년 생인데……."

말이 채 끝나기도 전에 그녀가 까르르 웃으며 반말로 받았다.

"진작 말하지이— 동생이잖아? 근데 넌 왜 그렇게 겉늙어버렸니? 다섯 살 정도 위 인줄 알았다. 얘."

얼굴이 벌겋게 달아올랐다. 내 기분을 아는지 모르는지 그녀는 전혀 개의치 않는 표정이었다.

다른 때보다 활기찬 분위기를 조성하는 그녀의 언어와 행동은 물 만난 고기처럼 싱싱하게 살아 온 강의실을 휘저었다. 감탄의 눈빛으로 그녀를 응시하다 시간이 끝이 났다. 수업이 어떻게 진행되었는지 아무것도 생각나지 않았다.

집으로 돌아오는 버스 안에서도 가라앉은 기분은 좀처럼 나아지지 않았다. 축 쳐진 어깨로 현관을 들어서자, 역정이 담긴 남편목소리가 들렸다. 이 시간에 그가 집에 있다는 것이 별일이라는 생각을 한다. 그러다 문득 이상한 생각에 사로잡힌다. 강좌에 나가는 요일마다 그가 일찍 들어왔지 않은가? 되돌아보니 정말 그렇다. 내가 집에 있는 날이면 밤늦게까지 술 마시다 새벽녘에 고주망태가 되어 들어오기 일쑤였는데 강좌가 있는 날엔 일찍 들어와 기다렸단 말이지? 도대체 무슨 꿍꿍이속이야? 화가 머리끝까지 치민다. 가슴속에선 천불이 오르락내리락 했지만 일단 꾹 눌러 참는다. 참지 못해 폭발해버리면 그 핑계로 강좌에 나가지 못하게 할 것이 뻔하다. 일주일에 한 번씩 강의를 받으러 나가는 시간이 내겐 유일한 활력소인데, 오로지 나만을 위한 시간을 빼앗기고 싶지 않다.

부리나케 국을 데우고 밥통에서 밥을 푸고, 있던 밑반찬을 꺼내어 저녁상을 차린다. 차려진 밥상을 죽 일별한 남편이 볼멘소리를 지른다.

"가장이 모처럼 일찍 들어오면 식성에 맞춰 상을 차리는 것이 부덕 아냐? 이게 뭐야? 지금 나더러 초원에서나 놀아보라고 거야?"

상에 고기가 없다는 불만이다. 어려서부터 고기를 먹고 자라서인지 남편은 유난히 고기를 밝힌다. 육류가 없는 밥상은 그에겐 식사가 아니다. 해주기 싫어서라기보다 건강을 이유로 적당한 채식섭취를 권유해보았지만 그는 막무가내다. 시어머니는 한술 더 떠 야단이다.

— 내가 귀한 내 자식 잘 먹이라고 생활비를 아끼지 않고 주는 건데, 너 지금 뭐하는 짓이냐? 그게 얼마나 한다고 먹고 싶어 하는 고기를 제

대로 못 먹여 준다니? 네가 해야 하는 일이 도대체 뭐라고 생각하니? 네 아이들 교육까지 내가 다 책임지고 맡아하는데, 너는 오로지 네 남편에게 순종하고 공경하면 된다는데 그게 그리 어렵니? 잘나지도 못한 용모에 고졸출신 아가씨를 데려왔을 때 그래도 내 아들 하나 왕처럼 떠받들고 살 줄 알았는데, 그래서 주위에서 다 반대했어도 승낙했었는데, 아무래도 내가 잘못 생각했나보구나!

시어머니는 금방이라도 이혼을 시킬 것처럼 펄펄 뛰었다. 물론 단초는 남편이 제공했을 것이다. 어머니 치마폭에서 헤어날 생각조차 하지 않는 남편은 시시콜콜 안 해도 될 말까지 일러바치는 것 같았다. 혹시 잠자리 일까지 꼬치꼬치 설명하지 않았나 싶을 정도다.

꽁꽁 언 쇠고기 한 덩어리를 냉동실에서 꺼내 찬물에 넣는다. 붉은 핏물이 번진다. 그 모양을 바라보며 난 조금 전 『사랑하지 말자』란 책에서 읽었던 구절을 떠올린다.

'어떠한 경우에도 육기肉氣가 곡기穀氣를 이기면 안 된다. 과도한 육식은 나쁘다. 공자님께서도 '육수다肉雖多 불사승사기不使勝食氣'라 하셨다. 쌀처럼 모든 체질에 공유되며 부작용이 없는 음식은 이 세상에 없다. 쌀밥을 사랑해야 한다.'

그런데 남편은 한사코 밥은 밀어낸다. 고기만 먹어도 건강하다고 자신한다. 오늘도 그는 자신의 식성대로 고기만으로 배를 채울 것이다. 내일 아침 그의 똥이 어떨지 몹시 궁금하다.

컵의 물을 꿀꺽꿀꺽 마시더니 남편은 방으로 들어간다. 배부르게 고기를 먹었으니 어찌 갈증이 생기지 않겠는가. 나는 다시 노트북 화면으로 시선을 돌린다. 환한 바탕에 커서가 쉬지 않고 깜빡인다. 어서 무엇이든 써달라고 떼를 쓰는 것만 같다.

'그래 알았어. 지금부터 되던 안 되던 써볼게.'

마음속으로 다짐하며 자판에 손을 올린다. 올린 손가락이 부르르 떨린다. 마음먹었던 대로 첫 문장을 타이핑 한다.

식食은 똥이다.

쓰고 나서 모니터에서 읽으니 뭔가 새롭다. 다음에 이어서 쓸 문장을 곰곰이 생각해본다. 우리는 왜 먹는가? 근본적으론 살기 위해서다. 안 먹으면 죽으니까. 먹으면 자연스레 똥을 싸야만 한다. 못 싸면 역시 죽으니까. 그렇게 중요한 일인데도 남편은 배설에는 전혀 관심이 없다. 날마다 화장실에서 끙끙대면서도 왜 그러는지조차 모른다. 아니 알려고 하지 않는다. 육류엔 꼭 채소가 곁들어져야 한다는 내말을 남편은 매번 무시한다. 고기 맛을 모르는 사람이 쌈을 싸서 먹는다며 고기 맛에 대해선 자기 앞에서 언급을 하지 말라며 말을 끊어버린다. 한 끼에 이인 분도 좋고 삼인 분을 먹을 때도 있다. 지금까지 남편이 매일 먹은 소나 돼지를 합하면 도대체 몇 마리나 될지 상상조차 안 된다.

그래서인지 변비는 그의 고질병이다. 변비약을 상용해도 배변이 쉽지 않아 병원에 가서 관장을 받은 적도 많다. 담당의사로부터 음식물섭취에 대해 주의사항을 들었을 때 잠깐 고치는가 싶다가도 그때뿐이다. 항상 그가 입에 달고 사는 말은 좋아하는 것 실컷 먹고 죽자. 이다. 그러고 나서 먹고 죽은 귀신이 때깔도 곱더라 하지 않더냐며 속없이 웃곤 한다.

거기에 생각이 미치자 문득 아이들이 걱정된다. 남편을 그렇게 키운

이가 바로 시어머니이지 않은가. 큰 아이 태섭이가 다섯 살 작은 아이 은주가 세 살 때 필리핀으로 가, 그곳에서 십년 동안 시어머니의 손에서 자랐으니 애들의 식성도 이미 남편처럼 굳어져 있을 게 분명하다.

한 번 솟은 걱정은 쉽게 사라지지 않는다. 소설을 쓰기 위해 켰던 한글화면을 내리고 곧바로 인터넷을 연결한다. 인터넷 전화로 안부를 물을 심산이다. 얼마나 자랐는지도 보고 싶어 동영상으로 전화를 건다. 마침 집에 있었는지 딸아이의 음성이 들리며 모습이 화면에 나타난다. 모습만 보아도 반가워 눈물이 솟는다. 화면 속 열세 살 은주가 몰라볼 정도로 성숙해 보인다.

얼른 대화를 시도한다.

"은주야. 잘 있었니? 엄마야."

"마미, ……."

"그래. 어디 특별히 아픈 데는 없고?"

"응……."

"오빠도 잘 있어?"

"마미, 특별한 일 아니면 전화 끊을래."

"왜? 무슨 바쁜 일 있니?"

"할머니가……."

시어머니가 곁에 붙어있어 아이가 눈치를 보는 것 같다. 전화를 끊을까봐 빠른 어조로 말한다. 고기나 패스트푸드는 줄이고, 밤참은 되도록 먹지 말 것이며, 잠은 충분히 자라고, 그래야 건강하게 자랄 수 있다고. 거기까지 말했을 때 시어머니의 열 받아 붉어진 얼굴이 화면을 가득 채운다.

"너 지금 아이들 앞에서 그게 할 소리니? 마치 내가 아이들의 건강을 해치는 마귀할멈이나 된 것처럼 말하고 있구나. 네 자식 잘 되라고 먼 타국까지 와서 이 생고생을 하고 있는데, 고마워하지는 못할망정 그렇게 싸가지 없이 말하는 버르장머리는 어디서 배운 게야? …… 그러게 옛말이 하나도 틀리지 않는단다. 무식이 사람 잡는다 하더니 네 어미가 바로 그 짝이로구나. 너는 열심히 공부해서 저런 어미 닮지 마라."

뒷부분은 아이를 향해 말하는 모양이다. 이왕 말을 꺼낸 김에 아이들을 위해 짚고 넘어가야겠다는 생각으로 화면에 얼굴을 들이밀고 나는 빠르게 말한다.

"어머니! 화만 내지 말고 제 말 좀 들어보세요. 어릴 때 식성이 얼마나 중요한지 어머니도 잘 아시지요? 그러니 애들 야채 좀 많이 먹게 해주시고……."

말이 채 끝나기도 전에 화면이 사라진다.

지금까지 그렇게 살았다. 시어머니 앞에서 내 주장을 펴지 못했다. 집을 살 때도, 차를 살 때도, 아이들을 필리핀으로 유학 보낼 때도 시어머니의 처분에 맡겼다. 그러다보니 어지간해서는 '아니다' 라든지 '싫다' 란 말은 아예 꺼내지도 못하고 살았다. 조금이라도 이유를 달면 시어머니는 펄펄 뛴다. 네가 누구덕분에 고생 않고 사는 줄 정말 모르는 거냐고, 것도 모르면 너는 사람이 아니라고 소리를 질러댄다. 남편도 옆에서 내 염장을 지르는 말로 시어머니 역성을 든다.

"못 배웠으면 눈치라도 빨라야지. 무슨 여자가 그리 곰처럼 둔해 빠져가지고 어머니 비위하나 못 맞추는지 원."

다시 한글화면을 불러온다. 한 줄의 문장이 나를 바라본다. 식食은 똥이다. 나는 그 옆에 이렇게 이어 써본다. '뿌린 대로 거두리라.' 써놓고 보니 문득 생전에 친정어머니가 들려주셨던 얘기가 떠오른다.

어머니가 살아계셨으면 올해로 여든이다. 백세시대에 들어선 지금 그 사고만 아니었더라면 아직 내 곁에 있을 연세였다. 평생 농촌에서 사신 친정어머니는 흙을 목숨처럼 사랑했다. 남의 밭을 빌려 농사를 지으면서도 그 땅에 쏟는 정성은 지극했다. 그래서였는지 땅에서 수확한 곡식의 수확량은 남들보다 배 이상 많았다. 똑같은 종자의 곡식을 심었음에도 알갱이의 크기도 컸고, 이상하게 병충해의 피해도 비켜갔다. 궁금해진 동네사람들이 그 까닭을 묻자, 짧게 대답했다.

— 뿌린 대로 거두는 거지.

그리고는 비밀인 것처럼 내 귀에만 들리게 작은 목소리로 어머니는 이렇게 소곤거렸다.

— 너도 궁금하지? 바로 정성인 게야!

평생 흙을 사랑하셨던 어머니는 그 땅 사랑 때문에 목숨을 잃었다.

십여 년 동안 푼푼히 모은 돈으로 어머니는 땅을 샀다. 산언저리에 위치한 나대지 몇 평이었다. 거저 준대도 사양할 척박한 땅이었고, 바로 옆에는 50m나 되는 고압송전탑이 서있어 오랫동안 임자가 나서지 않던 밭이었다. 쥐고 있는 돈과 거의 맞먹어 욕심이 났던지 어머니는 내게 상의 한마디 없이 덜컥 계약했다. 괜한 짓했다고 처음에는 지청구를 했으나 평생 땅 한 평 갖는 것을 소원했던 어머니였기에 슬그머니 묵인했다.

어머니는 매년 그 밭에서 꿈을 가꾸며 살았다. 올해는 메주콩을 심었으니 된장 걱정은 하지 마라. 올해는 옥수수가 잘 자라는구나. 첫물은 네게 보내마. 올해는 배추를 심었다. 김장거리나 나올는지 모르겠구나.
그렇게 해마다 꿈을 키우던 어느 해 유월이었다. 유월 한 달 내내 비가
내렸다. 장마가 길어지자, 걱정이 되었는지 어머니가 내게 전화를 했다.
애야, 올해는 감자를 심었는데, 비가 이리 계속 내려 걱정이구나. 가꾼
감자로 네가 제일 좋아하는 옹심이수제비를 꼭 끓여주고 싶은데 말이
다.

그런 전화를 받은 지 며칠 만에 사고를 뉴스에서 먼저 보았다. 50m나
되는 고압송전탑이 엿가락처럼 휘어져 땅에 거꾸로 처박힌 사진과 함께
어머니의 사망소식이었다. 비가 내리는 그 순간에도 어머니는 밭을 떠
나지 못하고 있었다고 했다. 딸의 입에 옹심이수제비를 넣어주기 위해
서였다. 송전탑에서 떨어져 나온 전선을 타고 흐른 고압전류는 어머니
를 형체도 알아보지 못할 만큼 새까맣게 태워버렸다. 영안실에 누워있
는 어머니의 처참한 모습에 나는 눈물조차 나지 않았다.

그로부터 내가 벌인 한전과의 손해배상 법정다툼은 지루하게 이어졌
다. 이년 동안이나 계속된 지루한 싸움은 끝내 나의 패소로 끝났다. 그
래도 소득이 있었다면 그 사건으로 인해 농촌주민들도 자신의 권리에
대해 목소리를 내게 되었다는 것이다. 한전 본사 앞이나 송전탑 건설 예
정지에서 반대집회가 심심치 않게 열렸다. 송전선로 계획 백지화를 위
한 투쟁에 매달리는 곳에서는 어머니의 사례가 이야기되고 그 자리에
초대된 나는 실상을 말하며 울분을 쏟아냈다.

그 시기에 남편을 만났다. 지금 생각해보면 몸 사리지 않고 투사처럼
행동하던 내 모습이 그의 눈에 신선하게 보였던 모양이었다. 자신은 꿈
에도 할 수 없는 일을 하는 내 모습에서 대리만족을 느꼈던지 싶다. 그

는 내가 가는 곳마다 찾아와 물심양면으로 도왔다. 힘없는 사람들의 권리 찾기를 위한 투쟁의 현장에서 그는 믿음직한 후원자가 되어 주었다. 의지할 데 없고 외롭고 힘든 시절, 그에게 청혼을 받았다. 나는 그것이 사랑임을 의심하지 않았다.

잠시 회상에 잠겨있는데 삐리릭, 메시지 벨이 울린다. 별생각 없이 스마트폰을 터치한다. 화면을 빽빽하게 채운 이해할 수 없는 문구가 뜬다. 이게 뭐지? 발신자를 확인한다. 남편전화번호다. 내용을 다시 확인한다. 내게 보냈다고 하기엔 내용이 꽤 수상하다. 순간적으로 의심이 머리를 스치고 지나간다. 정말 그동안 이렇게 나를 기만하며 살았단 말인가.

문자메시지가 내게 잘못 보내졌으리라고는 생각지도 못했는지 외출 준비를 마친 남편이 나오더니 나를 향해 말한다.

"친구 아버지가 갑자기 돌아가셨대. 친한 친구라 며칠 상가에서 있을 예정이니 기다리지 말고 자."

그동안 수없이 써먹던 수법 아니던가. 낮에는 골프여행을 간다고 나가고, 밤에는 문상 또는 문병을 칭하며 나갔던 것이 모두 그 때문이란 말인가.

남편이 나가고 한참을 나는 자리에서 일어나지 못한다. 수시로 당하는 남편의 언어폭력이나 시어머니와의 불통은 아이들을 위해서 견뎌낼 수 있다. 그러나 이 문제는 도저히 눈감아 줄 수 없다.

나는 벌떡 일어선다. 방금까지 남편이 있었던 서재로 들어간다. 차분하지도 꼼꼼하지도 못한 그의 성격으로 보아 틀림없이 뭔가 남겨놓았을 것이다. 서재를 둘러본다. 장식용으로 꽂아둔 문학관계 전집은 어제 사온 것처럼 말끔한 모습으로 꽂혀있다. 책장 바로 옆에 놓인 장식장에는 수백 장의 CD가 오로지 장식 역할밖에 할 일이 없어 먼지만 뿌옇게 쓰고 있다. 딱히 의심할만한 것은 눈에 띄지 않는다. 그렇다면 좀 전에 남편이 내게 잘못 보낸 이 메시지의 문구는 무엇이란 말인가.

'누님! 오늘 은주엄마를 만났단 말이 정말이에요? 어디서요? 어떻게든 좋은 그림으로 헤어질 테니 조금만 참으라고 했잖아요? 제 말을 믿죠? 갈게요. 지금 곧 갈 테니 화 풀어요. 떠난다는 말은 제발 하지 말아요.'

서재에서 그가 사용하는 컴퓨터의 스위치를 올린다. 서로 주고받은 이메일이나 국민메신저라 칭하는 카카오톡 내용이 남아있을지도 모른다. 부팅이 되어 떠오른 화면에 비밀번호를 치라는 문구가 뜬다. 지금까지 서재의 컴퓨터는 사용한 적이 없어 비밀번호는 알지 못한다. 혹시나 하고 집 전화번호를 넣어본다. 예상했던 대로 아니다. 남편의 생일 날짜를 쳐본다. 역시 아니다. 어쩌면 그 여자의 생일이나 전화번호로 정했는지 모른다는 데에 생각이 미치자 나도 모르게 발끈 화가 치밀어 오른다.

"젠장 맞을……."

손에 쥐고 있던 무선마우스를 방바닥에 힘껏 던져버린다. 마우스는 50인치 벽걸이 TV 화면 쪽으로 도르르 굴러가더니 멈춘다. 굴러가는 마우스를 눈으로 따라가다가 화면 옆에 꽂힌 USB를 발견한다. 남편이 조금 전까지 보다가 서둘러 나가느라 미처 치우지 못한 모양이다.

TV화면을 켜자, 대형화면에 부스스 사진이 살아난다. 아! 바로 그녀다. 오늘 문예창작 반에서 만난 육사 년 용띠라고 자신을 소개하던 바로 그녀. 정신이 혼미해진다. 그녀가 어떻게 남편과 저런 포즈로 함께 있단 말인가. 슬라이드 쇼로 설정했는지 사진은 한 장 한 장 자연스레 넘어가고 있다. 밖으로 돌던 그 숱한 시간에 남편은 여자와 추억을 만들고 있었던 모양이다. 나와는 한 번도 해본 일이 없는 낯 뜨거운 포즈가 쉬지 않고 지나간다.

용띠인 그녀가 오늘 소설 반에 등록한 이유는 무엇이었을까? 그렇게 오랫동안 남편이 바람을 피웠어도 도무지 알아채지 못하는 곰처럼 미련한 여자의 면상을 직접 한 번 보기 위해서? 미적거리는 남편의 태도가 영 미덥지 않아서? 실상을 알게 되면 나란 여자는 쉽게 떨어져 나갈 것이라 예상해서? 아니면 내게 자신의 존재를 알리기 위해서? 그중 어느 것이 정답이든 이제 아무 상관없는 일이라고 나는 중얼거린다.

안방으로 돌아온다. 장롱을 열고 살펴보니 줄줄이 걸려있는 메이커 옷들은 모두가 시어머니가 준 돈으로 산 것이다. 남들이 모두 탐내는 명품 백, 화장대에 가득 진열되어있는 고가의 외제 화장품, 하나같이 내 자유를 구속하던 물건들이다. 그런 줄 번연히 알면서도 참고 살아온 그 긴 세월을 후회한다.

천천히 아주 천천히 짐을 챙긴다. 여행용 가방을 열고 내가 가져갈 수 있는 최소한의 물품만을 찾아 넣는다. 슈퍼에서 내가 번 돈으로 산 세타 하나, 슈퍼에서 일할 때 입었던 추리닝 한 벌, 그리고 속옷 서너 개.

결혼할 때 받은 예물상자를 꺼내어 몸에 지니고 있던 결혼예물과 기념일에 받아 간직한 폐물들을 차곡차곡 넣어 화장대 위 잘 보이는 곳에 놓는다. 사용하던 최신식 스마트폰과 현관열쇠를 챙겨 예물상자 옆에 가지런히 놓는다.

가방을 들고 나오다 나는 다시 안방으로 들어간다. 화장대 서랍 속에 들어있던 여러 개의 샤넬 립스틱 중 진홍색 하나를 고른다. 뚜껑을 열고 경대 거울위에 큼직하게 쓴다.

"부끄러운 줄 아세요!"

허상 같은 행복을 붙잡고 산 십오 년 세월을 훌훌 털고 가벼운 마음으로 현관문을 나선다, 발걸음이 들고 있는 가방만큼이나 가볍다.

첫 소설의 마지막 문장을 나는 이렇게 쓸 것이다.

'그것이 여자의 생애 중 가장 탁월한 선택이었다.'

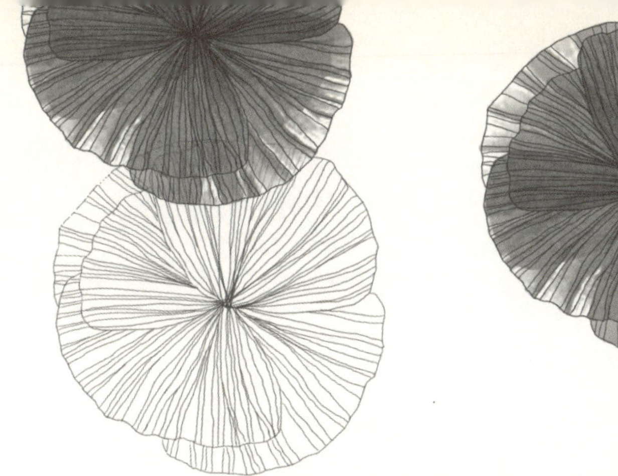

가면을 쓴 세 명의 연주자를 위한
고래의 목소리

가면을 쓴 세 명의 연주자를 위한 고래의 목소리

아직까지 수면은 잔잔하다. 여차하면 물속으로 뛰어 들어갈 모양새로 수면 가까이 눈을 들이댄다. 수면과 마찬가지로 진한 쪽빛의 물속도 움직임이 감지되지 않는다. 너무 깊이 허리를 꺾고 들여다본 탓인지 현기증이 인다. 어지럼증으로 비틀거리면서도 수면에서 눈을 떼지 않는다.

"별다른 움직임은 없지?"

언제 다가왔는지 둔탁하고 걸걸한 목소리가 등을 친다. 울산호 선주 박을동이다. 그를 향하여 고개를 끄덕인다. 그도 내가 했던 자세를 취하며 얼굴을 수면 가까이 댄다. 깊은 물속은 가뭇없이 조용하다. 이윽고 고개를 든 그가 내게 다짐한다.

"한시도 눈을 떼어서는 안 되네. 알겠는가? 놈이 우리에게 얼마나 중요한지 자네도 알 것 아닌가?"

고개를 끄덕이는 내 얼굴이 일그러진다. 그게 어디 우리에게 중요한 것인가. 그의 입에서 으레 나오는 소리로 치부해 버리면 그만이지만, 들을 때마다 속이 뒤틀린다. 부글부글 끓듯 편치 않은 심사가 내 얼굴에 나타나자 그는 허허거리며 능치러든다.

"왜 그래? 놈을 지키는 것이 꼭 나만을 위한 것은 아니지 않은가?"

듣고 보니 맞는 말이다. 육지에 당도할 때까지 지켜내야만 약속했던 돈이 안겨질 터이니. 나는 얼굴을 돌려버린다. 어쩔 수없이 그와 얽히고 만 사연이 생각나자 괜히 분통이 터진다. 심중을 미리 짐작이라도 했던 지 그가 준비해 두었던 것을 앞으로 불쑥 내민다. 조금 전까지 벌떡벌떡 숨을 쉬던 참돔회 한 접시와 소주 한 병이다.

"자, 한 잔 하세. 우리의 미래를 위하여!"

또 나온다. 입만 열면 우리이다. 언제부터 그와 우리로 묶이게 되었는가. 실없이 허허거리는 것처럼 보여도 그의 뱃속에는 백년 묵은 능구렁이가 들어있음을 눈치 채고 있다. 가까이 하기에도 그렇다고 멀리하기도 어려운 친구가 바로 그였다.

"자, 쭉 들이키게. 이 드넓은 바다 한 가운데서 마시는 술의 참맛을 느껴보란 말이네. 카— 목을 타고 들어가는 이 짜릿한 맛을 그 누가 알겠는가. 자— 한 잔 더 하지."

그가 연거푸 잔을 권한다. 행여 맡은 일을 그르칠까봐 거절하려다가 권하는 잔을 받아 꿀꺽 넘기고 나서 말없이 그에게 잔을 돌린다. 벌써 취기가 오르는지 벌게진 한눈을 찡긋하며 그가 말을 잇는다.

"자네, 속으론 나를 무척 원망할 것이야. 허나 돌려 생각하면 전화위복이 될지 누가 알겠는가?"

정말 그의 말대로 전화위복이 될 것인가. 오늘따라 유난히 쓴 액체를 입에 털어 넣으며 생각에 잠긴다.

얼마 전까지 나는 잠자는 시간을 뺀 나머지 대부분을 물속에서 살았다. 직업이었던 골프공다이버 생활은 꼽아보니 십년을 넘게 했다. 골프를 즐기는 사람들이 실수로 물에 빠트린 공을 찾아 주워 올리는 일이었다. 고무로 된 잠수복을 세 겹으로 겹쳐 입고 이십 킬로그램이 넘는 스쿠버장비를 착용한 첫날. 왜 그리 무겁던지. 장비뿐만이 아니었다. 허리와 목에 둘러맨 그물망에 골프공이 가득 채워지면 그 무게만도 삼십오 킬로그램이 넘었다. 무거운 그물망을 매단 채 물속을 잠수해야하는 일은 참으로 힘든 노동이었다.

영원골프장 코스 내에 산재되어 있는 호수, 개천, 연못, 습지 등 워터해저드에서 나는 매일 오천 개 이상의 공을 건져냈다. 한 주에 이만 오천 개였으니, 얼핏 따져보아도 한 해 팔십 만개의 공을 회수했다는 계산이 나왔다. 무게로 따지면 사십 톤이 넘었다. 그 생활을 견딜 수 있었던 것은 오로지 그녀 때문이었다.

"자네 또 그 여자 생각하나? 참 딱도 하구먼."

눈치 하나 빠르군. 나는 이마에 깊은 주름을 잡으며 속으로 되뇐다. 그리고 채워진 술잔을 말없이 입에 털어 넣고 회 한 점을 입에 넣고 우물거린다.

"잘나가는 인기골퍼가 무엇이 아쉬워 자네에게 눈을 돌린단 말인가? 요즘 애들은 '못 올라갈 나무 사다리 타고 오르면 된다'고 비틀어 말하지만, 그건 젊었을 적 호기 아니겠나? 막말로 사십을 넘긴 우리의 사다리는 그리 튼튼할 리도 없을 거고, 잘못하여 오르기도 전에 추락하면 그 망신은 또 어찌할 것인가? 찬물 먹고 맘 돌리게. 이참에 이혼하고 혼자가 된 동창생 참미와 이야기를 진행시켜 보는 것은 어떤가? 자네만 좋다면 내가 중간에 다리를 놓아 줌세."

나는 그를 향하여 눈을 부라린다. 다시 채워진 소주잔을 신경질적인 손놀림으로 입에 털어 넣은 다음 고개를 돌려 다시 수면을 주시한다.

"쯧쯧, 융통성 이라곤 눈을 씻고도 찾을 수 없는 주변머리 허곤."

혀를 차며 그가 자리를 털고 일어선다.

울산호 선주 박을동은 나와 초등학교 동창이다. 그 시절 그의 별명은 셀 수 없이 많았다. 유난히 큰 머리라 '짱구' 라고 불리던 별명은 그래도 양반이었다. 끊임없이 흘러내리다 코끝에 누런 딱지로 내려앉은 모양새에 '돼지코딱지' 로 불렸는가하면, 커다란 머리가 바로 몸과 연결된 모습은 거북이를 연상시켜 자연스럽게 붙은 '느림보거북이' , 나이에 맞지 않게 투박하고 걸걸한 목소리를 지닌 그를 흉내 내며 불리던 '동네아저씨' , 개중에 장난이 심한 개구쟁이 친구들은 그의 아킬레스건을 건드리며 '귤껍질' 이란 별명으로 놀리는 것을 즐겨했다.

귤껍질을 까자, 귤껍질을 까자./무엇이 나올까, 무엇이 나올까./정말로 정말로 궁금하구나.

반 친구들이 그렇게 놀릴 적마다 그는 발갛게 상기되어 죽을 둥 살 둥 그들에게 달려들었다. 그들이 말하는 귤껍질이란 별명은 그의 얼굴 전체에 퍼져있던 마마자국 때문이었다. 그의 얼굴은 제법 균형 잡힌 모습으로 마마자국만 아니었다면 미남소리를 들었음직도 했다.

어린 시절 그랬던 그가 사십을 막 넘긴 지금 정말 몰라보게 달라졌다. 우연한 기회로 그와 맞닥뜨렸을 때 자신이 을동이라고 밝히지 않았다면, 모르고 지나쳤을 뻔했다.

동업 비슷하게 일을 시작하고 나서 가끔 술에 취하면 넋두리처럼 구시렁대던 그의 말로 유추해보면 그런 모습을 만들기 위해 얼마나 노력했는지 짐작이 갔다. 옛날 모습을 깡그리 없애기 위해 셀 수도 없이 수술대 위에 올랐다는 그, 말끝에 자조적인 표정으로 그는 이렇게 내뱉었다.

— 너, 돈을 그렇게 무시하지 마라. 돈? 막강한 그 힘은 가진 자만이 느낄 수 있단 말이다. 개뿔도 없으면서 남들 앞에선 고고한 척하는 놈들, 은밀한 장소에선 어떻게 변하는지 네가 알아? 임마, 너는 죽었다 깨어나도 모른다고.

몰라보게 달라졌다고 했지만 자세히 살펴보면 약간의 흔적은 남아있었다. 빠르게 발전하고 있다는 의술로도 깊게 패인 자국의 흔적을 깡그리 없애기는 힘들었던 모양이었다. 코 옆쪽으로 몇 개 남은 흔적마저 지우고 싶었는지 그는 메이크업까지 하고 다녔다. 처음에 그런 사실까지는 몰랐다. 사실 그가 가까이 다가서면 여성용 화장품 냄새가 풍기기도 했었지만 설마 했었다. 그가 취해서 스스로 자폭하지 않았다면 몰랐을 일이었다.

— 그래 임마, 나 화장하고 다닌다. 그러니 어쩔 건데?

사실 그와 특별하게 나눌만한 대화거리를 찾지 못해 농담 삼아 물었던 것인데 몹시 기분 나쁘다는 표정에 나는 당황했다. 그래서 얼른 사과를 하자 이번에는 진심어린 얼굴로 이렇게 말하는 것이었다.

─ 복태야. 너 모르지? 내가 닮고 싶은 사람이 너였다는 사실을 말이다. 아니, 난 어려서 부터 너를 뛰어넘고 싶었다. 찌질 하게 놀림만 당하던 그 시절 공부면 공부, 운동이면 운동, 거기에 준수한 외모까지 겸비한 너를 무척이나 부러워했었지. 거기에 너희 집은 누구나 알아줄 정도로 부자가 아니었나? 그때 난 결심했지. 어떻게 해서든지 왕창 돈을 벌겠다고. 돈만 있으면 내가 원하는 것은 무엇이든 이룰 수 있다고 굳게 믿었으니까.

그가 어떻게 해서 돈을 벌었는지 그 사정까지는 모른다. 초등학교 이후 헤어져 서로 다른 장소에서 다른 삶을 살아왔기에 그가 말하지 않는 한 알 수 없다. 그는 묻지 않아도 살아온 내력을 잘도 떠벌리면서, 무슨 까닭인지 재산을 어떻게 불렸는지에 대해서는 말을 아꼈다.

사실 내 과거를 그도 자세히 알지 못할 것이다. 중학교 1학년 때 교통사고로 부모님을 잃은 후 그보다 더 어려운 환경 속에서 살게 되었다는 사실을 그가 알 리가 없다. 부모가 떠난 후 많은 재산도 시나브로 사라져갔다. 어린 내가 지켜내기엔 세상은 너무 험했다. 그러나 사라진 돈보다 그리운 것은 어머니였다.

묘하게 얼크러진 사정으로 그의 일을 도와주게 되었지만, 나는 그를 좋아할 수 없었다. 언뜻언뜻 내비치는 저질스런 탐욕이 싫었다. 그런 그의 수족이 되어 일을 할 수밖에 없다는 사실에 자존심이 몹시 상했다. 그래서 의식적으로 그를 무시하곤 했다. 그런 내 심중을 아는지 모르는지 그는 매사를 껄껄 웃음으로 넘겼다.

그가 자리를 떠난 후에도 나는 한동안 이런저런 생각에 골몰하느라, 수면에서 눈을 떼고 있었다. 그러다 번쩍 정신을 차리고 보니 물속 움직임이 뭔가 이상했다. 조금 전 까지 잔잔하던 물속에서 갑자기 흰색의 물보라가 용솟음치는 것이 아닌가.

나는 서둘러 잠수복을 입는다. 부리나케 바다 속으로 뛰어든다. 초여름이라 하지만 수온은 아직 차다. 잠수복을 통해 느끼지는 서늘함에 부르르 몸을 떤다.

10톤급 정치망어선인 울산호는 그리 빠르지 않은 속도로 귀항하는 참이다. 그 배꼬리에 매달린 채 끌려오는 어망에는 혼획(그물에 우연히 걸려 잡힘)된 큰돌고래 한 마리가 들어있다. 어림잡아 3m 길이에 2톤은 족히 나갈 것 같다. 어망에 혼획된 돌고래가 이렇게 살아있는 경우는 매우 드물다. 그물에 걸리면 대부분 물 위로 떠올라 호흡을 할 수 없기 때문에 쉽게 죽는다. 이번 경우처럼 빨리 발견하고 또 시간에 맞춰 물 위로 떠올려 주어야만 살 수 있다. 지금 내가 맡은 일이 바로 돌고래를 제때에 맞춰 호흡을 시켜주는 일이다.

내가 젊은 시절 한 때 대공원에서 돌고래 쇼를 위한 훈련조련사였다는 사실을 안 그는 환호했다.

— 좋아. 너 나 좀 도와주라. 보수는 섭섭지 않게 줄 테니.

그가 제시하는 액수는 제법 컸다. 욕심도 생겼다. 그러나 힘이 필요할 때 그녀 곁을 떠나 있어야한다는 점이 마음에 걸렸다. 돌보아주지 않으면 그녀가 힘들 것이라는 생각에 길게 생각해 보지도 않고 거절했다. 그는 안타깝다는 표정으로 활짝 웃고 있는 사진이 찍힌 명암을 내밀며 말했다.

— 그래? 생각이 바뀌면 아무 때든 좋으니 연락해라.

나는 어선에 몸을 연결한 밧줄에 의지하며 어망을 살며시 물 위로 밀어 올린다. 2톤이나 되는 돌고래의 무게는 물속이라 하지만 쉽게 들려지지 않는다. 어망 밑으로 잠수하여 등에 온힘을 실어 밀어 올린다. 부력의 힘이 가해져 그제야 가까스로 둥실 떠오르는 찰나, 내 눈에 기이한 모습이 잡힌다.

"어라? 저게 뭐지?"

위로 붕 뜨는 어망 밑에 딸려 올라가는 물체, 아! 돌고래 새끼다. 새끼는 떠오르는 어미의 젖꼭지를 놓지 않는다. 그래서 어미는 죽을 수 없었구나. 나도 모르게 고개를 끄덕인다.

조련사시절 감탄했던 것이 그런 고래의 모성애였다. 지느러미를 이용해 사람처럼 새끼를 다정하게 포옹하는 모습이나, 호흡을 위해 어미가 등을 이용하여 새끼를 수면위로 밀어 올리는 모습을 처음 보았을 때 나는 숨이 막힐 정도로 감동했다. 모유수유는 기본이고 24시간 새끼를 품에 안고 보호하는 돌고래의 모성을 직접 눈으로 확인하면서 어머니가 사무치게 그리워졌다. 주로 새끼를 돌보는 일을 하던 조련사 선배가 내게 말했다.

— 요즈음 사람들 얼마나 생명을 경시하는지. 자기가 낳은 자식을 죄의식 하나 없이 버리는 부모들에게 이런 돌고래의 모성애를 닮으라하고 싶다니까.

말을 이어가던 선배는 저절로 흥분되는지 괜히 목소리를 높였다.

잠시 옛 생각에 빠졌던 나는 새끼에게 눈길을 보낸다. 태어난 지 한 달? 아니면 두 달 쯤 된 듯싶다. 어미는 어쩌다 그물에 걸렸을까? 어미를 따라 저 어린 새끼가 그 먼 길을 헤엄쳐 따라왔단 말인가. 신기하다.

말로만 듣던 사실이 실제로 눈앞에 펼쳐졌는데도 선뜻 믿어지지 않는다.

그러다 문득 갓 태어난 새끼는 어미보다 더 자주 공기를 마셔야 한다는 사실을 떠올린다. 어미는 30분 이상 물 속에서 호흡을 참을 수 있지만 새끼는 겨우 10분이라 했던가. 그렇다면 어찌해야 되나. 어망 속에 포위된 어미고래로서는 새끼를 위해 할 수 있는 일이 아니잖은가. 그래서 조금 전 새끼걱정으로 어미고래가 그렇게 몸부림을 쳤던 거로구나. 나는 그제야 상황판단을 한다.

어미고래가 공기를 다 마신 다음 자연스럽게 새끼를 들어 올려줄 작정으로 기다린다. 그런데 갑자기 등 위에서 큰 소용돌이가 일어나며 그 바람에 몸이 뱅글뱅글 돈다. 가까스로 몸을 고추 세워본다. 도대체 지금 무슨 일이 일어난 것인가. 정신이 하나도 없다. 잠수복에 달린 전등을 고래 쪽으로 비춘다. 어망 속에서도 어미고래가 새끼를 자신의 등에 올려 수면으로 올려주고 있는 모습이 보인다. 참으로 신기하고 놀라운 광경이다.

오랫동안 올라오지 않아 걱정이 되었는지 어선에서 신호를 보내온다. 갑판과 연결된 밧줄이 당겨지며 빨리 올라오라는 신호다. 내가 수면 위로 솟구쳐 오르자 그와 선원들이 걱정스런 표정으로 내려다보고 있다. 나는 아무런 이상이 없다는 신호로 손을 높이 흔들어 보인다.

잠수도구를 벗고 자리 잡고 앉자, 그가 참았던 역정을 쏟아낸다.

"야, 임마. 말을 하고 들어가야 할 거 아녀? 그러다가 무슨 일이라도 생기면 어쩔 건데?"

"죽기라도 했을까봐 걱정된 거냐?"

"그래, 짜사. 그런데 물 밑에서 무슨 일이라도 있었냐?"

그는 친구의 안전보다 고래의 안전에 더 마음이 쓰인다는 표정을 애써 감추지 않는다.

"그것보다 내가 궁금해서 묻는 것인데, 너 저 돌고래 어떻게 할 셈이냐?"

"어떻게 하긴. 팔아야지."

"어디다?"

"됐고, 아직 놈은 잘 살아있지?"

계속 고래의 안전에만 관심을 두는 그에게 나는 화제를 돌린다.

"너, 내가 조련사 일을 왜 그만 뒀는지 모르지?"

"천척인 불가사리를 만난 조개마냥 입을 꽉 다물고 있는데, 네 놈의 속을 내가 어찌 알겠냐? 그런데 갑자기 그 얘기는 왜 꺼내는 건데?"

나는 입을 다문다. 그때의 일이 문득 떠올라 무심코 입 밖으로 나왔지만 아직 얘기하고 싶은 생각은 없다. 대답이 없자, 그가 다시 묻는다.

"이 일은 죽어도 싫다던 네놈이 무엇 때문에 따라나선 것이냐? 단지 돈 때문이냐?"

물론 나에게 거금이 생긴다면 그녀가 마음 놓고 원정경기를 다닐 수 있게 하고, 영원골프장 사장의 눈치를 살필 일도 없을 것이다. 요즘 눈에 띄게 그녀에게 추파를 던지는 사장의 느글거리는 시선에서 그녀를 보호할 수도 있을 것이고, 어쩌면 용기를 내어 지금이라도 그녀에게 청혼을 할 수 있을지도 모른다.

나이 마흔인 지금까지 그 누구에게도 애정을 고백해 본 일이 없었다면 사람들은 그 말을 믿을까? 나에게는 그녀가 처음이자 마지막 연인이다.

그녀를 처음 본 것은 영원골프장에서였다. 갑자기 조련사 일을 그만 둔 다음 찾은 일이 바로 '골프공다이버'였다. 일이 제법 손에 익자 나는 주변을 돌아볼 여유가 생겼다. 남보다 일찍 출근하여 그날 책임량을 다 하고나면 그때부터 자유 시간이었다. 처음에는 밖으로만 열심히 돌았는 데 어느 날 갑자기 골프시합은 어떻게 하는 것인지 궁금해졌다. 골프장 에서는 휴일이면 크고 작은 대회가 매주 열렸다.

그날도 새벽부터 시작하여 오전 아홉시쯤 공을 줍는 일을 일치감치 끝 마쳤다. 화장실에서 손을 씻고 나오다가 직원들이 나누는 이야기를 듣 게 되었다. 오늘 열리는 대회에 전국에서 이름난 선수가 모인다고 했다. 특히 고아라라는 골프신동도 참가하는데 매우 기대된다는 내용이었다.

그때 처음 들은 고아라라는 이름이 머리에서 떠나지 않았다. 이름뿐 만 아니라 그날 경기를 치르는 내내 그녀를 따라다니며 바라본, 건강미 와 청순미를 두루 갖춘 자태는 오랫동안 가슴을 뛰게 만들었다. 그날부 터 그녀를 해바라기한지 벌써 십년이다. 서른이던 나이가 마흔에 접어 들었다. 열여섯 꼬마 천재로 이름을 날리던 그녀는 이제 스물여섯으로 인기프로골퍼가 되어 전 세계에 이름을 알리는 중이었다.

물론 그녀에게 직접 애정을 고백한 적은 없었다. 팬 카페에 등록하여 팬들이 여는 잔치에 참석하여 먼발치에서 지켜보곤 했지만 언감생심 속 마음을 털어놓지도 못했다. 그녀에게 나는 골프를 무척 좋아하는 마음 씨 좋은 팬 아저씨에 불과했다. 거기에 거금을 쾌척하는 부자스폰서로 기억되고 있을 것이었다. 골프공다이버로 번 돈은 최소한의 생활비만 빼고 고스란히 그녀의 통장에 이체했다. 하나도 아깝지 않았다. 계산해

보면 번듯한 아파트 한 채 값은 충분이 되고도 남으리라.

　나는 영원골프장 부근에 있는 칠 평짜리 원룸에서 산다. 서너 번 옮기기는 했지만, 십여 년 동안 원룸을 벗어나지 못하고 있다. 벗어날 생각도 없다. 갈수록 많아지는 그녀의 원정경기 일정을 보고 있으면 자신에게 드는 돈을 줄이는 수밖에 없었다. 그녀가 비행기 삯이 없어 출전을 하지 못한다는 것은 생각만 해도 가슴이 아프다. 그녀의 부모가 막노동꾼이라는 사실을, 그래서 부모는 그녀의 뒷바라지를 할 수 없다는 것을 알았을 때 스스로에게 다짐했다. 그녀의 꿈을 내가 이루어 주리라고.

　그런데 일이 묘하게 꼬이고 말았다. 영원골프장 사장이 그녀에게 흑심을 품고 나선 것이다. 부모로부터 영원골프장을 물려받은 젊은 사장은 이제 갓 서른이었다. 사장은 사업보다는 여자를 더 밝혔다. 그녀의 명성과 미모에 혹하게 된 사장이 물불을 가리지 않고 적극적으로 나섰고, 마치 자신이 그녀의 흑기사나 된 것처럼 행동하며 모든 일을 해결하려했다.

　젊고 재력이 있는 사장의 밀어붙이기식 관심은 그녀의 마음을 움직였다. 그녀에 관한 모든 스케줄이 자연스럽게 사장에게 맡겨졌다. 사장은 매니저를 자처하며 그녀의 경기일정과 수입, 지출까지 관여했다. 자연히 펜 카페의 관리도 사장 몫으로 넘어갔다. 그때까지 내가 카페 내 후원금 관리를 담당하고 있었다.

　사장에게서 만나자는 연락을 받았다. 나는 사장에 관해 모든 것을 알고 있었지만, 카페 안에서는 아이디로 활동하기 때문에 사장은 나의 진면목을 까맣게 몰랐던 모양이었다. 만나는 자리에서 무척 놀라는 눈치였다. 그도 그럴 것이 그 큰 액수의 후원금을 십년 동안이나 변함없이

낸 사람이 자기 회사의 '골프공다이버'이었다는 것을 어찌 상상이나 했을 것인가. 더군다나 펜 카페 내에서 회원들끼리 나눈 농담조의 댓글을 보았다면 나에 대한 질투심도 매우 컸을 터, 그래서 당장 만나 담판을 지으려고 했을 것이다.

"당신이 '오페라유령' 인가?"

열 살이나 손위인 나에게 사장은 처음부터 말을 놓는다. 기분이 몹시 나빴지만 나는 정중하게 대답한다.

"제 아이디가 '오페라유령' 입니다만 무슨 일이십니까?"

"오랫동안 아라의 스폰서역할을 했다고? 카페 내에서는 제대로 돈을 쓸 줄 아는 신사로 추앙을 받고 있던데, 당신 그렇게 돈이 많아? 어린 여자를 어찌 해볼 꼼수로 공을 들인 거 아냐?"

"제가 왜 그런 물음에 답을 해야 합니까?"

"뭐라? 지금 대드는 거야?"

"……"

나는 입을 다물었다. 그러자 사장은 열이 받치는지 어쩔 줄을 몰라 했다. 자존심에 큰 상처라도 받은 듯 펄펄 뛰더니 마지막으로 소리쳤다.

"당신, 오늘부터 해고야, 해고!"

골프공 다이버는 힘든 일이었다. 물속에서 공을 주워 낸다는 일은 생각보다 체력을 필요로 했고, 그 일을 하려고 덤비는 사람도 없었다. 주운 공들은 전문공장에서 수선을 마친 후 다시 반값으로 사들여 재사용을 할 수 있어 회사에도 꽤 큰 이익으로 되돌아오는 일이었다. 그런 내용을 잘 알고 있던 전 사장은 나에게 후한 보수를 주었다.

　삼십분마다 물속으로 뛰어 들어 고래의 호흡을 도와주는 일은 나에게
는 그리 어려운 일은 아니다. 젊었을 적 오년 동안이나 했던 돌고래 조
련사의 기술이 아직도 녹이 슬지 않은 덕분이다.

　그가 이 일을 제의했을 때만해도 십 년 전의 사건이 자꾸 생각이 나서
도저히 할 수 없을 것 같았다. 그런데 골프공다이버 일을 그만둔 다음
여기저기 일자리를 찾았지만 적당한 직장은 찾지 못했다. 젊은 인재들
도 취직하기가 어려운 현실에서 나에게 돌아올 자리는 없었다. 두 달 정
도 놀고 나니 당장 먹고 살 일부터 걱정이었다. 버는 족족 그녀에게 송
금했으니 통장의 잔고는 남아 있지 않았다. 달마다 들어갈 원룸월세도
챙겨야했고, 무엇보다 이번에 US여자오픈대회가 열리는 미국에 다녀오
려면 목돈이 필요했다. 지금까지야 그녀의 출전비를 도와줄 목적으로
돈을 모았기 때문에 대회에 따라갈 엄두도 내지 못했지만 지금은 달랐
다. 사장과 결혼하기 전에 마지막으로 그녀가 벌이는 경기를 보고 싶었
다.

　대회일정을 살펴보니 그녀가 참가하는 US여자오픈대회는 구월에 열
릴 예정이었다. 석 달여 밖에 남지 않았다. 막일을 해서 그때까지 목돈
을 구하기는 버겁다는 생각이 들었다. 문득 그가 떠올랐다. 섭섭지 않게
보수를 준다던 말도 생각났다. 부리나케 그가 주었던 명암을 찾았다. 찾
을 일이 없을 거라고 생각하여 아무렇게나 던져두었던 명암은 쉽게 발
견되지 않았다. 한참 만에 앉은뱅이책상 밑에서 겨우 찾아냈다.

　전화를 하자, 그가 반색하며 당장 오라고 했다. 그렇게 따라나서게
되었는데 이미 두 번이나 허탕을 쳤다. 세 번째 출항에서 드디어 기다리
고 기다리던 고래를 혼획하게 된 것이다. 그것도 살아있는 고래를. 그가

돌고래를 잡기만 하면 한몫을 챙겨준다고 장담했던 터라 내심 기뻤다. 잘만하면 마지막으로 그녀의 멋진 경기를 관전할 수 있겠다는 희망으로 마음이 부풀었다. 더 기쁜 것은 그동안 가슴에 깊게 남아있던 돌순이에 대한 죄책감에서 조금씩 벗어나고 있다는 점이었다.

그랬는데 왜 하필이면 새끼를 낳은 어미란 말인가. 뱃전에 앉아 수면을 응시하며 나는 상을 찌푸렸다. 왜 하필이면.

다시 물속으로 들어가 살펴보니 어미고래와 새끼는 제법 안정된 자세로 어선을 따라온다. 비록 어망에 갇혀있는 신세지만 새끼가 곁에 있어서인지 어미고래는 큰 눈을 끔뻑이며 여유를 찾은 모습이다. 새끼도 어미의 지느러미 사이를 넘나드는 모습이 평화롭기까지 하다. 마치 슬픈 어미를 위로하려 일부러 재롱을 부리는 듯하다. 둘은 그들만의 목소리로 대화를 하고 있었다.

내 귀에 들리는 그들의 언어가 무척 익숙하다. 함께 생활하던 오년 동안 돌순이와 내가 주고받았던 낯익은 소리. 지금 그들이 나누는 소리가 증폭되어 내 귀를 울린다. 아가, 걱정마라. 엄마가 곁에 있으니. 엄마, 난 괜찮아요.

며칠 전 무심코 튼 TV에서 보았던 화면이 떠오른다. 'Arte예술무대'라는 프로그램이었는데, 보기 드문 무대여서 지금까지 잔영으로 남아있다. 미국의 작곡가 '조지 크럼'이 만든 곡이었는데 '가면을 쓴 세 명의 연주자를 위한 고래의 목소리'라는 긴 제목이 붙어있었다.

등장한 세 명의 연주자는 제목처럼 검은 가면을 쓰고 있었다. 플루트를 들고 서 있는 연주자와 첼로와 피아노 앞에 앉은 연주자를 비추는 조명은 물속처럼 쪽빛이었다. 음악을 듣기도 전에 뭔지 모를 신비함으로 가슴이 두근거렸다.

제목이나 연주 방식이나 선율자체가 꽤 특이해서 곡을 듣고 난 후 일부러 곡에 관한 해설을 찾아보았다. 매우 진보적인 음악가인 크럼의 대표적인 실내악 작품으로 알려진 이 '가면을 쓴 세 명의 연주자를 위한 고래의 목소리'는 작곡자인 크럼이 미리 악보 앞부분에 자세하게 연주 방법을 설명해 놓았다고 한다. 연주자에겐 검은 가면을 씌우고, 푸른 조명 아래에서 연주할 것이며, 악기에는 마이크를 이용한 증폭장치를 하도록 지시했다는 설명이 되어 있었다. 크럼은 그렇게 함으로써 작품을 통해 청중들이 상상속의 세계로 넘나들기를 바랐다는 설명이 부언되어 있었다.

사실 나는 이 곡을 들으면서 꽤 큰 충격을 받았다. 내가 저지른 비인간적인 행동 특히 죄의식 없이 고래에게 했던 모든 행동이 불시에 떠올랐다. 돌순이에게 아낌없이 주었다고 생각했던 애정 어린 보살핌도 결코 고래가 원한 것이 아니라는 사실을 순간 깨달았기 때문이었다.

갑판으로 올라오자, 기다렸다는 듯 그가 건너편에 자리를 잡고 앉는다. 할 말이 있는 것 같다. 그가 말을 꺼낼 때까지 기다려준다. 한참 뜸을 들이더니 결심한 듯 말을 꺼낸다.

"복태야, 너에게는 미리 얘기해야 할 것 같다. 짐작은 했으리라 생각한다. 나는 저 놈을 제일 높은 가격으로 팔 작정이다. 그래야 너에게도 좋은 일이 될 것이고……."

"쇼 공연장에 보낼 거냐?"

"직접 보내는 것은 아니고, 공연용으로 훈련시켜 파는 그런 곳이 있다."

"그건 불법으로 알고 있는데?"

"맞아. 걸리면 이년이하의 징역 또는 오백만원이하의 벌금을 물게 되지. 그래서 미리 얘기하는 건데 너만 입을 다물면 돼. 그동안 만들어 놓은 루트가 있어 감쪽같이 해낼 수 있으니까. 대신 네가 눈 감는 조건으로 오백을 주지."

오백만원이면 결코 적은 돈이 아니다. 두 번만 눈을 감는다면 미국에 갈 수 있다. 나는 잠시 흔들린다. 그러나 그건 아니라는 생각으로 그를 설득하려 든다.

"너도 알다시피 나는 돈이 필요해. 허나 불법으로 벌고 싶진 않다. 더군다나 저 돌고래는 새끼를 낳은 지 얼마 되지 않았단 말이다."

"너 지금 뭐라고 했냐? 새끼가 있다고? 그 사실을 왜 이제야 말하는 거냐?"

"아직 젖도 떨어지지 않았는데 어미와 떨어지면 새끼는 죽어. 을동아, 우리 저놈 보내주자. 또 다시 잡으면 되지 않겠냐?"

"어렵게 잡은 것을 놓아주자고? 너, 저렇게 포획되는 일이 쉽다고 생각하는 거냐? 그리고 새끼가 죽기는 왜 죽냐? 함께 데려가면 되지. 새끼까지 덤으로 팔 수 있는 호재를 버리라고? 너 미쳤구나?"

"사실은 말이다. 을동아. 십 년 전 돌고래 조련사로 유망주였던 내가 그만 둔 이유가 바로……."

그는 친구의 신세한탄을 들어줄 시간이 없다는 표정을 지으며 빠르게 선장실로 간다. 덤으로 따라온 돌고래 새끼 값을 흥정할 모양이다.

나는 십년이 지난 일인데도 바로 어제 일처럼 떠오르는 기억을 떨치지 못한다.

내가 조련한 고래는 남방큰돌고래였다. 새끼 때부터 들여와 일 년 동안 훈련을 거친 다음 '돌고래 쇼'에 출현시킨 지 3년이 넘은 베테랑이자 인기 돌고래였다. 이름은 '돌순이'였고, 특기는 뛰어난 점프력으로 5미터 가까이 해수면 위로 솟구쳐 오르는 묘기였다. 어느 고래도 돌순이의 점프력을 뛰어넘지 못했다. 거기다 지칠 줄 모르는 체력은 공연장을 찾은 관객들의 탄성을 자아내게 했다. 돌순이가 새로운 기술을 선보일 때마다 관중들은 환호했다. 돌순이의 인기에 힘입어 내 인기도 치솟았고 공연주로부터 가장 높은 대우를 받았다.

5년째가 되던 해 돌순이는 임신을 했고, 수족관에서 새끼를 낳았다. 공연을 기획하던 책임자는 무척 좋아했다. 새끼도 멋진 기술을 가르쳐 제2의 돌순이를 만들어보라며 격려금까지 주었다. 나는 자신이 있었다. 돌순이가 낳은 새끼니까 열심히 조련하면 어미보다 더 나을지도 모른다는 생각을 했다.

그런데 해산을 한 돌순이가 한동안 공연에 나가지 못하자, 관객들의 원성이 차츰 고조되었다. 돌순이를 보러왔는데 왜 다른 돌고래만 출현시키는 것이냐. 이건 사기다. 어서 출현시켜라. 그것도 모자라 심지어 공연료를 돌려달라는 항의까지 들어오자 책임자는 안달이 났다.

해산한 지 한 달이 지나자 더 이상 참지 못하고 책임자는 돌순이의 출연을 명령했다. 나는 책임자를 찾아가 만류했다.

— 안됩니다. 지금 훈련을 시키는 건 위험합니다. 더군다나 새끼에게 모유를 먹여야 하는데 공연을 하게 되면 새끼는 어떻게 한다는 말입니까?

— 그 점은 자네가 걱정 안 해도 되네. 새끼에게 따로 책임 관리원을 두고 수유를 하도록 할 테니까 말이네.

책임자는 더 이상 내 말을 들으려고 하지 않았다. 예정대로 새끼를 어미와 분리시킨 후 돌순이의 훈련이 시작되었다. 행동이 활달하며 기운이 왕성하던 돌순이는 점점 기운을 잃어갔다. 연습을 시킬수록 되레 기능은 줄어들며 점프력도 알아보게 쇠퇴해갔다. 연습상황을 점검하던 책임자는 그런 묘기로 어떻게 관객을 끌어 모으겠느냐고 나를 향해 불같이 화를 냈다.

돌순이가 해산 후 처음으로 묘기를 펼치는 날, 소문이 퍼졌는지 공연장은 관객들로 꽉 들어찼다.

세 마리의 돌고래가 하얀 물을 내뿜으며 솟구쳐 오르는 묘기로 공연이 시작되었다. 돌고래의 몸동작과 음악에 맞춰 물개와 바다사자가 힘껏 박수를 친다. 물개와 바다사자의 넉살스러움에 관람객들은 와그르르 웃는다. 돌고래가 천연덕스럽게 조련사와 악수를 하고 주변을 유영하다가 힘껏 솟구쳐 오르면 관중들은 와— 감탄사를 쏟아낸다. 공놀이도 하고 훌라후프를 받아내는 묘기를 끝내고 퇴장하자, 돌순이를 소개하는 장내아나운서의 멘트가 들린다.

— 이제 여러분은 세상에서 가장 영리하며 점프력이 뛰어난 우리 공연장의 인기짱! '돌순이'의 묘기를 보시겠습니다. 큰 박수로 맞이해 주십시오.

장내는 환성과 박수소리로 떠나갈듯 요란했다. 나는 천천히 무대로 나와 관중들을 향하여 공손하게 허리를 굽혔다. 연습할 때와 똑같은 음악이 잔잔하게 흘러나오고, 나는 한 손에 고등어 토막을 쥐고 호루라기

를 불었다. 이제 돌순이가 가장 높게 뛰어오를 차례였다. 그런데 웬일인
지 수면이 잔잔했다.

순간 공연장은 깊은 침묵 속으로 빠져들었다. 그것도 일종의 쇼일지
도 모른다는 생각으로 관객들은 차분히 돌순이의 묘기를 기다렸다. 그
러다가 쇼가 아니라는 것을 눈치 챈 관중은 들고 일어났다. 공연장은 아
수라장이 됐고, 책임자가 직접 나와서 사과를 한 다음에야 겨우 진정이
되었다.

모든 책임은 내게 돌려졌다. 나는 책임자가 제시하는 손해배상을 물
고 회사를 나왔다. 나의 조련사기술을 아깝게 여긴 다른 공연장에서 오
라고 했지만 나는 가지 않았다.

골프공 다이버 일을 그만 두고 집에서 쉬고 있을 무렵 우연히 돌고래
에 관한 기사를 읽었다. 제목은 "돌고래의 자살이 내 인생을 바꿨죠." 였
다. 세계최고의 돌고래조련사라는 리처드 오배리가 기자와 나눈 대담기
사였는데 신문 한 면을 다 채우고 있었다. 돌고래가 사람처럼 자살을 하
다니! 도무지 믿을 수 없는 얘기였지만 궁금하여 나는 꼼꼼하게 읽어나
갔다.

돈과 명성을 포기하고 돌고래 야생방사운동에 뛰어든 이유가 무엇이
냐는 기자의 질문에 오배리는 이렇게 대답했다.

"내 품안에서 돌고래 케이시가 자살을 했기 때문이지요."

"자살이라고요?"

"과학적으로 증명된 건 아니지만, 지금도 난 자살이라고 믿어요. 돌
고래는 물위로 올라와 숨을 쉬어야 하는데, 그날 케이시는 작정한 듯 올

라오지 않았어요.”

돌순이가 물에서 나오지 않은 사건이 벌어졌을 때 나는 이것저것 생각할 경황도 없었다. 왜 물 위로 솟구치지 않았는지 이유를 생각하려고도 하지 않았고, 돌순이의 죽은 모습을 보고 싶지도 않아 뒤도 돌아보지 않고 공연장을 나와 버렸다. 그리고 돌순이에 대한 기억을 잊으려고만 했다. 그런데 무심코 읽게 된 이 기사는 정신을 번쩍 들게 만들었다.

‘그럴 수도 있겠구나. 품에서 새끼도 빼앗기고, 아직 회복되지 않은 몸으로 구경꾼들의 눈요기가 되느니 차라리 그 길을 택하고 싶었겠구나.’

리처드 오배리는 속죄의 의미로 지금은 돌고래운동가가 되어 세계 여러 나라를 돌아다니며 돌고래 구하는 일에 앞장서고 있다고 한다. 특히 이번에 서울시에서 제돌이를 야생방사 시키기로 결정했다는 반가운 소식을 듣고, 노구를 이끌고 한달음에 달려왔다며 사진 속에서 행복하게 웃고 있었다.

그런데 나는 지금 무엇을 하려하는가. 누군가에게 뒤통수를 힘껏 얻어맞은 듯 강한 충격이 찌르르, 머리에 통증을 남기고 지나간다. 나도 모르게 머리를 감싸 안는다.

속도 모르고 그가 다가와 어깨를 툭 치며 참견의 말을 던진다.

“참! 복태야, 새끼돌고래도 호흡을 시켜줘야 하지 않겠냐?”

고개를 든 나는 그를 향해 신경질적인 목소리로 소리친다.

“놈이 자살할 수도 있단 말이야!”

뜬금없는 내 말을 건성으로 들었는지, 네가 알아서 하라는 시늉을 하며 그는 조타실로 향한다. 멀리 포구가 보인다. 이제 정말 시간이 얼마

남지 않았다.

　잠수복을 입고 잠수에 필요한 기구를 정착하는 내 손이 잘게 떨린다. 그가 들어간 조타실 입구 부근에 참돔회를 치던 날선 식칼이 눈에 띈다.

　저것이면 될까?

　칼을 들고 물속으로 잠수한다. 돌고래의 몸을 감싼 어망 쪽으로 빠르게 헤엄쳐간다. 물속은 어머니의 자궁처럼 따뜻하고, 내 몸을 스쳐지나가는 물결은 어머니의 손길처럼 부드럽다.

　'가면을 쓴 세 명의 연주자를 위한 고래의 목소리'에서 들었던 신비스런 선율이 증폭되어 귓속을 파고든다. 선율에 이끌리듯 나는 돌고래의 몸을 감고 있는 어망을 붙잡기 위해 손을 내민다. 새끼돌고래는 내 의도를 알아 챈 것처럼 내 주위를 뱅뱅 돌기 시작한다.

　어미돌고래의 울음소리가 메아리치듯 멀리멀리 퍼져나간다.

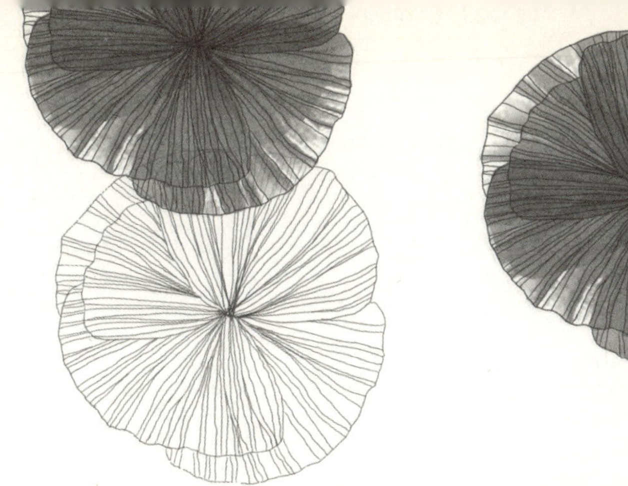

어둠이 귀를 열다

어둠이 귀를 열다

그가 함정에 빠졌다.

나뭇가지로 얼기설기 위장한 허방다리가 순식간에 그를 끌어당긴 것
처럼 보였다.

지뢰가 묻혀 있는 곳을 정확하게 아는 정찰병처럼 그가 파놓은 세 개
의 함정을 좋은 잘도 피해 달아났다. 다급한 마음에서였는지 급하면 뜻
대로 움직이지 않는 의족 탓인지 놈의 뒤를 쫓는 그가 유난히 허둥댔다.
그러더니 아, 하는 짧은 비명과 함께 순식간에 함정에 빠지고 말았다.
식충식물의 포충낭 속으로 미끄러진 한 마리 벌레처럼.

그가 허방다리에 빠진 사실은 나 외엔 아무도 모른다. 누군가가 도와
주지 않는 한 그는 쉽게 빠져나오지 못할 것이다. 깊이 5미터가 넘는 구
덩이에서 혼자의 힘으로 탈출한다는 건 말처럼 쉬운 일은 아니다. 더군

다나 그곳에 허방다리가 있다는 것을 누가 짐작이나 하겠는가. 난생 처음으로 맞닥뜨린 비밀스런 사건은 내 심장을 주체할 길 없이 쿵쾅쿵쾅 뛰게 만든다.

그를 죽이고 싶다는 생각이 언제부터 내안에 자라기 시작했을까. 베란다에 나란히 놓인 다섯 개의 네펜테스 화분이 눈에 들어온다. 파리 한 마리가 포충낭 속으로 미끄러져 들어가면 일주일 동안 서서히 녹여먹는 네펜테스를 기르며 나도 모르게 그런 소원을 빌었던가. 미리 계획하고 꾸민 일은 결코 아니었다. 나와 닮은, 내 신세와 똑같은 쫑에게 자유를 찾아주고 싶은 마음뿐이었다.

나를 폭행한 다음 그는 어김없이 쫑에게도 채찍을 휘둘렀다. 그때마다 풍성한 가슴의 털 덕분에 우아한 기품을 자랑하는 놈은 순식간에 피투성이가 되곤 했다. 자신이 무엇 때문에 맞아야 하는지 알지 못한 채 놈은 그악스럽게 비명을 질러댔다. 더 이상 그 소리를 듣고 싶지 않았다. 그래서 놈의 목덜미를 묶고 있던 불그스름하게 녹이 슨 쇠사슬 목걸이를 풀어주었다. 그리곤 놈의 엉덩이를 힘껏 발로 찼는데, 공교롭게도 그 순간 그가 모습을 드러냈다. 그를 발견한 놈은 두려운 듯 두어 번 컹컹, 짖더니 마을 쪽을 향해 달아났다. 그는 의족을 낀 다리로 위험스럽게 뒤뚱거리며 놈을 뒤따랐다.

놈을 쫓던 그가 그렇게 무심하게 허방다리로 빠져버렸다.

동네에서 한참 떨어진 외진 이곳에 관심을 두는 사람은 거의 없다. 야트막한 야산을 등지고 이곳저곳 흩어져 있는 개집에서 풍기는 분뇨냄새는 지독하다. 처음 찾는 사람은 자신의 코를 어디로 둘러야할지 난감해

한다. 더군다나 낯선 이의 발자국소리만 들려도 순식간에 벌떼처럼 수
선을 떠는 놈들의 몸놀림은 숲속을 온통 불안으로 가득 채운다. 놈들은
소리를 지르지 못하는 대신 발톱을 움켜 세우고 자신을 가둔 쇠창살을
사정없이 긁어댄다. 한밤중에 이곳에 길을 잘못 든 어떤 이는 오도 가도
못하고 질금질금 오줌을 지린 일도 있다는 믿기지 않은 풍문도 들린다.
그러기에 개고기를 받으러오는 중간상인 외엔 발길 하는 이조차 드물
다.

거실로 들어가 개키다만 마른 옷들을 주섬주섬 걷어 들이며 곰곰이
생각해본다. 무엇이 그의 곁에 머물게 했을까. 이제는 기억조차 희미하
다. 한때는 불같은 열정으로 그를 사랑했다. 사고로 불구가 된 후 말없
이 사라진 그를 이곳에서 찾아내, 폐인처럼 사는 그를 변화시킬 사람은
오직 나뿐이라며 고집스레 버틴 것이 내가 빠진 허방일까?

갈수록 심해지는 그의 폭행은 내가 인간인지조차 의심케 한다. 사육
장에 있는 개처럼 매에 길들여진 나. 오년이란 세월은 이 굴레에서 벗어
나려는 의지마저 꺾어놓았다. 정말 희망은 없는 것인가. 하루에도 수십
번 내게 엉겨 붙는 가느다란 희망, 그것은 아직 그가 나를 사랑하고 있
다고 믿고 싶은 마음이다.

거실의 넓은 창으로 내다보이는 앞마당에서 그는 떠돌이 개 두 마리
를 흘레붙이고 있다. 오랫동안 거리를 헤맨 듯 떠돌이 개는 몹시 더럽
다. 덕지덕지 엉킨 털에서는 누린내가 진동할 것만 같다. 유난히 왜소한
암컷은 교미에 생각이 없는 듯 연신 궁둥이를 비틀어댄다. 한껏 달아오
른 수컷이 이리저리 비틀어대는 암컷 궁둥이에 삿대질을 해댄다. 팔짱

을 끼고 그 광경을 보고 있던 그의 입가에 비릿한 미소가 흘러나온다.

나는 거실에서 가을볕에 바짝 마른 빨래를 한 아름 걷어 들어와 개키고 있다. 거실 창문 쪽에 그의 모습이 어른댄다. 가슴이 철렁 내려앉는다. 유리창을 통하여 나와 눈이 마주치자 그는 히죽 미소를 흘린다. 그 웃음 뒤에 가려진 음흉한 속내를 이미 간파한 내 몸은 꼿꼿하게 경직되어간다.

그의 움직임에 쫑이 먼저 긴장하는 모습을 보인다. 쫑은 5살 난 골든 리트리버 수놈인데, 이집에서 성대와 중성화수술을 받지 않은 유일한 개다.

막사에 있는 백한 마리의 개는 모두 어릴 때 그로부터 중성화 수술과 성대 거세 수술을 받았다. 대학교 3학년 때 사고만 당하지 않았더라면 지금쯤 그는 제법 이력이 붙은 수의사가 되었을 것이다. 배우다 그친 전공을 보상받는 일거리라도 찾은 것처럼 그는 개들에게 광적으로 메스를 대곤했다. 실험용 수술이 모두 성공했는지 백여 마리의 개들은 낯선 이를 보고도 짖지 못하고 서로 애정을 갈구할 줄도 모른다. 주는 대로 먹이를 포식하고 적당량의 무게에 달하면 정력을 탐하는 이들의 보신용으로 생명을 제공한다.

그런데 무슨 까닭인지 내가 데리고 온 쫑에게 그는 칼을 대지 않았다. 처음에는 족보를 가지고 있는 놈의 핏줄에 반하여, 또는 모습이 귀족적이어서 애완견으로 키울 생각인 줄 알았다.

궁둥이를 마주붙인 채 헐떡이는 떠돌이 개들을 뒤로 하고 그가 거실로 들어선다. 불규칙한 걸음걸이로 그가 내 앞에 멈춰 선다. 그리고 보란 듯이 왼쪽무릎 밑을 바치고 있는 의족을 떼어낸다. 그의 익숙한 손놀림에 마취되듯 나는 정신이 아득해진다. 온몸에 힘이 쏙 빠져 그만 자리에 주저앉는다.

그가 떠돌이 개처럼 삿대질을 시작한다. 앙다문 내 입술 사이로 피가 배어나온다. 비릿한 냄새가 비위를 뒤집는다. 구토를 참으려고 고개를 옆으로 돌리자 그의 몸에서 떨어져나간 의족이 흉물스런 모습으로 뒹굴고 있다. 그 의족 앞에서 나는 아무런 힘도 쓰지 못한다는 사실을 그는 매번 그렇게 확인시킨다. 의족은 적진에서 포탄을 맞아 떨어진 사상자의 다리처럼 내 눈앞에 점점 확대된다.

밤꽃 냄새의 액체가 순식간에 얼굴에 흩뿌려진다. 에이, 시발! 포획한 먹이를 한입에 삼킨 하이에나처럼 느긋한 포만감을 내비치며 그가 나간다. 그가 뿌리고 나간 정액이 마르면서 얼굴을 뻣뻣하게 만든다. 미끈거리는 얼굴을 씻어내다 그만 세면대에 토하고 만다.

화장실에서 나와 보니 그사이 그가 가한 채찍질로 쫑의 몸은 온통 피투성이다. 비명도 지르지 못한 채 거실 창을 통해 나를 바라보는 놈의 눈은 헤아릴 수없이 많은 말을 담고 있다. 처음부터 데려오는 것이 아니었는데……. 나도 모르게 녀석에게 다가선다. 그래, 너라도 맘 편히 살아라. 중얼거리며 목에서 사슬을 풀어낸다. 그리고 녀석의 궁둥이를 힘껏 걷어찬다.

기대하지도 않았던 상황은 나를 안절부절못하게 한다. 함정 속에서 끝내 그가 나오지 못한다면? 두렵지만 기대하는 마음도 못지않게 크다. 어떻게 된 일인지 허방다리 쪽에서는 아무소리도 들려오지 않는다. 성깔로 보아 가만히 있을 사람이 아닌데. 온갖 욕설로 난리를 칠만도 한데 너무 조용하다. 벌써 상황이 끝난 것인가?

혹 그의 시체가 발견된다고 해도 내게 불리한 것은 아니다. 몰랐다고 하면 된다. 함정에 빠지는 장면을 본적이 없고, 그곳에 허방다리가 있다는 사실도 몰랐다고 하면 의심할 사람은 없을 것이다. 묻힐 자리를 미리 만들어 둔 그가 살아나 증언만 하지 않는다면.

그는 용의주도했다. 친구가 믿고 맡긴 백여 마리의 개를 관리하기 위해 그는 아침저녁으로 개막사를 살폈다. 혹 철망을 빠져 달아나는 놈이 있을까봐 수시로 점검하곤 했다. 그래도 못미더웠던지 삼복더위에 함정을 파기 시작했다. 그것도 10미터가 훨씬 넘는 허방다리를 세 개나 판 다음에야 안심하는 눈치였다. 그런 다음 아무도 알아채지 못하도록 함정 위를 위장했다. 세 개의 함정은 동네 고샅길로 통하는 외길에 있었다.

나는 허방다리가 있는 곳으로 시선을 보낸다. 외길 한쪽에 서있는 암수 두 그루의 은행잎은 치자색보다 더 샛노랗게 물들고 있다. 막 기울어지고 있는 노을에 비친 단풍잎은 환상적인 색감을 연출한다. 때마침 불기 시작한 바람에 노란 잎이 허방다리 위로 우수수 떨어진다.

‘샛노란 은행잎으로 장식한 무덤에 묻힐 호사도 누릴 수없는 놈이야, 너는.’

나지막하게 중얼거리는 내 음성이 기분 나쁠 정도로 음산하다.

그가 함정을 파고 있을 무렵 나는 네펜테스 키우기에 빠져있었다. 그 식물은 꽃시장에서 우연히 눈에 띄었다. 주머니모양의 뚜껑달린 통이 잎 끝에 주렁주렁 매달린 특이한 모양이 신기해서 한참을 쪼그리고 앉아서 구경했다.

— 하나 가져다 주방에 놓아 봐요. 수채 구멍에서 생겨나는 작은 벌레들이 요술을 부린 것처럼 다 없어진다니까.

주인은 내 관심에 불을 지르듯 자신 있는 목소리로 권했다.

— 파리도요?

— 물론이죠.

주인은 망설이고 있는 내게 검은 비닐에 화분을 넣어 쑥 내밀었다. 여름이 되어 부쩍 늘어난 파리 떼로 신경이 곤두서있던 참이었다. 식물이 어떻게 동물을 잡아먹어? 하는 의문이 들었지만 제법 비싼 가격을 주고 샀다.

그때 사왔던 화분은 한 달도 채 넘기지 못하고 죽어버렸다. 다시 화원에 간 나는 주인으로부터 네펜테스 키우는 법을 자세히 배웠다. 물을 아주 많이 주어라. 물을 많이 주어서 죽는 경우는 거의 없다. 일주일에 한 번 샤워를 해주어라. 새순을 자주 잘라주면 포충낭이 많이 열린다. 자른 가지는 꺾꽂이로 번식시킬 수 있다. 주인이 알려준 내용을 암기하듯 기억하며 열심히 키웠다. 여러 번 실패 끝에 번식하는 방법이 점점 손에 익어갔다. 애정 어린 보살핌 덕분으로 네펜테스 화분은 벌써 다섯 개로 늘어났다.

막 스러지는 햇살의 잔상이 거실 깊숙이 스며든다. 문이란 문은 밀폐하다시피 꼭꼭 닫아놓았는데도 몇 마리의 파리가 윙윙 거린다. 사람이 들고나는 순간에 따라 들어온다는 말이 맞는지 아무리 잡아도 파리는 줄지 않는다. 한 마리를 겨냥하여 파리채를 날린다. 적당히 힘을 가해야

온전한 몸통꽃을 얻을 수 있다. 한동안 파리채를 벗어나려는 파리와 쫓고 쫓기는 게임을 한다. 하얀 종이 위에 죽은 파리가 즐비하게 놓인다. 나는 죽은 파리를 한 마리씩 네펜테스 포충낭 안으로 떨어뜨린다. 계속하는 동안, 잎 끝에 달려있는 포충낭이 파리를 유인하여 끌어당기는 것 같은 착각에 빠진다. 함정 안에 있는 그의 얼굴이 떠오르며 살의가 온몸으로 번진다.

카레이서가 되어 최고 속력의 스릴을 즐기려던 그. 그가 연습하고 있던 장소에 태어난 지 두 달된 쫑을 안고 간 것이 사단이었다. 그가 몰고 있는 차를 눈으로 찾느라 방심한 사이 내 품을 벗어난 놈이 겁도 없이 질주선 안으로 들어가고 있었다. 당황한 나는 생각할 겨를도 없이 놈을 잡으러 뛰었다. 사실 그의 차가 그렇게 빨리 우리 앞에 다다를 줄 짐작조차 하지 못했다. 뒤늦게 나와 놈을 발견한 그가 핸들을 꺾었다. 속력을 죽이지 못한 차체는 서너 번 굴렀고, 전복된 차량 안에서 그는 한쪽 다리가 박살난 채 이끌려나왔다. 다리를 절단한 후 그는 행방을 감췄고, 집요한 수소문 끝에 친구가 경영하던 개 농장에 처박혀있는 그를 찾아냈다.

— 제발, 정신 좀 차려. 내가 왼발이 되어줄게!

— 가! 가란 말이야. 미치는 꼴 보지 않으려면 눈앞에서 썩 꺼져버려!

— 발 하나 없다고 수의사를 못하는 건 아니잖아?

마음을 돌리려고 애쓰는 내게 그는 냉담했다. 아니 잔혹했다. 그런 그 앞에서 무슨 까닭인지 나는 꼼짝도 할 수 없었다. 그에게 가야만 한다고 했을 때 그건 결코 사랑이 아니라며 어머니는 극구 말렸다. 적당한 선에서 합의하는 것이 최선의 방법이라고 나를 설득하려 했다. 평생 불구자로 살아야 하는 그에게 돈을 주고 떠나는 것은 사람의 도리가 아니라고 생각했다. 진실한 사랑만이 그를 진정시킬 수 있으리라고 나는 자신했다. 그러나 둘 다 불행할 것이라는 어머니의 판단이 옳았다. 그는 개보다 못한 인간으로 변했고, 나는 개만도 못한 취급을 받으며 살았다.

나는 바짝 긴장하며 허방다리 쪽에서 무슨 소리가 들려오는지 귀를 기울인다. 아직까지 별다른 이상 징후가 보이지 않는다. 순간 내 얼굴에 회심의 미소가 번진다. 밤새 아무 일도 없기를 빌면서 나는 잠자리에 든다.

날이 밝아온다. 다행히 간밤엔 아무 일도 일어나지 않았다. 대신 배고픔을 참지 못한 개들의 아귀다툼 소리가 부산하게 밀려온다. 그가 아침마다 이 시간에 했던 일, 개들에게 아침먹이를 주어야 한다. 지금 먹이를 주지 않으면 놈들의 발악은 산을 울리고 동네를 발칵 뒤집어놓을 것이다. 나는 개막사 쪽으로 걸음을 옮긴다. 막상 나왔으나 어떤 먹이를 주는지, 먹이가 어디에 있는지 알 수가 없다.

먹이를 찾느라 이리저리 들쑤신 끝에 창고 안쪽에서 사료를 찾아낸다. 개막사가 늘어서 있는 언덕으로 오른다. 낯선 사람인 나의 출현에 개들은 소리 없이 으르렁거린다. 날카로운 이빨을 내보이며 높이 뛰어오르다가 밥그릇에 사료를 부어주면 언제 그랬느냐는 듯 식식대며 먹는 데 열중한다. 띄엄띄엄 떨어져있는 개막사를 한 바퀴 도는데 무려 한 시간 이상 걸렸다. 마지막 막사까지 다 돈 나는 안마당으로 향한다. 생각 없이 걷던 나는 아차, 한다. 쫑을 풀어주었던 것이 생각났기 때문이다.

앞마당에 있는 개 집 앞에 쪼그리고 앉는다. 풍성한 목덜미의 털이 한

움큼 바닥에 떨어져있다. 주인이 떠난 개집에는 역겨운 누린내만 남아 있다. 지금쯤 녀석은 어디에 있을까? 이집에서 정을 교감하던 유일한 녀석이었는데, 굶고 있지나 않는지 걱정이 된다. 주인 잃은 밥그릇에 사료를 소복하게 담는다. 그런 다음 아주 작은 소리도 잡아낼 것처럼 허방다리 쪽으로 신경을 모은다. 밤새 바람이 심했는지 노란 은행잎이 허방다리 위에 봉분처럼 쌓였다. 금방이라도 그가 튀어나올 것만 같아 다시 가슴이 뛴다. 아무래도 오늘은 작업장이 있는 뒤채에 머무는 게 나을 성싶다.

작업장 한 쪽 벽에 붙어있는 간이 칠판을 건너다본다. 오늘 날짜에 예약된 숫자는 10마리다. 만약 예약대로 물량을 대주지 않으면 의심받을지도 모른다. 어떻게 하든 내가 하는 수밖에 없다. 예냉실에 저장되어 있는 도체의 수를 세어본다. 다행히 비축되어 있는 수가 열 마리가 넘어 조금 안심이 된다.

복날이 가까워지면 하루에도 십여 마리씩 주문 물량을 대어주느라 그의 손은 쉴 새 없이 바쁘게 움직였다. 거치적거린다며 퉁명스럽게 쏘아 붙이는 그의 말을 못들은 척하고 나는 작업하는 모습을 유심히 관찰하곤 했다. 그는 한 마리의 도체를 뒤집어 복부를 정면에 놓았다. 그리고 정중선을 따라 가볍게 칼을 그었다. 내장의 파열을 막기 위한 것인지 칼날을 도체의 바깥쪽으로 향하여 놓고 배를 갈랐다. 벌어진 배안에서 생식기를 먼저 절개했다. 내장 적출은 순식간에 이루어졌다. 그의 손은 기계처럼 능숙하게 움직였다. 절묘하게 움직이는 그의 손은 이내 피투성이가 되었다. 시키지도 않았지만 나는 샤워기가 달린 호스를 피 묻은 그의 손에 대고 수도꼭지를 틀었다. 꾸룩꾸룩, 하는 소리와 함께 물이 분사되었다. 적출된 내장에서 나온 피가 물줄기와 섞여 수챗구멍으로 소리 없이 빨려 들어갔다.

차마 못 볼 것을 보는 것처럼 얼굴을 찡그리는 나를 향해 그는 비웃는 표정으로 말했다.

— 겨우 10분이야!

요령부득한 말에 멍한 표정으로 바라보자 그가 이어 설명했다.

— 요놈이 삶과 죽음의 갈림길에 서있던 시간이 딱 그만큼이란 말이야.

말하고자 하는 의미를 이해하려고 이마에 주름을 잡고 있는 나를 거들떠보지도 않고 그는 자기가 하고 싶은 말을 이어갔다.

— 3초 동안 전기충격을 주어 실신시킨 다음, 심장 부위에 있는 동맥을 잘라 피를 빼내면 10분 내에 죽는다더군!

이 사이로 빠져나오는 분노가 깃든 그의 목소리에서 불현듯 깨달았다. 그가 도체의 배를 능숙하게 가르면서 나를 죽이고 싶은 심정을 다독였을지도 모른다는 사실을. 나는 부르르 진저리를 쳤다.

그가 했던 것처럼 한 마리의 도체를 뒤집어 복부를 정면에 놓는다. 그리고 정중선을 따라 가볍게 칼을 그었다. 그가 작업할 때에는 쉽게 베어지는 것처럼 보였는데 도체의 배는 끄떡도 하지 않는다. 힘을 덜 주어서인가 의심이 들어 나는 있는 힘을 다해 배에 칼을 꽂는다. 무리한 힘의 반동 때문인지 칼은 배에서 튀어, 5미터 남짓 떨어진 작업장 바닥으로 굴렀다. 나는 칼을 주울 생각도 하지 않고 그 자리에 주저앉는다. 어떻게 해야 할지 난감하다.

한동안 정신을 차리지 못하고 있는데 도체에서 흐르는 물줄기가 보인다. 아! 얼음덩이처럼 단단한 몸체에 칼을 꽂았다는 사실을 그제야 깨닫는다. 보통 때 쉽게 분별할 수 있던 그런 사실마저 깨닫지 못하는 있는 것은 지금 몹시 긴장하고 있다는 증거다. 아무렇지 않게 행동하려고 하지만 나는 온몸으로 떨고 있다. 그가 살아 나온다면 내게 가해질 폭력의 두려움. 그것을 몸이 먼저 알아채고 근육에 긴장이 잔뜩 들었음에 틀림없다.

두 개의 큰 수통에 열 마리의 도체를 담고 호스의 물줄기를 댄다. 수통에 물이 콸콸, 시원스럽게 채워진다. 한 시간 가량 지나면 얼음덩이처럼 단단한 도체의 몸통이 녹아 부드러워질 것이다. 그러면 그가 그랬던 것처럼 나도 그를 열 번 쯤 죽일 수 있지 않을까?

누군가가 지시하는 대로 따라하듯 내 손은 능숙하게 움직인다. 내장의 파열을 막기 위해 칼날을 도체의 바깥쪽으로 향하게 하여 배를 가르고, 벌어진 배 안에서 생식기를 먼저 절개하고, 내장 적출은 하는 과정을 반복하는 동안 나는 제정신이 아니었다.

작업을 다 마치고 내려다보니 손과 옷의 앞자락이 온통 피투성이다. 샤워기가 달린 호스를 피 묻은 손에 대고 수도꼭지를 튼다. 꾸룩꾸룩, 소리를 내며 하수구로 빠져나가는 붉은 핏물을 보며 오랫동안 헛구역질을 한다.

개를 받으러온 중간 상인이 그를 찾는다. 어디 가서 죽어버렸나 봐요. 나는 퉁명스럽게 대꾸한다. 무슨 소리를 그렇게 본때 없이 하느냐는 듯

상인이 나를 향해 눈을 부릅뜬다. 그러더니 떠도는 소문을 믿지 않았는데 눈앞에 벌어지자 심하게 당황하는 표정이다. 불구자에다 개 도살자인 그가 미모의 여자와 동거한다는 말이 헛소문이라고 치부했는데, 느닷없이 드러낸 내 모습에 상인은 무척 놀라는 눈치다. 힐끔거리는 상인의 눈길이 이내 번들거리는 음탕한 시선으로 변한다. 개의 분비물처럼 끈적끈적한 시선을 보내는 상인을 무시하며 나는 싸늘하게 등을 돌린다.

중간상인이 주고 간 한 다발의 목돈을 들고 안채로 건너오던 바로 그 순간 쫑이 나타난다. 이슬에 흠뻑 젖은 몰골이 말이 아니다. 품으로 뛰어든 녀석은 꿈에도 잊지 못할 피붙이를 만난 이산가족처럼 얼굴이며 손이며 목을 핥고 야단법석이다. 한참동안 내게 애정공세를 펴던 녀석이 별안간 함정 쪽으로 내달린다. 나는 가슴이 덜컥 내려앉는다.

"쫑! 이리 와! 이리 오란 말이야."

개 목줄을 찾아들고 다급하게 쫑을 부른다. 그러나 녀석은 들은 척도 하지 않고 함정 쪽으로 내달린다. 셋 중에서 그가 빠진 함정의 위치를 녀석은 정확히 알고 있다. 놈은 노란 은행잎으로 뒤덮인 그곳을 앞발로 허적인다. 허방 속으로 떨어지는 나뭇가지와 낙엽 때문에 정신을 차렸는지 벽력같은 그의 고함소리가 함정으로부터 튕겨져 올라온다.

"쫑! 여기야, 여기."

이미 죽었으리라고 단정했던 내게 그의 목소리는 지옥사자의 부르짖음으로 들린다. 뛰는 가슴을 진정시키며 나는 드러난 구멍으로 얼굴을 들이민다.

"그곳엔 왜 들어가 있어?"

전혀 몰랐다는 표정으로 시침을 떼며 내가 묻는다.

"천사의 탈을 쓴 악마 같은 년!"

그가 이를 간다. 그의 말대로 나는 착한 악마인지도 모르겠다. 모질지 못한 여자. 그래서 포악한 남자를 떠나지 못하는 착하기만 한 여자. 면죄부를 바라며 꿇어 엎드린 여자. 그게 내 전부였을까? 가슴 한 쪽에서 싹을 틔워 어느새 훌쩍 커버린 증오가 부글부글 끓어오른다. 철저하게 부서지는 그를 보면서 회심의 미소를 짓는 착한 악마!

그는 줄을 찾아오라며 버럭버럭 소리를 질러댄다. 고함 소리에 훈련이 잘 된 개가 주인의 명령에 순순히 복종하듯이 나는 줄을 찾아 이리저리 헤맨다. 전에 그가 개를 밀도살할 때 쓰던 동아줄이 눈에 들어온다. 그의 고함소리가 계속 들린다. 빨리 줄을 찾아오지 않으면 죽여 버리겠다며 그는 소리 높여 으름장을 놓는다.

"빌어 봐! 내게 빌어 보라고. 살려 달라고 말만 하면 이 줄을 내려 줄테니."

허방다리의 구멍을 들어다보며 나는 손에 든 밧줄을 흔든다. 그의 눈빛이 순간 흔들린다. 살 수만 있다면 그까짓 수모쯤이야 하고 생각하는 듯하다. 그러나 생각처럼 말이 쉽게 나오지 않는지 망설이는 모습이다. 그가 말을 꺼낼 때까지 나는 인내심을 가지고 기다린다.

"좋아. 올라가면 네가 하자는 대로 해 줄게. 떠나고 싶으면 떠나. 붙잡지 않을 거야. 줄만 내려 줘. 어서!"

빌어보라고 말하면서도 설마 했는데 기가 죽어 힘없이 내뱉는 그의 대답을 들으니 순간 마음이 약해진다. 목숨처럼 사랑했던 사람을 죽이려 하다니! 그에 대한 연민이 한지에 먹물이 번지듯 가슴속으로 스며든다. 연애하던 시절에 그는 얼마나 친절하며 다정한 사람이었던가. 어쩌면 정말 나를 떠나게 해줄지도 모른다는 생각을 한다. 막다른 이 순간에 거짓말을 하진 않겠지. 나는 가지고 온 밧줄을 그가 빠진 함정 안으로 늘인다. 그는 내려온 밧줄을 잡더니 허겁지겁 기어오르기 시작한다. 그가 줄을 반쯤 탔을까? 번쩍 정신이 든다. 그렇게 쉽게 변할 사람이 아니라는 자각이 머리를 친다. 그가 올라오면 나는 죽고 말아! 두려움으로 손이 떨린다. 그 바람에 나도 모르게 줄을 놓아 버린다.

"쿵!"

그대로 나가떨어지는 소리가 유난히 크게 울린다. 팔이라도 부러졌는지 허방다리 안에서는 비명소리가 요란하다.

다시 그가 빠져있는 함정 속으로 고개를 들이밀자, 그는 독설을 퍼붓는다.

"시벌! 정말 네년을 죽여 버리고 말겠어!"

분노로 이글거리는 그의 눈에선 시퍼런 불길이 타오른다. 산산조각난 한쪽 다리를 절단할 수밖에 없다는 말을 의사로부터 듣고 나를 노려보던 그때의 표정과 흡사하다. 시속 200Km대의 엔진 굉음과 휘발유 냄새에 흥분하는 스피드광이었던 그. 카레이서를 취미로 삼던 그는 그날의 사고로 더 이상 스피드를 즐길 수 없게 되었다. 대신 그의 광기가 스피드를 내고 있었다.

불안과 초조감으로 기운을 뺀 탓인지 시장기가 몰려온다. 생각해 보니 그가 허방다리로 빠진 순간부터 먹은 것이 없다. 마당에 있는 간이펑

상에 밥상 겸 술상을 차린다. 석 잔의 술을 거푸 들이킨다. 짜르르 목을
타고 흘러드는 술기운이 불안한 마음을 조금 가라앉게 만든다. 술기운
덕분인지 마음이 누그러지며 자꾸 헛웃음이 나온다. 오랜만에 찾은 해
방감으로 나도 모르게 말이 많아진다. 마치 눈앞에 그가 있는 것처럼 소
곤거린다.

"당신! 알아? 식물이 동물을 잡아먹을 수 있다는 사실을 알고 있어?
전에는 나도 몰랐지. 약육강식이 다인 줄 알았지 뭐야. 그런데 아니더라
니까."

생각난 듯 거실로 들어가 네펜테스 화분을 들고 나와 평상에 내려놓
는다.

"여길 봐. 이 포충낭을 잘 보라고. 이 포충낭 아랫부분에 소화액이 들
어 있지. 벌레가 이속으로 빠지면 소화액으로 녹여서 흡수해버리는 거
야. 매우 환상적이지 않아? 네펜테스를 처음 발견한 사람은 이 신기한
포충낭을 '새의 물통' 이라고 불렀다는 거야. 멋진 이름이지? 새의 물
통. 어때? 한번 빠져들고 싶지 않아?"

나는 새의 물통이라는 새로운 이름을 가진 한 개의 포충낭을 손가락
으로 벌려 안을 들여다본다. 어제 잡아서 넣어 주었던 파리의 몸체는 이
미 소화액으로 흡수해 버렸는지 형체도 보이지 않는다.

"레나야라는 식충식물의 포충낭은 매우 크다고 해. 그 거대한 포충낭
에는 개구리나 쥐, 때로는 작은 새까지 빠져 희생된대. 당신 그 말을 믿
을 수 있겠어? 포충낭 안에서 그것들의 뼈가 발견되었다니 아마 그 말
은 사실일 거야."

술병을 들고 나는 그가 빠져있는 허방다리로 비틀거리며 간다. 발자

국소리를 듣고 그가 다시 으르렁거린다. 못들은 척 나는 병에 남아있는 술을 함정 안으로 쏟아 부으며 말한다.

"자, 마셔. 실컷 마셔. 떠나는 먼 길이 그리 무섭지는 않을 테니까."

나는 미친 사람처럼 낄낄 웃는다.

그의 술버릇은 고약했다. 술에 취하면 그는 옷을 벗어던졌다. 벌거숭이 몸으로 개막사가 있는 동산을 휘젓고 다녔다. 그럴 때마다 위태롭게 그의 왼발을 지탱하고 있는 의족이 유난히 도드라지게 보였다. 한바탕 개막사를 휘돌고 안채로 들이닥친 그는 내게 벗기를 강요했다. 실오라기 하나 걸치지 않은 내 몸을 사정없이 유린하는 것으로 그의 술주정은 끝이 나곤 했다.

포충낭 속으로 빠진 한 마리 파리처럼 무력해졌는지 그는 잠잠해진다.

마실 줄 모르는 술이 과했는지 머리가 빙빙 돌아 견디기가 힘들다. 평상에 눕자마자 잠이 쏟아진다. 정신을 차려야 한다고 생각하지만 눈꺼풀이 떠지지 않는다. 안개 속을 헤치고 한 남자가 절룩거리며 내게 다가온다. 남자의 손에 의족이 들려 있다. 고개를 드는 남자, 그다. 그가 나를 향해 의족을 높이 쳐든다. 도망치려고 애써보지만 몸이 움직이지 않는다. 네 년은 살인자야! 죽여 버릴 거야! 그가 음산한 목소리로 외친다. 옴짝달싹도 못하고 있는 내 머리를 그가 의족으로 사정없이 내리친다. 머리에서 벌건 피가 튄다.

악!

소스라치게 놀란 나는 비명을 지르며 눈을 번쩍 뜬다. 똑똑 차가운 빗방울이 머리를 적시며 얼굴로 흘러내린다. 어느새 굵어진 빗방울에 젖은 몸이 덜덜 떨린다. 시간을 가늠할 수 없는 어둠은 먹물이 번지듯 한껏 무겁게 가라앉는다.

나는 비틀거리며 평상에서 일어난다. 내 얼굴엔 빗물인지 눈물인지 모를 액체가 흘러내린다. 거실로 들어가 손전등을 찾아들고 나온다. 평상에 놓인 네펜테스 화분을 들어올린다. 주렁주렁 매달린 새의 물통이 악몽의 주머니처럼 섬뜩하게 보인다.

동네로 향한 외진 길로 나서자 쫑이 번개처럼 달려와 내 곁을 맴돌며 꼬리를 흔든다. 멀리 보이는 동네, 옹기종기 모여 있는 지붕 낮은 집들의 창에서 흘러나오는 불빛이 한없이 아늑하고 따스해 보인다. 가슴을 누르고 있던 바위 하나가 쑥 빠져나가는 것 같다. 하지만 손전등을 비추는데도 길은 한없이 어둡고 아득하다.

어둠이 귀를 연다.

내딛는 내 발자국 소리에 놀란 듯 소리 없이 무심하게 귀를 연다.

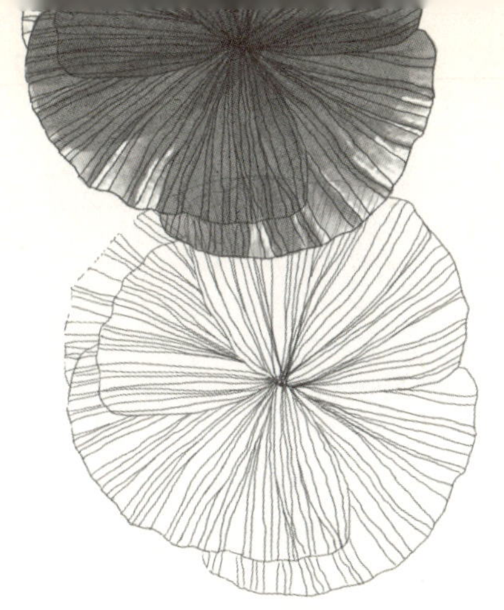
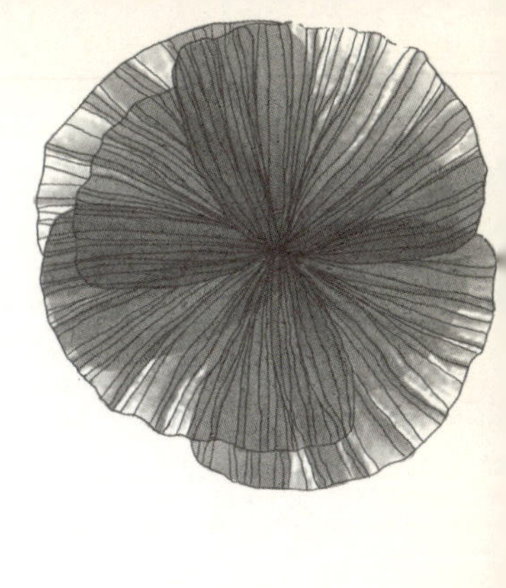

탁란托卵

탁란托卵

오봉산 길목이다. 두어 시간 정도 걸리는 등산코스는 경사가 완만하여 운동마니아 뿐만 아니라 주부, 노인 등 건강하게 인생을 살아가려는 사람들의 발길을 자주 불러들인다. 그래서 평일에도 길목은 찾는 이들의 발소리가 분주하다. 주말인 오늘, 이 길목은 사람들에 치여 또 한바탕 몸살을 앓을 모양이다. 점차 번져가는 주 5일제 근무에 힘입어 직장인들은 일주일 동안 쌓인 스트레스를 풀고자 산을 찾는다. 찾는 이들을 널찍한 가슴으로 듬직하게 품어주는 오봉산은 이곳 도시인들의 쉼터다.

산으로 오르는 길 입구에 몇 채의 전원주택이 옹기종기 모여 있다. 산비탈 아래 닦아진 터에 들어선 전원주택은 서로 색다른 모습으로 자태를 뽐내고 있다. 아예 자연과 한 몸처럼 산에 기대 선 통나무집, 지붕위에 돌로 쌓은 굴뚝으로 한껏 멋을 낸 이국풍의 주택, 잘 손질된 잔디가 깔려있고 작은 연못을 가진 정원이 아름다운 펜션 모양의 집도 보인다.

그중 사람들의 눈길을 가장 많이 끄는 집은 단연 숲 속에 숨은 듯 돌아앉은 황토집이다. 그 집의 주인은 보통 사람과 전혀 다르게 살아갈 것 같은 분위기 때문에 사람들은 한 번 씩 목을 빼고 안을 살피며 지나곤 한다.

흙집은 아예 울타리도 없다. 등 뒤로 야트막한 산이 집을 감싸 안고 있어 바라보고 있으면 저절로 마음까지 훈훈해진다. 배수진처럼 둘러싼 뒷산에는 은사시나무가 빽빽이 들어서있다. 미국산 은백양과 수원사시나무의 천연잡종으로 알려져 있는 은사시나무는 어느 시인이 노래했듯이 비에 젖으면 더 생기가 넘친다. 나무에 조밀하게 붙어있는 잎사귀는 미세한 바람에도 살랑대며 서로 부딪치는 소리는 멀리서 들어도 청량하다.

흙집 창 가까이 서있는 은사시나무에 까막딱따구리 한 쌍이 4년째 둥지를 틀고 있다. 한 달 전 수컷과 암컷이 산란을 준비하던 모습이 얼핏 보였다. 오늘도 새끼를 위해 부지런히 먹이를 실어 나르는 한 쌍이 보인다. 새끼들은 독립생활을 위해 모두 떠나고 한 마리만 남아있다. 이소離巢를 앞 둔 남아있는 새끼 한 마리를 위해 부지런히 먹이를 나르는 어미의 지극정성이 눈물겹다.

오전 열시 경 뒤로 난 창가에 거구의 남자가 모습을 드러낸다. 얼핏 보아도 2m에 가까운 키다. 거기에 육중한 체격은 도무지 몸무게를 상상조차 할 수 없다. 가까스로 살찐 윗몸을 일으켜 창가에 붙어선 남자의 시선은 까막딱따구리 둥지에 가있다. 둥지를 살펴보는 일은 남자의 매일 일과다. 그새가 천연기념물이란 사실을 남자는 모른다. 그렇지만, 매년 잊지 않고 이 둥지를 찾아와 새끼를 낳고 키우는 까막딱따구리는 남자에겐 유일한 친구다. 오늘 둥지를 살피는 남자의 시선이 유난히 흔들린다. 이제 마지막 한 마리가 둥지를 떠나면? 가족을 떠나보내는 이별장면을 견딜 수 없어서인가. 남자는 창가를 떠나지 못하고 불안하게 서성인다.

그때, 방문이 열리며 노인이 들어선다. 손에는 싱싱한 풋내가 물씬 풍기는 한 잔의 녹즙이 들려있다. 남자는 녹즙에 아예 관심조차 없다. 둥지로부터 시선을 차단하기 위해 노인이 창문을 막아선다. 그리고 남자의 입에 빨대를 물려주며 녹즙을 먹이려 애를 쓴다. 어린애가 떼쓰는 것처럼 고개를 휘젓는 남자 때문에 노인의 얼굴에 진땀이 흐른다. 사십이 다 된 남자가 노인에겐 아직도 어린아이로 보이는 모양이다. 간신히 빨대를 물게 한 노인은 어서 먹으라고 손사래를 친다. 고개를 삐뚜름히 빼어 노인이 가로막은 창밖을 내다보려고 애를 쓰는 남자. 눈을 둥지에 못 박은 채 빨대를 빨던 남자의 입에서 순간 괴성이 터져 나온다.

으ᅙᅳᅙᅳ. 으ᅙᅳᅙᅳ……

남자의 입에서 빠져나온 빨대에선 미처 삼키지 못한 녹즙이 흘러내린다. 포대 자루처럼 펑퍼짐한 남자의 베이지색 웃옷에 녹즙은 제 마음대로 무늬를 그린다. 무늬는 마치 먹이를 향해 튀어 오르는 새끼 악어 모습처럼 보인다. 창가에 붙어선 남자가 괴성을 지르며 둥지를 가리킨다. 마지막 새끼가 이소를 감행할 듯 둥지를 뱅뱅 돌고 있다. 수컷과 암컷은 이제 본분을 다하여 홀가분하다는 몸짓으로 새끼 주위를 맴돈다. 둥지를 뱅뱅 돌던 새끼가 순간 솟구치더니 은사시나무 잎 사이로 홀연히 자취를 감춘다. 순간 남자는 육중한 몸을 바닥에 굴리며 단말마의 괴성을 뽑아낸다.

아흐, 으흐흐흐, 아흐 으흐흐흐, ……

황토흙집 앞을 지나 산에 오르던 등산객들은 남자의 괴성에 흠칫 놀라 잠시 발걸음을 멈춘다. 곰의 울음소리로 듣거나 아니면 코끼리의 포효 소리로 짐작한 그들은 잠시 고개를 갸웃거린다. 어디에 동물원이 있나? 아니면 이 야산에 맹수라도 산단 말인가? 믿을 수 없는 자신들의 상상력에 끝내는 어처구니없다는 미소를 머금으며 등산객들은 이내 발길을 옮긴다.

노인은 부리나케 안방으로 건너간다. 지금은 찾아보기 힘든 구식형의 책상 앞으로 다가선다. 유난히 허둥대는 모습이다. 오랜 손길로 책상 모서리가 반질거린다. 상판 밑에는 양쪽으로 세 단의 서랍이 나란히 붙어있어 새 것이었을 때는 제법 중후한 자태를 자랑했음직하다. 노인은 왼쪽 서랍 가운데 칸을 뺀다. 한참 무엇인가를 찾느라 열심히 뒤적인다. 찾는 것이 눈에 띄었는지 노인의 입에 잠시 미소가 어린다.

그사이 참지 못하고 거대한 곰의 형국으로 거실까지 기어 나온 남자의 포효는 집안을 온통 흔든다. 부리나케 거실로 나온 노인의 손에는 80cm쯤 되는 끈 하나가 들려 있다. 남자의 손을 묶기 위한 끈인가. 그렇다면? 잠시 의심하는 사이 노인이 남자 앞으로 다가선다. 곰이 재주넘듯이 그 육중한 체중으로 온 거실을 헤집으며 구르는 남자 앞에 노인은 쪼그리고 앉는다. 그러더니 남자의 눈앞에서 천천히 끈의 양끝을 모아 잡고 묶는다. 그것 때문일까? 신기하게도 남자의 울부짖음은 점점 잦아진다.

150kg이 넘을 것 같은 남자와 50kg이 채 못 되는 노인이 마주앉아 실뜨기하는 모습은 꽤나 우스꽝스럽다. 그러나 차마 웃을 수 없다. 실테를

한 번 감아서 걸고 가운데 손가락으로 감은 실을 걸어 실뜨기의 시작모
양을 만드는 노인의 모습이 꽤나 진지했기 때문이다. 노인이 만든 '날
틀'을 내려다보며 어떻게 뜰까 궁리하는 남자에게서 조금 전 행패를 부
리던 모습은 찾아볼 수 없다.

　모자 사이의 정을 단단히 이어주는 요술 같은 짧은 끈 하나.

　노인은 자못 진지하게 생각에 잠긴 남자를 바라본다. 키우면서 행복
한 순간을 많이 만들어주었던 자식이다. 고등학교 때까지 펄펄 날던 아
이. 선생님들은 아들을 수재라고 했다. 공부면 공부, 운동이면 운동 못
하는 것이 하나도 없었다. 190cm가 넘는 큰 키는 농구부, 배구부 코치
들이 탐내어 서로 데려가려고 눈독을 들였다. 노인은 그럴 수 없었다.
가슴으로 낳은 자식이라 더 욕심을 부렸다. 아들은 새 부모에게 또 버림
을 받을까봐, 노인의 맘에 들어야겠다는 생각에 자기의 꿈을 포기했다.
노인이 원하는 판검사가 되기 위하여 아들은 열심히 공부만 팠다. 그러
다 어느 순간 아들은 정신을 놓았다.

　"나가 쟈를 저렇게 만든 것여. 순전히 내 욕심이었당게."

　듣는 사람도 없는데 노인은 속죄하듯 중얼거린다.

　그 사이 남자가 '쟁반'을 만든다. 노인은 엄지와 검지를 이용하여 쟁
반 가운데 교차된 두 각을 걸어 쥐고 밖으로 뺏다가 위쪽 가운데로 올려
든다. '젓가락'이 만들어진다. 그러자 남자는 실뜨기의 시작형태인 '날
틀'의 반대방향인 '베틀'을 만들어 놓고 씩 웃는다. 영락없이 일곱 살배
기 아이 형국이다.

　노인은 남자를 처음 들일 때를 상기해내고 쪼그라든 가슴을 쓸어내린
다. 꿈같은 행복을 빼앗겼던 젊은 시절을 노인은 문득 떠올린다.

결혼한 후 육년 동안 그녀는 심한 월경전증후군을 앓았다. 그녀에게
씌워진 월경의 망령은 몸에서 쉽게 떠나지 않았다. 월경 시작 일주일 전
부터 월경이 끝난 때까지 약 열흘 동안 그녀의 정신 상태는 완전히 공황
상태에 빠지곤 했다. 집안일은 아예 내팽겨 두고, 아무나 눈에 띄는 사
람을 붙잡고 괜히 헐뜯고 비난하여 끝내는 머리칼을 쥐어뜯으며 싸우는
일이 다반사였다. 남편은 그 뒤치다꺼리에 하루도 편할 날이 없었다. 증
상이 심해지면 살인까지도 저지를 수가 있다는 의사의 말에 그녀는 한
동안 정신과 치료도 받았다. 그러나 나아지는 기미가 전혀 보이지 않았
다. 더군다나 그녀는 월경전증후군을 앓는 동안 자신이 한 일을 전혀 기
억조차 하지 못했다.

견디다 못한 남편은 의사에게 상담을 요청했다. 의사는 남편에게 조
심스럽게 말했다. 이제 남은 방법은 한 가지뿐이라고, 결심하기 어렵겠
지만 생리만 끊기면 증후군도 수그러질 터이니 아예 폐경을 시켜버리자
고. 이십대 꽃 같은 나이에 폐경이라니! 그러나 다른 도리가 없는 듯했
다. 최후의 수단으로 시도한 호르몬 억제 투약에도 증상은 호전되지 않
았다. 아니 더 심해졌다. 길을 걷다가 예쁜 아이만 보면 그녀의 머리는
하얗게 비어갔다. 그러면 부모가 있든지 없든지 상관없이 아이의 손을
잡고 뛰었다. 내 새끼여! 너는 내 새끼여! 중얼거리면서. 남편은 그녀
를 위해 입양을 결심했다. 그렇게 남자가 그녀 곁으로 왔다.

노인은 남자의 기분을 맞추기 위해 잠시 어떻게 응수할까 고민하는
태도를 보인다. 오랫동안 이 놀이를 해온 듯 사뭇 자연스럽다. 잠시 시
간을 끈 노인이 결심한 듯이 남자가 내민 줄에 손가락을 올린다. 엄지와
검지 두 손가락으로 바둑판 가운데의 줄이 교차된 두 각을 걸어 쥐더니

바깥 줄을 밖으로 빼었다가 위쪽 가운데로 올려 뜬다. 그러자 '방석'이 만들어진다. 그걸 본 남자의 얼굴에 환한 미소가 번진다. 이제 엄마는 내게 진 거야. 하는 승리의 표정이다. 남자가 어떻게 응수할지 자못 궁금하다. 남자도 노인처럼 잠시 고민하는 척 하더니, 엄지와 검지로 양쪽 줄을 걸어 쥐고서 가운데를 밑에서 위로 떠올린다. 그러자 지금까지 볼 수 없었던 새로운 형태가 만들어진다. 바로 '물고기'다. 노인은 남자가 왜 미소를 띠었는지 눈치 챈다. 허나 그 방면에선 아직 노인이 더 고수다. 이미 졌다는 것을 번연히 알면서도 모르는 척 실을 떠서 풀어지게 만들더니, 어라? 나가 저뻐렀네! 하며 양 팔을 번쩍 들어 항복하는 자세를 취한다.

"자! 니가 이겼으니 이제 밥을 먹어야것제?"

노인이 일어선다. 첫 승을 거둔 기쁨에 들뜬 남자는 고개를 끄덕인다. 두 손에 끈을 모아잡고 이리저리 혼자서 실뜨기를 해보는 남자를 뒤로 하고 노인은 몸을 한껏 옹송그린 채 주방 쪽으로 향한다. 주방이라야 거실 뒤 한쪽에 마련된 싱크대와 가스레인지대가 전부다. 그 위로 두 칸의 수납장이 벽에 붙어 있지만, 왠지 어설퍼 보인다. 건강한 생활을 위해 맘먹고 지은 황토 집, 제법 짜임새를 갖춘 다른 곳에 비하면 주방은 마치 서자 취급을 당한 몰골이다.

"빨리 떠날 줄 미리 알았던 가벼, 그렇게 고로코롬 서둘렀것지."

거구의 몸집으로 거의 눕다시피 한 자세로 끈을 만지고 있는 남자를 흘낏 돌아보며 노인은 중얼거린다. 노인과 남자를 위하여 손수 이 황토 집을 짓던 남편은 주방을 다 마무리 짓지 못하고 떠났다. 젊어서는 아내의 월경전증후군에 시달리다, 나이 들어서는 아들의 폭식증에 이은 정신병에 휘둘려 산 남편. 자기 명대로 살지 못하고 간 남편에게 노인은 평생 죄인이라는 생각을 버리지 못한다.

아들이 고삼 때였다. 갑자기 끝도 없이 먹어대는 아들이 노인부부에게는 너무나 고마웠다. 체력이 받쳐줘야 힘든 공부를 이겨낼 수 있을 거라고 생각하며 좋다는 것을 다 찾아서 먹였다. 전교 일등을 놓치지 않던 아들은 부모 뜻을 거역하지 않는 효자였다. 주는 대로 군소리 없이 다 받아먹었다. 가슴이 떡 벌어지며 얼굴도 뽀얗게 포동포동 살쪄가는 아들을 보며 노인은 콧노래가 절로 나왔다.

그게 병인 줄을 까맣게 몰랐다. 체중이 풍선처럼 늘어난 후에야 병원에 가니 폭식증이라 했다. 심한 스트레스로 인한 발병이었다. 노인은 자신의 우매함에 가슴을 쳤다. 무작정 기름진 음식만 주었던 자신의 손을 끊어버리고 싶었다. 예비고사가 얼마 남지 않은 상황에서 노인은 당황했다. 병원으로 의원으로 하다못해 점집에까지 아들을 끌고 다녔다. 의사나 한의사 앞에서, 또 점술사 앞에서 그들이 제시하는 치료방법에 아들은 고개를 끄덕였다. 그러나 돌아서자마자 아들은 몰래 음식을 먹어댔다. 우울증이 동반된 아들의 탐식은 일 년 사이에 자기 몸무게를 두 배로 불려놓았다.

노인은 솥에 안칠 쌀을 박박 소리 내어 씻는다. 어깨 밑으로 유난히 불거진 견갑골이 오르락내리락하고 있는 뒷모습이 무척 견고하다. 한참이나 달그락거리더니 노인이 거실로 밥상을 들고 온다. 밥상은 옛날 한정식 차림이다. 흰 껍질에 노란 조갯살이 꽃처럼 수놓은 향긋한 쑥국, 초록 바탕에 하얀 뿌리가 도드라지는 냉이무침, 달래가 들어가 산뜻한 향이 도는 된장찌개, 윤기가 반지르르 도는 미나리생채, 거기에 취나물까지. 단아하면서도 맛깔스럽게 차린 상이다.

죽는 순간까지 남편은 아들을 걱정했다. 아들의 투병을 위해 알맞은 환경을 찾아다닌 지 10년 만에 이곳에 터를 잡았다. 그리고 자신의 전 재산을 투자하여 5년 여 만에 이 황토 집을 완성했다. 인체 내의 나쁜 독을 중화시키며, 원적외선으로 생명의 기를 높인다는 황토. 남편은 직접 집을 짓는 동안 분명히 아들이 나을 거라는 희망을 버리지 않았다. 체중 조절을 위한 식이요법까지 복사해 냉장고문에 붙여주던 자상한 남편은 어느 날 갑자기 쓰러졌다. 과로로 인한 돌연사였다. 병만 나으면 아들과 함께 오봉산을 올라야겠다고 등산화까지 준비했던 남편을 기억하며 노인은 한숨을 내쉰다.

밥상을 앞에 두고 남자는 어린애처럼 반찬투정이 심하다. 먹고 싶은 것에 대한 욕구를 조절하지 못하는 남자는 채소위주로 차린 밥상에 이미 화가 나 있다. 수저를 던지고, 젓가락마저 방바닥에 던진다. 이내 밥상을 뒤집어엎을 기세다. 모든 기억을 다 잊었으면서도 선호하는 음식에 대한 것만은 또렷하게 기억해 내는 남자다. 치킨, 피자, 햄버거, 남자가 원하는 것은 오로지 패스트푸드다. 노인은 자꾸 약해지려고 하는 마음을 다잡는다. 밥상을 앞에 두고 벌렁 누워버린 남자 옆에 노인도 몸을 눕힌다.

황토 집을 완성하고 나서 남편이 가장 자랑스러워했던 거실 천정이 눈앞에 들어온다. 남편은 집을 짓기 전에 완성된 흙집을 찾아 전국을 돌아다녔다. 직접 집을 짓겠다고 결심을 한 남편은 몇 개월 동안 흙집 짓는 기술을 가르쳐주는 교육 반을 수료했다. 집을 짓기 시작했을 때 남편은 가장 중요한 대들보를 어떻게 올릴 것인가 오랫동안 고심하는 것 같았다. 그러더니 남편은 대들보를 아예 새로운 형식으로 올릴 결심을 했다. 그 때까지 아무도 시도하지 않았던 새로운 공법이었다.

누워서 올려다보니 통나무로 만든 서까래는 정확하게 우물정자를 만들고 있다. 그 옆으로 보이는 자그마한 다락방, 아들의 기억을 되살리기 위해 만든 남편의 마음이 담긴 공간이다. 얼른 밥 먹고 저 위에 올라가 놀까? 노인이 다락방을 가리키며 팬터마임으로 남자에게 말한다. 남자의 눈이 반짝 빛을 발한다. 의사 전달이 되었다는 표시다. 이미 다락방에 마음이 빼앗긴 남자는 씹지도 않고 게걸스럽게 음식을 삼킨다. 노인은 그 모습이 몹시 안쓰러운지 어쩔 줄을 모른다. 그렇게나마 먹이지 않으면, 큰 체구를 유지하지 못하기 때문에 별 수 없다는 표정을 짓는다. 한 그릇의 밥이 순식간에 비워진다.

남자가 다락방에 오르는 계단을 밟는다. 150kg의 체구가 실린 나무 계단은 삐걱거리며 출렁인다. 노인은 계단을 오르는 남자가 위태롭게 보이는지 살찐 엉덩이를 부추긴다. 겨우 열 개의 계단을 오르는데도 남자는 씩씩, 헐떡인다. 금방이라도 넘어갈 듯 뿜어대는 남자의 숨소리에 노인이 조심스럽게 등을 토닥인다.

통나무 자른 것과 황토를 이용하여 만든 벽에서는 지은 지 10년이 지난 지금도 나무 향기가 은은하게 배어난다. 다락방은 꼭 두사람이 누우면 딱 알맞은 넓이다. 북쪽으로 난 들창문을 통해 바라보니 병풍처럼 둘러싼 숲이 한눈에 잡힌다. 은사시나무가지에 만들어진 까막딱따구리의 둥지에서 보면 다락방 창문도 또 하나의 새둥지 출입문처럼 보일 것만 같다. 두어 시간 전의 사태를 이미 잊은 듯 남자의 눈은 어느새 까막딱따구리의 둥지에 박혀있다. 남자의 방에서 바라보았을 때보다 다락방의 창문에서 본 둥지는 훨씬 가까워져 구멍 안쪽까지 훤히 보인다.

남자처럼 엎드려 양팔로 턱을 괸 채 노인은 멀리 산 뒤쪽으로 시선을 보낸다. 오봉산으로 오르는 구부러진 등산로가 얼핏 보인다. 남편을 떠나보낸 뒤 10년 동안 한 번도 올라가 보지 못한 등산길이다. 멀리 보이는 그 길로 알록달록한 등산복차림의 사람들이 나타났다 사라진다. 멀리서 보아도 그들의 몸짓은 즐거움이 가득 차있다. 환한 웃음이 여기까지 들릴 것만 같다. 노인은 남자를 돌아본다. 어느 결에 남자는 엎드려 잠들어있다. 노인은 남자를 바르게 눕히고 이불을 덮어준다.

주방으로 내려온 노인이 설거지를 한다. 주방의 창문에서 마주보이는 건물은 펜션풍의 집이다. 주말에 식구들이 사용할 목적으로 지은 집이라 평일에는 사람소리가 나지 않다가, 주말이면 십여 명이 넘는 가족들이 몰려와 잔디가 깔린 마당에서 바비큐를 즐기는 모습을 종종 목격한다. 이웃과 서로 오가며 친밀하게 지낼 시간도 없는 처지이지만 그 집 모퉁이로 연결된 텃밭 덕분에 펜션집주인은 가끔 스치듯 만난다. 활달한 옆집 주인은 노인을 볼 때마다 밝은 목소리로 인사를 건네곤 한다.

오늘은 장가 든 아들, 딸이 손자 손녀들을 몰고 왔는지 조금 전부터 꼬마들의 함성이 들린다. 창을 통해 슬쩍 내려다보니, 고만고만한 네댓 명의 꼬마들이 잔디 위에서 공을 차느라 부산하다. 귀여운 아이들의 몸놀림을 바라보는 노인의 얼굴이 저절로 환해진다.

"저 놈아만 정상이었다면 내도 저런 손자 놈 재롱을 볼 수 있을 것인디."

설거지통에 손을 담근 채 노인이 혼자서 중얼거린다. 아이들만 보면 아직도 욕심을 버리지 못한다. 또 악몽 같은 순간이 되살아나는지, 노인이 부르르 몸을 떤다. 부리나케 주방을 나온 노인은 급히 방으로 들어간다.

　책꽂이에 가득 찬 책은 거의 모두 남편이 남긴 책이다. 평생 모은 책으로 서재를 꾸미면서 남편은 무척 행복해했다. 정년퇴직하면 오봉산으로 산책도 하고 그동안 읽지 못했던 책들을 모두 독파하겠다는 꿈에 부풀어 있었다. 그런데……. 노인은 남편의 손길이 닿은 책들을 손으로 어루만진다. 오랫동안 서가에 꽂혀 있는 책에서는 희미하게 곰팡이냄새가 풍긴다. 잠깐 자신이 해야 할 일을 기억해 냈는지 노인은 서가 한 쪽으로 다가선다. 아들을 위해 노인이 손수 골라서 산 책 들이다. ‘잘 먹고 잘 사는 법’, ‘체질을 알면 건강이 보인다’, ‘신비의 포도요법’, ‘나는 자연식으로 암을 고쳤다’, ‘허준 동의보감’, ‘선재 스님의 사찰음식’. …….

　남자가 잠에서 깨기 전에 만들어야하기 때문인지 노인이 바쁘게 서둔다. 이미 익혀둔 음식이지만, 한 번 더 그 부분을 읽어볼 요량으로 ‘선재 스님의 사찰음식’을 서가에서 뺀다. 노인은 자주 이 책을 들춰본다. 음식에 대한 스님의 생각이 옳다는 생각 때문이다. 노인이 밑줄 그어 놓은 곳에는 이런 글귀가 보인다.

　‘어떤 마음으로 음식을 대하고, 음식을 통해 어떻게 몸과 마음의 건강을 지킬 것인가를 먼저 생각하라.’

　노인이 냉장고에 미리 마련해둔 쌀과 함께 빻은 쑥 가루를 꺼낸다. 등산로 입구에 지천으로 널려있는 어린 쑥을 뜯어 삶아 갈무리해 둔 것이다. 오늘은 그것을 이용하여 쑥 개떡을 만들 요량이다. 조금 넓은 그릇에 빻은 쑥 가루를 붓는다. 물을 조금 부은 후, 오랫동안 치댄다. 치대고 있는 노인의 손에 불끈불끈 심줄이 돋는다. 힘에 부치는지 잠깐 손길을 멈춘다. 덩어리진 쑥 가루가 손바닥에 묻어나지 않자, 노인은 적당한 크기로 떼어 손으로 탁탁 치면서 둥글납작하게 빚는다. 느린 동작이지만 하나하나 만들 때마다 정성이 가득 담긴다.

둥글게 빚어진 개떡을 쟁반위에 서로 겹치지 않게 올린다. 크기며 두께가 자로 잰 듯 똑같다. 쟁반 위에 촘촘히 연결된 원을 보자, 남편이 들려주던 인디언 이야기가 생각나는지 노인이 잠시 생각에 잠긴다.

"자네, 인디언들이 어떻게 사는지 아는가? 백인들은 도시나 집을 지을 때 모든 공간을 네모꼴로 나누어 스스로를 그 안에 가두고 살지. 그런데 말이야. 인디언들은 둥그런 티피 안에서도 둥글게 앉아 생활하지. 인디언들은 인디언 천막을 배열할 때도 일곱 개씩 원으로 배치하고, 큰 부락 같은 경우 그렇게 일곱 개씩 다시 원형으로 배치한대. 왜 그러느냐고? 그게 바로 인디언들의 의식 속에 전해 내려오는 삶의 모습이라고 볼 수 있는데……. 그들은 이렇게 생각하는 거야. 원이란 것은 영원하며 끝도 없이 흘러가는 것이며, 마치 삶이 죽음으로부터 오고, 죽음이 삶으로부터 오듯이, 모든 것이 순환적으로 상호 연결되어 있다고 말이지."

그날, 남편은 노인에게 죽음이나 삶에 갇혀 살지 말라는 메시지를 남기고 싶었는지 모른다. 그때는 무슨 말인지 이해할 수 없었는데 이제야 조금 알 것도 같다. 어쩌면 지독히 사랑하거나 혹은 미워하는 것도 동전의 양면처럼 뒤집으면 쉽게 바뀌는 것 또한 세상 이치가 아니던가. 이세상의 만물이 원 안의 원이라면 서로 품고 있는 노인과 아들은 결국은 하나가 될 것이므로 그리 걱정할 일은 없다는 말이 된다. 그리고 보니, 남편이 이 황토 집을 인디언 천막처럼 원으로 설계한 것은 아마도 그런 의

중이 표출된 듯도 싶다. 노인은 새삼스럽게 주방과 거실을 구석구석 살핀다.

스테인리스 채반에 식용유를 골고루 바른 뒤 납작하게 빚은 개떡을 서로 겹치지 않게 놓은 노인은 가스레인지에 올려놓은 찜통의 뚜껑을 연다. 어느새 김을 올리고 있는 찜통에 쑥떡이 든 채반을 얹어놓는다.

남자를 깨우려 노인이 다락방으로 올라간다. 전에 살던 집에도 작은 다락방이 있었다. 어렸을 적, 아들은 곧잘 다락방으로 숨어들곤 했다. 옛날에 살던 집의 다락방은 구질구질한 허접물건을 넣어둘 목적으로 만든 공간이어서 허리를 펴고 설 수 없을 정도로 천정이 낮았다. 생각 없이 일어났다가는 천정에 머리를 박기 일쑤였다. 그런대도 아들은 그곳을 자주 들락거렸다. 화가 났을 때, 성적이 떨어졌을 때, 부모에게 꾸중을 들었을 때, 감쪽같이 사라진 아들을 찾고 보면 으레 허접물건 사이에 잠들어 있곤 했다. 그런 아들을 위해 남편은 이집을 지을 때 일부러 다락방 공간을 마련해준 것이다. 그런 습관 탓인지 지금도 아들은 다락방에 오르면 쉽게 잠들곤 한다.

곤히 잠든 남자를 깨우기가 안 되었던지, 노인이 잠시 망설인다. 남자가 하던 것처럼 무심코 창밖을 내다보는 노인의 눈이 왕방울처럼 커진다. 무엇을 보았을까? 노인이 고개를 갸웃댄다. 아침나절에 노인은 분명히 보았다. 마지막까지 남아있던 까막딱따구리새끼 한마리가 둥지를 떠나던 모습을. 그 모습 때문에 아들이 몸부림치며 괴성을 질러댔지 않았던가. 그런데 이게 도대체 무슨 조화속일까? 은사시나무 몸통에 파인 둥지 안에 꼼지락대는 움직임이 보인다. 노인은 다시 눈을 감았다가 크게 뜬다. 아! 어린 솜털도 없는 살갗색의 알몸인 모습으로 보아 막 부화된 새끼가 틀림없다. 오늘 오전 중에 다섯 번째 새끼가 둥지를 떠났다. 그렇다면 저 어린 새끼는 도대체 어찌된 일인가.

노인이 둥지에서 시선을 떼지 못하고 있는데, 어디선지 새 한 마리가 날아든다. 낯이 익다. 삼각형 뾰족한 부리에 벌레 한 마리를 물고 온 새는 아무리 봐도 둥지주인인 까막딱따구리이다. 뒷머리에만 약간의 붉은 깃털이 있는 것으로 모아 암컷임에 틀림없다. 새끼들을 다 이소離巢 시키고 둥지를 떠난 줄 알았는데, 암컷은 왜 돌아왔을까?

유별나게 지식욕구가 강한 남편은 광범위하게 책을 읽어 여러 방면으로 박식했다. 그는 자신이 알고 있는 많은 이야기를 아내에게 말해주는 것을 매우 즐겨했다. 아들의 병수발로 지친 아내가 여유롭게 책 한줄 읽을 수없는 처지를 항상 안타깝게 생각했다. 그래서 지금처럼 다락방 창가에 앉아 힘없이 밖을 바라보고 있을 때면 으레 곁에 와서 말을 건넸다. 뒷산에서 뻐꾹새가 유난히 울어대던 유월이었던가. 그날도 아들과 한바탕 전쟁을 치루고 기진맥진해있던 참이었다.

"자네, 탁란托卵이란 말 들어봤는가? 뻐꾹뻐꾹 구슬피우는 저 새가 바로 탁란 조야. 제 알을 제가 품지 않고 다른 새의 둥지에 몰래 집어넣어 새끼치기를 하는……. 우리나라 뻐꾸기는 주로 붉은 머리 오목눈의 둥지에 탁란을 하는데, 재미있는 것은 둘 사이에 눈에 보이지 않는 오묘한 투쟁을 한다는 게야. 알 색깔은 비슷한 파란색이지. 그래서 탁란이 쉬웠는데, 요즈음은 글쎄, 붉은 머리 오목눈이가 파란색과 하얀색 두 가지 색깔의 알을 낳는대. 그게 어떤 의미겠어? 바로 뻐꾸기의 탁란을 방지하고자 하는 붉은 머리 오목눈이가 생존하기 위한 전략이지. 그런데 그에 대응하는 뻐꾸기의 노력은 더 집요하다네. 뻐꾸기는 둥지 안의 알을 수를 맞추기 위해 이미 둥우리에 있는 붉은 머리 오목눈이의 알을 둥지 밖으로 밀쳐내 버리는 거지.”

남편은 무엇을 얘기하려고 했을까? 뻐꾸기새끼처럼 탁란 되어 살고 있는 아들에 대한 가엾음을 말하려 했는지. 좋은 둥지를 만들어주지 못한 죄책감으로 아들을 버리고 싶은 내심을 표출한 건지. 알 수 없다.

한동안 남편은 심하게 자책했다. 입양을 하지 않았더라면 지금쯤 아들이 저렇게 되지 않았을지도 모른다는 생각 때문에. 또 언제 끝날지 모르는 노인의 희생도 자책의 빌미가 된 듯 보였다. 이렇게 오랫동안 고생하며 사는 노인을 보았다면 남편은 과연 어떤 행동을 취했을지 그것 또한 궁금해진다.

새끼들을 다 떠나보낸 둥지에서 다시 부화된 알이 남편의 말대로 탁란인지 아닌지 노인은 모른다. 그러나 갓 부화된 새끼는 한동안 아들에게 새로운 친구가 되어줄 것이다. 제 새끼인지 아닌지도 모른 채 부지런히 먹이를 물어 나르는 까막딱따구리의 모성애에 감동했는지 노인의 눈에 반짝 물기가 어린다.

“나가 먼저 죽으면 안 될턴디. 저 놈아를 냄겨 놓고 차마 눈을 감을 수 없을 것인디.”

쌕쌕 숨소리가 고른 남자를 다시 한 번 건너다본 노인이 눈가를 훔치며 다락방에서 내려온다. 찜통의 개떡이 어느새 다 익었는지 집안전체에 쑥 향기가 퍼진다. 채반을 들어내어 익은 쑥떡에 참기름을 골고루 바른다. 반지르르하게 윤기가 돈 떡은 먹음직스럽다. 노인은 군침을 삼킨다. 펜션에서 들리는 아이들의 즐거운 외침이 주방 안으로 와르르 쏟아져 들어온다.

노인은 빠른 손놀림으로 접시에 개떡을 담는다. 그리고 텃밭을 지나 옆집 마당으로 건너간다. 노는데 열중하던 아이들이 노인의 손에 든 접시를 발견하고 우르르 몰려온다.

"할머니, 그게 뭐야?"

처음 보는 것이어서 그런지 신기한 표정들이다.

"할매가 쪘응게 먹어 볼껴? 따스울 때 먹어야 맛난게."

서로 받겠다고 싸우는 아이들에게 접시를 넘기고 노인은 빠르게 집으로 건너온다. 잠깐 사이지만 남자가 깼으면 어쩌나 걱정하는 표정이다. 지금까지 노인이 남자의 곁을 오랜 시간 떠난 적이 없는데도 남자는 항상 불안해한다. 노인이 눈에 보이지만 않으면 몸뚱이를 구르면서 성난 우랑우탄처럼 괴성을 지른다.

다행히 남자는 아직 잠들어있다. 노인이 부르는 소리에 남자가 뒤뚱거리며 다락방에서 내려온다. 아직도 김을 올리고 있는 개떡을 노인이 남자 앞에 놓는다. 시장했던지 이번에는 투정을 부리지 않고 허겁지겁 먹는다.

"고로코롬 먹으면 체하제."

불안한 노인이 녹차가 든 컵을 들어 남자에게 준다. 점점 더 어린아이 수준의 지능으로 떨어지는, 갈수록 심해지는 병세에 노인은 마음을 놓을 수가 없다.

그때, 갑자기 문밖이 소란스러워진다. 옆집 손자들이 떼로 달려오는 소리가 시끌벅적하다. 들어서는 한아이의 손에 조금 전 떡을 가져다준 접시가 들려있다. 접시에는 떡 대신 먹음직한 딸기가 그득 담겨있다. 와자지껄 요란스럽게 현관을 들어선 아이들이 순간 멈칫 조용해진다. 그들의 시선은 일제히 남자에게 꽂힌다. 놀란 눈동자가 두려움으로 떤다.

"괜찮혀. 암시랑토 안탕게!"

노인이 아이들을 달랜다. 노인의 말에도 불구하고 거실에 접시를 내려놓고 아이들은 수선스럽게 뛰쳐나간다.

갑작스런 아이들의 출현에 긴장했는지 남자가 몸을 떨고 있다. 불안스럽게 이리저리 눈알을 굴리는 모습이 금방 발작이라도 일으킬 것만 같다. 불안에 떠는 남자의 머리를 당겨 무릎을 베게삼아 눕힌다. 노인은 주머니 속에서 면봉하나를 꺼낸다. 그리고 오른 쪽 귀속을 부드럽게 후벼낸다. 가려운지 남자가 킥킥 웃는다. 불안에 떠는 남자를 다독이는 가장 확실한 방법 중에 하나다. 이번에는 왼쪽으로 돌아눕게 한다. 왼쪽 귀속마저 후벼내고 있는데 남자가 벌떡 몸을 일으킨다. 수런수런 소리가 들리는 거실 베란다 쪽이 수상하다. 베란다 창문으로 모여든 아이들이 동물원의 동물을 구경하듯 안을 기웃댄다.

노인이 아이들을 쫓는다. 우르르 쫓겨 가며 아이들은 리듬을 붙여 놀린다.

"얼레벌레― 돼지 한 마리― 똥 돼지처럼― 먹기만 한다네― 우리 똥 돼지― 많이 컸구나―. 이제 그만― 잡아먹지."

아이들은 제 흥에 취해 놀이처럼 밀려왔다 쫓겨 간다. 노인은 화도 내보고 막대기를 들고 겁도 주어보지만 아이들의 흥을 꺾을 수 없다. 아이들의 놀이는 제 부모들의 꾸중을 듣고 불려간 뒤에야 끝이 난다.

아이들이 놀리는 것을 알았는지 남자는 잔뜩 풀이 죽어있다. 노인이 다시 실뜨기를 시도한다. 양끝을 묶은 실을 두 손으로 걸어 쥐자 원이 된다. 실로 만든 원 속에서 노인은 영원하며 끝도 없이 흘러가는 자신의 삶을 본다. 어쩌면 남편과 아들과 자신으로 연결된 인연은 원안에서 빠져나갈 수 없도록 이미 정해진 것이라고 노인은 애써 마음을 다독인다.

처음에는 시들하던 남자가 점점 실뜨기에 빠져든다. 두 번째 판은 노인이 이겼다. 남자는 다시 하자고 조른다.

"그려. 이게 결승전잉게 잘 혀야 써!"

노인은 준비 모양인 '날틀'을 만들며 남자의 용기를 돋운다. 남자가 '쟁반'을 만들자, 노인이 '젓가락'으로 응수한다. 다시 남자가 '베틀'을, 노인이 '방석'을 만든다.

남자는 눈을 반짝인다. 자신이 만들 수 있는 새로운 모양이 이미 머릿속에 그려져 있다는 표시다. 남자는 새끼손가락으로 노인의 엄지와 검지 사이의 줄을 건 다음 자신의 엄지와 검지로 방석의 양쪽 각을 걸어 쥐고 가운데의 마름모를 향해서 아래에서 위로 올려 뜬다. 그러자, 손가락에 걸린 모든 줄들이 한가운데서 얽힌다. 이것이 바로 '가위줄'이다. 자신이 만든 '가위 줄'을 든 남자는 이제 엄마도 별 수 없지? 하는 표정을 짓는다. 잠시 생각에 잠겼던 노인이 천천히 손가락을 남자의 '가위 줄'에 올린다. 여기서 끝내면 재미없다. 노인은 '가위 줄'의 교차점을 양쪽에 걸어 쥐고 한 가운데를 통해서 위에서 아래로 내려 뜬다. 다시 '바둑판'이 만들어진다.

반복되는 실뜨기가 지겹기도 하련만 노인이나 남자나 열심이다. 또다시 '가위 줄'까지 반복되었을 때 노인은 새로운 시도를 한다. '가로 줄' 밑으로 가로 걸린 한쪽 줄을 잡는 한편, 반대쪽의 가로 걸린 줄을 입으로 물고 가운데손가락에 걸린 줄이 벗겨지지 않도록 조심해서 안으로 내려뽑는다. 이렇게 만들어진 모양은 서로 이리저리 당기면 마치 톱질을 할 때와 같이 실이 엇갈려 왔다 갔다 한다. 그래서 이를 '톱질 뜨기'라 이름 붙여진 것이다. 노인과 남자가 서로 밀고 당기면서 톱질흉내를 낸다. 그러더니 홍이 돋아 멈출 수가 없다는 듯 노인이 소리 한 자락을 신명나게 뽑는다.

시르렁 실근 톱질이야. 에이여루 톱질이로고나. 몹쓸 놈의 팔자로다. 원수 놈의 가난 이로구나. 어떤 사람은 팔자 좋아 일대영화 부귀헌듸 이 놈의 팔자는 어이 허여 박을 타서 먹고사느냐. 에이여루 당거주소. 이박을 타거들랑 아무것도 나오지를 말고 밥 한 통만 나오느라. 평생에 포한 이로구나. 시르렁 시르렁 당거주소. 톱질이야. 시르렁 실근 당거 주소. 톱질이야. ……

홍부가 좋아라고 홍보가 좋아라고 궤두짝을 떨어붓고 닫쳐 놨다 열고 보면 도로 하나 그뜩허고 돈과 쌀을 떨어붓고 닫쳐놨다 열고 보면 도로 하나 수북허고 툭툭 떨고 돌아섰다 돌아보면 도로 하나 그뜩허고 떨어 붓고나면 도로수북 떨어붓고 나면 도로 그뜩 아이고 좋아 죽겠다. 일 년 삼백 육십일을 그저 꾸역꾸역 나오느라. ……

가사 내용을 알아듣는지 모르는지 남자는 톱질에 열심이고 노인은 홍부가 중 박타는 한 대목을 홍겹게 뽑는다. 풍류의 도시인 이곳에 사는 사람들은 자기도 모르게 귀명창이 된다는 말을 증명이라도 하듯 산에 오르는 사람들이 소리 나는 쪽으로 바짝 귀를 기울인다.

얼씨구, 좋다, 그렇지, 잘헌다. 황토집 안에서 흘러나오는 걸쭉한 판

소리에 가던 걸음 멈추고 등산객들이 한 마디씩 추임새를 넣는다. 소리가 끝났는데도 걸음을 재촉하지 못하는 사람들은 특이한 형태의 황토집을 기웃거리며 진한 호기심의 눈길을 보낸다.

저런 집을 짓고 걸쭉한 소리를 쏟아내며 유유자적, 한가롭게 사는 사람은 도대체 어떤 사람일까? 한번 만나보고 싶어 죽겠다는 표정이다. 부러운 표정을 감추지 않고 그들은 아쉽다는 듯 등산로초입으로 발걸음을 옮긴다.

오봉산 자락에 병풍처럼 둘러친 은사시나무 잎이 바람에 가볍게 떨린다. 미세한 바람에도 살랑대며 잎끼리 부딪치는 소리는 맑고 청량하다. 인생을 건강하게 살려고 산에 오르는 사람들의 발길 속에 노인의 노랫가락은 서서히 묻혀간다.

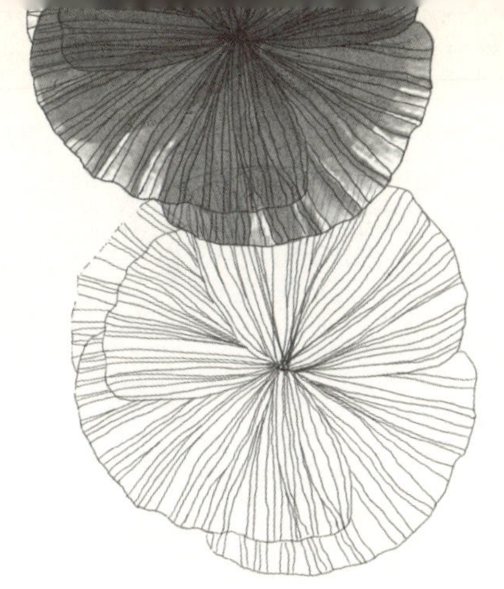
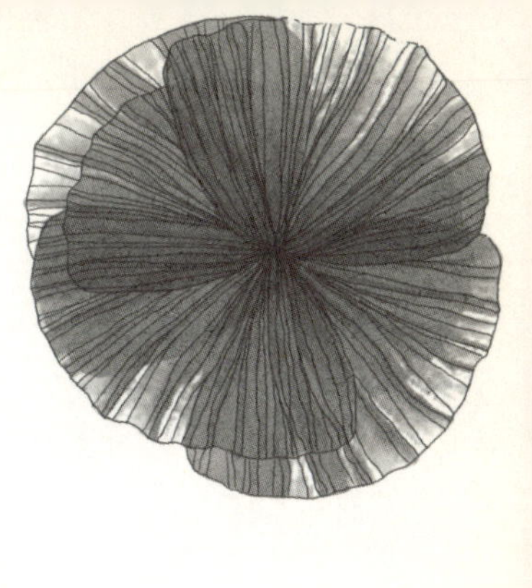

독毒

독毒

그녀가 집으로 들어섰을 때, 당신은 복탕을 먹고 있었다. 미처 삼키지 못하고 입가에 비죽이 흘러나온 미나리 한 가닥을 매단 채 쳐다보는 당신을 향해 그녀는 픽, 웃고 말았다. 엄지와 검지를 이용하여 입으로 미나리가닥을 밀어 넣은 당신은 욕설로 그녀를 맞았다.

"독허고 독헌 년! 집 떠나 살만 허드냐? 무슨 미련 남아 돌아올 생각을 혔을꼬? 평생 안 볼 년 맨크롬 뒤도 안보고 간 년이."

"나도 엄마를 평생 안 보고 살기를 빌었수. 정말 엄마처럼 살진 않으려 이를 악물었는데……. 오늘은 어째 나가지 않았수?"

"오년 만에 돌아온 년이 기껏 제 어미에게 헌다는 소리가……."

당신은 버럭 화를 내더니 먹다 만 밥상을 버려 둔 채 안방으로 들어간다. 당신이 침묵을 지킬 때가 그녀는 가장 불안하다. 분노에 떠는 모습이 당신에겐 더 잘 어울린다. 귀에 익은 음률이 들린다. 구음시나위다. 두 평 남짓한 안방을 뚫고 거실까지 춤을 추듯 너울댄다. 어― 루르리

러— 러 — 리리 루 ……. 안숙선이 토해내는 구음시나위의 슬픈 가락
에 유난히 집착하는 당신이다.

　— 저 가락은 애간장을 다 녹아내리게 만들어야. 근디 이상허제? 듣
노라면 시리도록 아픈 가슴의 한이 어느 새 풀어져 온디 간디가 없어지
니께 말여.

　시도 때도 없이 틀던 테이프다. 그녀에겐 겉돌기만 하던 그 음률이 오
늘은 가슴 밑바닥부터 서서히 차오르더니, 마침내 오장육부를 도려낸
후 스르르 잦아진다. 긴 여운을 끌며 가락이 끝났을 때 그녀는 살짝 안
방을 기웃거린다. 소리에 심취한 당신은 눈을 감고 있다. 도대체 이해할
수가 없어! 그녀는 구시렁대며 문을 닫는다. 탕, 소리를 내며 닫히는 문
소리에 정신이 들었던지 당신이 방에서 나와 욕실로 들어간다. 샤워기
에서 떨어지는 물소리가 제법 맑고 투명하게 들린다. 당신의 알몸을 타
고 흐를 물방울을 상상한다. 사십 후반의 나이라고 믿기지 않을 정도로
탱탱한 젖무덤이 떠오른다. 그 젖무덤을 탐닉한 적이 언제였던가. 순간
그녀는 화들짝 놀란다. 찌르르, 젖꼭지로부터 가슴 전체로 퍼지는 통증,
섬뜩한 불안이 온몸에 소름이 돋게 만든다. 쏴쏴, 흘러내리던 물소리가
멈춘다.

　가슴과 거웃만을 수건으로 가린 당신이 그녀 앞을 지나친다. 순간 헉,
그녀는 숨이 막힌다. 문드러진 열 개의 발가락! 경악하는 그녀의 표정
에 당신은 욕설로 답한다.

　"망할 년! 누구 때문에 죽지 못했는데……."

　그랬구나. 잠자리에서도 양말을 벗지 않던 이유가 바로 그것이었구
나. 그제야 이해된 듯 그녀는 고개를 끄덕인다. 그러나 왜? 도대체 왜?

의문이 다시 꼬리를 문다.

그녀는 보지 않고도 안다. 당신이 정성스레 화장을 하고 있다는 사실을. 이번에는 오랫동안 틀지 않던 만가가 흘러나온다. 어허 어어어 어리 넘자 어허어 저승길이 멀다해도 삽작밖이 황천이요. 한동안 그녀는 귀를 틀어막아도 스며드는 만가의 가락 속에서 헤매며 살았다. 당신은 꽃상여를 타고 만가 가락에 맞춰 아버지를 찾아가는 것이려니. 그렇게 이해하려고 애썼다. 그러나 오늘 그동안 감추고 살았던 상흔을 본 뒤 듣는 만가 소리는 또 다른 의문을 품게 만든다. 당신이 사랑한 사람은 오직 아버지 한 사람 뿐일까? 그렇다면 지금까지 살아온 당신의 삶의 방식을 어떻게 이해해야 옳단 말인가.

어느새 당신이 분장을 끝내고 나온다. 쌍까풀 진 눈이 깊고 그윽하다. 한동안 당신의 사내였던 남자가 그 호수 같은 눈동자 속에 빠져죽고 싶다고 했다던 눈! 그 눈이 그녀를 매섭게 흘겨본다.

"아버지 만나러 가우?"

그녀는 부러 심통 사납게 말한다.

"매친 년! 니 애비가 살았다더냐?"

욕설을 뱉는 당신의 입술이 매혹적이다. 남자들과 몸을 섞을 때 터지는 교성에도 욕설이 따라붙는지 그녀는 몹시 궁금하다. 대문을 빠져나가는 엉덩이가 참 섹시하다고 느낀다.

당신이 남기고 간 진한 향수 냄새가 코끝을 간질인다. 그녀는 잠시 그 향기에 취한다. 열여덟 해 동안 코를 자극하던 향수와 분 냄새, 그 미혹의 후각에서 벗어나려고 얼마나 애를 썼던가. 여상을 졸업하고 새마을 금고에 취직하던 날, 뒤도 돌아보지 않고 당신 곁을 떠났다. 그리고 오년, 그녀는 지금 당신 곁으로 돌아왔다. 그러나 코끝에 걸린 서러움을 당신 앞에 쏟아 낼 수 없다. 정말 당신처럼 살진 않으려 했는데.

그녀가 청소를 시작한다. 안방, 건넌방, 그리고 거실까지 구석구석 쓸고 닦는다. 언제 청소를 했는지 구석구석 뿌옇게 먼지가 쌓여있다. 당신 몸은 날마다 닦고 분칠했을 터인데, 하는 생각이 들어 그녀는 어이없는 웃음을 날린다. 주방에 쩌든 묵은 때까지 말끔하게 치우고 깨끗해진 실내를 둘러보며 그녀는 문득 시장기를 느낀다. 냉장고 문을 연다. 제때에 식사나 했었는지 의심스러울 정도로 안은 텅 비어있다. 그녀는 지갑을 챙겨들고 집을 나선다.

이 동네에서 태어나 오년 전까지 살았으니 이십 년 이상의 세월이 흘렀건만 마을의 모습은 별반 달라진 게 없다. 옹기종기 모여 있는 집들을 껴안듯 버티고 서있는 쌍둥이 봉우리는 긴 그림자를 마을 쪽으로 점점 키우고 있다. 철없이 빠져나가려는 병아리를 후려쳐 가슴에 품어 안는 암탉 모습 같다. 골목을 벗어나자 짭짜름한 해풍이 몸 안으로 밀려든다. 해안에 다다른 그녀는 현기증을 느끼며, 더부룩한 속 때문에 잠시 걸음을 멈춘다. 혹시? 불안으로 심하게 뛰는 가슴을 양손으로 지그시 누른다.

썰물이어서 바닥이 들어난 갯가에는 십여 척의 고깃배가 진흙 속에 삐뚜름히 박혀 있다. 그녀는 목선을 기웃댄다. 알부자라고 소문 난 양씨 아저씨는 로프를 감느라 정신이 없다. 배위에는 사각통발이 그득했고, 아저씨의 안색으로 보아 어창은 가득 찬 듯하다. 이제 막 연안으로 들어왔는지 걸그물을 챙기고 있던 이장이 아는 척한다.

"어이! 취직하여 떠났다더니 언제 왔당가? 휴가 온 것여?"

"아저씨! 요즘 복어가 잡히는가요?"

그녀는 방파제가 시작된 부분에 서서 양손을 나팔모양으로 만들어 입에 대고 큰소리로 대답 대신 묻는다.

"요즘 고기 물은 때가 없당게! 잡힐 때도 있고 보이지 않을 때도 있응게. 근디 복은 와 찾는 겨? …… 참 그랬지! 니 에미의 복요리는 참말로 끝내 주지! 모처럼 같이 복탕을 먹고파서 그런 겨? 근디 어쩐다냐? 오늘은 한 마리도 미끼를 물지 않았어야. 나가 기억하고 있다가 물 좋은 복어가 걸리면 가져다 줄팅게 기다리더라고."

말하기 좋아하는 이장의 말을 끊기 위해 큰소리로 고맙다는 인사를 남기고 그녀는 돌아선다. 왜 그 순간에 복어 생각이 났는지 정말 복어를 살 생각이 있었는지 곰곰이 생각해본다. 당신이 끓이는 복어요리는 근방에 소문이 나있다. 남경횟집주인은 그런 당신의 손맛을 탐내 여러 번 간곡히 청한 적도 있었다. 그러나 딱 잘라 거절하는 당신을 향해 남경횟집은 투덜대곤 했다.

― 뭇 사내들과 벌이는 방아질보다는 주방 일이 훨씬 나을꺼고만…….

횟집주인은 이해할 수 없다는 표정을 지으며 못내 안타까워했다. 그렇게 모두들 탐내는 당신이 만든 복어 요리를 그녀는 지금까지 한 번도 먹지 않았다. 물 좋은 복어를 구하면 당신 손으로 정성껏 만들어 상에 올리던 복찜, 복탕, 복회, 복껍질무침, 복튀김, 복지리, 복지느러미 술까지. 당신의 손맛이 가득 든 그 요리를 그녀는 쳐다보지도 않았다. 매번 당신은 토라진 그녀에게 권하지도 않았고, 한 점 남김없이 아귀아귀 다 먹어버리곤 했다. 그런 당신의 포식하는 모습을 보며 그녀는 복어에게 질투심마저 느끼곤 했다. 그랬는데 느닷없이 복어를 떠올리다니! 별

일이야! 그녀는 어처구니없는 자신에게 쯧쯧, 혀를 차며 발길을 돌린다. 그녀의 등 뒤에 대고 이장은 쓸데없는 너스레를 보낸다.

"오메! 저 방짜 같은 궁둥이 좀 보랑게. 시집가면 아도 쑥 잘 낳게 생겼고만. 니도 인자 에미 불쌍한 줄 알아야 써. 알것냐?"

그녀는 대답 없이 발길을 옮긴다. 길게 그림자를 드리우는 산자락 쪽으로 가던 그녀가 순간 발길을 멈춘다. 산이 크르릉 거린다. 뒤통수를 힘껏 때리고 있을 파도에 아픔을 참지 못하고 쏟아내는 비명소리다. 크르릉, 크르릉.

— 저건 니 애비의 한이 담긴 울음이여!

당신의 말이 문득 떠오른다. 얼굴도 모르는 아버지. 그는 복어와 어떤 관계가 있는 것일까? 애비 잡아먹은 년! 시시때때로 앙칼진 목소리로 당신은 그녀에게 저주를 던지곤 했다. 자신 때문에 죽었다는 아버지에 대해 그녀는 한동안 죄의식을 느끼기도 했다. 그러나 당신은 아버지의 죽음에 대해 어떠한 설명도 해주지 않았다. 그런대도 아버지와 복어가 왜 함께 떠오르는지 알다가도 모를 일이다.

방파제에서 이어진 해안을 돌아 산으로 오르는 완만한 길을 따라 그녀가 걷는다. 10분 쯤 걸어가면 제법 큰 C항이 있다. 십여 년 전만 해도 이곳은 한적한 어촌마을이었다. 그런데 해안의 독특한 경관이 입소문을 타고 사람들에게 알려졌다. 아름다운 풍광을 내세운 도지정관광지로 지정된 후로 날마다 변하더니 이제 옛 자취는 찾아보기조차 힘들다. 유원지를 찾는 사람들이 몰려들면 덩달아 따라 들어오는 것들이 작은 마을을 온통 잠식하고 있다. 우후죽순처럼 퍼진 모텔은 어느덧 십여 개나 불어나 밤낮없이 관광객들을 유혹한다. 그리스모텔, 나폴리모텔, 샤넬모텔, 크로바모텔,…… 등 대부분 이름이 외국풍이다. 그 가운데 미운오리새끼처럼 '화려한 외출'이란 이름으로 섞여 있는 모텔 앞에서 그녀는 잠시 발길을 멈춘다.

아카시아가 만개한 오월이었다. 그날, 그녀의 손에는 빨간색 동그라미를 가득 담은 수학경시대회문제지가 들려있었다. 학교에서 집까지 단숨에 뛰어온 그녀는 문고리를 잡고 한동안 헉헉댔다. 엄마! 나 일등 했다! 소리치며 방문을 열자, 당신은 낯선 남자 배 위에서 헐떡이고 있었다. 장승처럼 선 그녀의 눈과 당신의 놀란 시선이 허공에서 마주친 채 한동안 떨어질 줄 몰랐다.

개방적인 당신의 성생활을 지켜보며 자란 그녀는 성에 대해 점점 도착 증세를 보이기 시작했다. 수도자처럼 그녀는 자신에게 정결의 굴레를 씌웠다. 남자와 살을 섞는 건 무서운 죄악이야! 스스로 건 최면 속으로 점점 깊이 빠져들었다. 멋 부리기에 유난했던 당신은 어린 그녀를 공주처럼 꾸미려고 애썼고, 그녀는 바지만 입겠다고 앙탈을 부렸다. 당신이 사다 준 원피스나 치마는 장롱 안에서 해를 넘겨 작아져버리거나, 당신 몰래 가위로 오려지기 일쑤였다. 그녀는 학교생활 내내 치마 입기를 거부했으며 직장에 취직하고 나서도 바지만 입었다. 서비스를 강조하는 직장 생활에서 그녀의 그런 고집은 상사의 트집거리가 되곤 했다.

― 도대체가 말이야. 은행원으로서 자세가 틀려먹었어. 복장이 그게 뭐야? 여기가 남대문 시장인줄 아나?

성적 농담을 입에 달고 사는 강차장이 누구보다 더 물고 뜯었다. 시도 때도 없이 치근덕거리는 강차장에게 매몰차게 대한 그녀에 대한 반감의 표시였겠지만.

— 너를 보고 있으면 우츄프라 카치아가 생각 나.

— …….

— 우츄프라 카치아는 결벽증이 강한 식물이라더군! 누군가 조금이
라도 자신의 몸체를 건드리면 그날로부터 시름시름 앓아 결국은 죽고
마는 식물이래.

— …….

— 그런데 그 식물을 몇 십 년 연구한 박사가 아주 중대한 사실을 발견
했대. 건드렸던 사람이 계속해서 건드려주면 죽지 않는다는 것을 말이야.

몸에 손만 닿으면 기겁을 하며 달아나는 그녀를 Y는 이해하지 못했
다. 삼년 동안이나 그녀 곁을 맴돌던 Y, 어느 날 간절한 표정으로 그녀
의 우츄프라 카치아가 되고 싶다고 애원했다. 그러나 그녀의 결벽증은
그에게 끊임없는 인내심을 요구했다. 그는 정력이 넘쳐나는 이십대의
사내였고, 자존심에 커다란 상처를 입었다는 의식을 떨치지 못하고 마
침내 그녀 곁을 떠나갔다.

모텔을 중심하여 사방으로 술집, 오락실, 노래방이 즐비하다. 상점들
은 손님을 끌기 위하여 특이한 모양으로 겉모습을 단장하고 있다. 전주
식당이란 상호를 붙인 식당 앞에서 주인이 호객을 한다. 식사하세요. 음
식 맛 끝내 줘요. 오른손 엄지를 세워 보이며 미소로 손님을 부르는 소리
에 주위를 둘러보니 식당 이름이 비슷비슷하다. 새전주식당, 원조전주
식당, 맛자랑전주식당, 전주회관,…… 도대체 어디가 맛의 원조일까?

둑길 좌우로 횟집이 즐비하게 들어서있다. 두리번거리며 걷는데 낯
익은 생선이 그녀의 눈에 띤다. 등에 흰색 띠와 검은 색 무늬가 길게 줄
지어있는 까치복이다. 고급복류인 놈을 발견한 것은 아주 재수가 좋은

편이다. 제법 비싼 가격임에도 불구하고 그녀는 놈을 선택한다. 막상 들고 나섰지만 어떻게 하겠다는 작정을 하고 산 것이 아니어서 그녀는 잠시 망설인다. 그러나 이내 결심한 듯 장터로 걸음을 옮긴다.

우선 복탕을 끓이기 위해 필요한 재료를 고른다. 무, 다시마, 두부, 배추, 쑥갓, 파, 마늘을 산다. 돌아서려던 그녀는 미나리 한 묶음을 챙겨든다. 미나리를 넣어야 독성이 없어져야! 당신의 음성이 그녀의 귓가를 스친다. 주위를 살펴보나 당신은 없다. 그녀는 집이 있는 방향으로 고개를 돌린다.

C항 포구에서 건너다보는 고향마을의 모습은 특이하다. 해안선을 따라 만들어진 모습이 마치 여자의 성기모양이다. 쌍둥이 봉우리가 성기를 떠받치고 있는 궁둥이처럼 보인다. 먼 곳에서 보니 포구를 들락거리는 고깃배가 마치 남자의 성기처럼 보여 성교하는 모습을 만들어낸다. 쉼 없이 들락거리는 배의 움직임을 보며 그녀는 얼굴을 붉힌다. 그래서 마을 이름을 궁항이라 했을까?

'이 마을에서 태어난 너도 별 수 없을 것여. 색을 담뿍 받고 태어났으니 그것을 다 쏟아내야 편안하게 죽을 수 있을 껴!'

언젠가 말이 되지도 않는 소리를 당신은 혼잣말처럼 중얼거렸다. 이유가 바로 그것이란 말인가? 당신의 몸속에 남아 있는 색을 다 쏟아내야 하기 때문에?

그날은 결혼날짜를 받고 새마을 금고를 그만 두는 입사동기의 송별연이 있었다. 걸쭉한 성적농담과 취한 척하며 무시로 더듬어대는 상사들의 희롱이 극에 달했다. 더 이상 견디지 못하고 자리를 빠져나오던 그녀는 화장실을 다녀오던 강차장과 딱 마주쳤다. 당해 낼 수없는 힘으로 강차장은 그녀를 다시 송별연 장으로 끌었다. 술 취한 개라더니, 송별연 자리는 뜨겁게 달아있었다. 술에 취해 몸을 가누지 못하는 부장은 잠에 곯아떨어져있고, 대리는 아무도 들어주는 사람도 없는데 마이크를 붙잡고 박자도 맞지 않는 노래를 불러대고 있었다. 여직원들은 상사들의 꼴 같잖은 작태를 찡그리며 지켜보고 있을 뿐, 아무도 자리를 뜨지 못했다. 강차장의 강권으로 다시 술잔이 돌기 시작했고 여직원들도 너나 할 것 없이 취해갔다.

그녀는 낯선 모텔 방에서 눈을 떴다. 벌거벗은 자신의 몸을 보고 그녀는 숨이 막혔다. 얼마나 승강이질을 해댔는지 바지는 갈가리 찢겨있었다. 딱 한잔 마신 술에 정신을 잃어버린 간밤의 상황이 그녀는 도무지 믿기지 않았다. 그날 이후 강차장은 그녀 앞에서 야릇한 미소를 흘렸다. 그녀는 강차장 앞에 사직서를 던졌다. 그 순간 오년 동안이나 잊고 살았던 당신의 질편한 욕설이 너무나 듣고 싶었다.

그녀는 슈퍼에 들러 과일, 커피, 스낵 과자, 그리고 술을 고른다. 술에 관한 한 당신의 고집을 꺾지 못한다. 몸에 좋다는 과일주는 질색이다. 당신은 소주 예찬가다. 다른 술은 쳐다보지도 않는다. 그것도 꼭 한 가지 상표만 고집한다. 당신이 좋아하는 술을 박스로 계산대에 올려놓자, 젊은 남자점원이 묘한 표정을 짓는다. 젊은 여자가 낮부터 무슨 술을? 하며 그녀와 술병을 번갈아 쳐다본다. 점원의 끈적거리는 관심을 묵살하고 그녀는 잽싸게 계산을 끝낸다.

양손에 나누어 든 짐이 제법 묵직하다. 그녀는 기우뚱거리며 집으로 향한다. 유월 초순인데 꽤나 덥다. 등줄기로 흘러내린 땀으로 얇은 옷이 촉촉하게 젖어든다. 짐을 풀기 전 그녀는 욕실로 들어간다. 시간이 꽤나 흘렀는데 당신의 체취가 아직도 탕 안에 가득하다. 그녀는 옷을 훌훌 벗어던지고 알몸을 거울에 비춰본다. 땀으로 번들거리는 유방이 제법 통통하게 불어있다. 손으로 누르자 통증이 온다. 민감한 반응에 그녀는 당황한다. 온몸에 찬물을 끼얹자, 소름이 돋고 입술까지 새파랗게 변한다. 당신이 했던 것처럼 가슴과 거웃만을 수건으로 가린 채 그녀는 욕실을 나온다. 문드러진 당신의 발가락이 떠올라 그녀는 그만 진저리를 친다.

그녀가 장바구니를 푼다. 재료를 식탁 위에 펼쳐 놓자 좁은 식탁이 그득하다. 먼저 그녀는 까치복을 들어 개수대에 옮긴다. 게슴츠레한 복어의 눈이 그녀를 쳐다본다. 무언가 다하지 못한 아쉬움이 가득 담긴 눈이다. 배를 가르기 위하여 몸통을 뒤집자 성기 끝에 알이 다닥다닥 붙어있다. 산란하기 위하여 연안으로 들어왔다가 그물에 걸린 것인가. 그녀는 손길을 멈추고 꽁지에 알을 붙인 채 죽어있는 복을 연민의 눈으로 내려다본다. 산란기가 되면 종족 번식을 위하여 온몸에 독성을 가득 채운다는 복어. 본능적인 놈의 방어적 생태에 그녀는 잠시 머뭇댄다.

이윽고 결심한 듯 그녀는 놈의 알집이 들어있는 볼록한 아랫배를 양 엄지손가락으로 지그시 누른다. 어미의 죽음으로 뱃속에 머물러있던 알집이 미끈, 빠져나온다. 암놈 한 마리의 산란수가 이천 내지 사천 개라 했던가. 수천 마리의 생명이 죽어있는 알집을 그녀는 미련 없이 쓰레기통에 던진다. 그녀가 까치복의 배를 가르기 위해 막 칼을 들었을 때였다.

삐꺽, 대문 열리는 소리가 들린다. 그녀는 잠시 손길을 멈추고 귀를 쫑긋 세운다. 당신이 돌아올 시간은 아직 아닌데? …… 오른손에 칼을 든 채 마루로 나간다. 마당에 들어와 있는 뜻밖의 사람을 보고 그녀는 헉, 낮은 신음소리를 낸다. 음탕한 미소를 띤 강차장이 서있다.

“잘 있었나?”

“……”

“그렇게 아무 말 없이 사라지면 어떡하나? 얼마나 걱정했다고……”

들어오라고 하지도 않았는데 마루로 올라서며 강차장이 말한다. 그녀는 두어 발 물러나며 칼을 잡은 손에 불끈 힘을 준다.

“내 맘 알지? 너를 사랑했기 때문이야. 네가 원한다면 아내와 이혼할 수도 있어.”

“……”

“집에 아무도 없나?”

두리번거리며 강차장이 바짝 다가선다. 그녀는 뒤로 한발 물러나며 칼을 추켜세운다.

“가까이 오지 마! …… 죽여 버릴 거야!”

강차장이 잠시 주춤한다. 막 기울어지는 저녁놀에 반사된 칼날이 번뜩인다. 그녀는 그 자세로 그를 노려본다. 한동안 둘 사이에 팽팽한 신경전이 계속된다. 이내 비굴한 웃음을 지으며 강차장이 손을 내젓는다.

“알았어. 알았다고. 오늘은 그냥 갈 것이니 내가 한 말 잘 생각해 보라고. 다시 오지.”

강차장이 대문 밖으로 사라지자 그녀는 힘없이 주저앉는다. 쨍그랑, 오른손에 쥐었던 칼이 바닥으로 떨어지는 소리가 날카롭다. 이내 해가 넘어가고 주변의 윤곽선이 희미해지기 시작한다. 주위가 적막 속으로 빠져든다.

그녀는 거실 한쪽에 골동품처럼 놓여있는 TV를 켠다. 수명이 거의 다 된 텔레비전이 힘겹게 살아난다. 찌지직, 화면이 작은 별똥별을 쏟아내더니 간신히 숨을 내쉰다. 그리고는 참았던 숨을 몰아쉬듯 소식들을 쏟아낸다.

긴급특보뉴스다. 연예인 모씨가 자신의 집 화장실에서 목을 맸다는 것이다. 그녀의 죽음에 대해 이유를 분석하고 추측하고 증거를 제시하느라 진행자는 고심한다. TV 뉴스 에서 제시한 증거는 매우 충격적이다. 모씨가 남겼다는 편지에는 비뚤어진 사회상이 적나라하게 쓰여 있다. 성상납에 시달렸다는 그녀. 드라마의 출현을 받아내기 위해 돈과 권력을 가진 이들의 노리개가 될 수밖에 없었다는 그녀. 끝내 짐승 취급당하는 모욕감을 이겨내지 못하고 모씨는 그렇게 훌훌 떠났다. 사건을 보면서 그녀는 혼란에 빠진다. 정말 죽는 것 외에 다른 방법을 찾을 수 없었을까? 스스로 목숨을 끊으려면 얼마만한 용기가 필요할까?

쉬지 않고 쏟아내는 슬픈 소식에 그녀는 스위치를 돌려버린다. 그녀가 태어나기도 전에 만들어진 TV는 사이클이나 볼륨 조절을 직접 손으로 돌려야한다. 내버려도 주워가지도 않을 고물이다. 텔레비전보다는 녹음기를 더 많이 듣는 당신에게 리모컨으로 조작하는 TV는 한낱 사치품일지도 모른다. 돌린 채널에서도 순서만 바뀌었을 뿐 거의 비슷한 내용의 뉴스가 방영되고 있다. 그녀는 한 번 더 채널을 바꾼다. 화면 가득히 주인공 탤런트의 얼굴이 뜬다. 무슨 일 때문인지 탤런트의 큰 눈에 눈물이 가득 고여 있다. 금방 주르륵 흘러내릴 것만 같다.

'……오래 사귄 사람은 거울과 같대요. 그래서 말하지 않아도 상대방이 무슨 생각을 하는지 다 알 수 있대요.……'

마침내 주인공의 큰 눈에 괴었던 눈물이 주르르 흐른다. 주인공과 겹쳐 Y가 떠오른다. 덩달아 눈시울을 붉힌 그녀는 더 이상 바꿀 채널이 없는 텔레비전을 꺼버리고 주방으로 돌아온다.

당신이 하던 복어 손질을 기억해내려 애쓰며 그녀가 복어를 손으로 잡았을 때, 언제 돌아왔는지 당신이 매몰차게 잡아챈다.

"네년이 감히 어떻게 복탕을 끓이겠다고……."

당신은 마치 자신의 영역을 침범한 치한을 몰아내듯이 그녀를 밀쳐낸다. 그러더니 익숙한 손놀림으로 복을 손질한다. 지느러미를 자르고, 등과 배에 칼집을 넣어 꼬리 쪽에서 머리 쪽으로 껍질을 벗겨낸다. 머리를 자르고 내장을 제거한 다음, 몸을 세 쪽으로 자른다.

"예부터 복 한 마리에 물 한 섬이라고 해써야."

당신이 웅얼거린다. 흐르는 물을 이용하여 충분히 씻어야만 독을 제거할 수 있다는 표현이다. 복어의 피를 완전히 빼기위하여 흐르는 물에 손질한 복어를 담가놓고 당신은 안방에서 카세트를 들고 나온다. 식탁 한쪽에 올려놓고 버튼을 누른다. 복어의 몸통을 간질이며 흘러내리는 물소리에 겹쳐 만가가 이어진다.

'신이 없어 못 오거든 상주치옷을 돌아오소 어허 어어어 어리 넘자 어허어 서른서이 상도군아 발을 마차 소리하소.'

애조를 띤 상여노래는 알을 까다가 죽은 복어의 명복을 비는 소리처럼 들린다.

소리에 맞추어 고개를 까닥이며 당신은 재료를 손질하기 시작한다. 무 껍질을 벗기고, 마늘을 깐다. 미나리 잎을 뜯어내고, 파를 다듬는다. 씻은 채소의 물기를 빼기위해 소쿠리에 가지런히 담는다. 마치 곁에 아무도 없는 것처럼 복탕 끓이는 데에만 열중하는 당신의 태도에 그녀는 자꾸 화가 치민다. 그래서 터부시하던 당신의 상처를 슬쩍 건드린다.

"발가락은 왜 그렇게 되었는데?"

잠시 뭔가 생각하던 당신이 엎드려 양말을 벗는다. 이제야 궁금증이 풀리려나? 그녀는 긴장한다. 문드러진 발가락을 내려다보며 당신은 꿈꾸는 얼굴이 되어있다.

"인간은 참 묘한 존재여. 금지된 것을 꼭 먹어봐야 직성이 풀리는 게 인간이랑게! 복어에 독성이 없다면 사람들로부터 사랑을 받을 수도 없었을 것여. 그날 니 애비와 먹은 복탕은 정말 잊을 수 없는 환상적인 맛이었응게. 그런디 그 밤, 중독된 나가 잠을 자면 죽으니께.…… 니 애비는 지쳐 쓰러질 때까지 내를 모래사장으로 끌고 다녔는디.……."

당신은 회상 속으로 잠수한다, 밤새도록 당신을 끌고 모래사장을 맴을 돌았다는 아버지. 그래서 살 수 있었다고. 당신의 커다란 눈에 비적비적 물기가 어린다.

보기에도 끔찍한 문드러진 발가락을 보인 채 조리대 쪽으로 몸을 돌린 당신은 복어의 머리와 뼈를 적당한 크기로 썰어 냄비에 담는다. 그 위에 다시마 국물을 붓고 두부와 씻어놓은 날배추를 넣은 다음 렌지 불 위에 얹더니 불꽃을 적당하게 조절한다. 복탕이 끓어오를 동안 당신은 마늘을 다지고 예쁘게 파를 채친다. 마치 난타에 나오는 조리사처럼 선율에 맞춰 온몸으로 칼질을 한다. 이제 복어가 다 익으면 쑥갓, 파채, 다진 마늘을 위에 얹고 한소끔 끓여내기만 하면 된다.

미식가들이 꼽는 최고급 요리, 서너 번만 먹어보면 그 맛에 노예가 되어버린다는 복탕. 성인 33명의 생명을 빼앗을 수 있는 맹독을 지닌 서양에서는 러시안 룰렛으로 불린다는 복탕. 도대체 어떤 맛이기에 당신은 이 음식을 그처럼 탐닉하는 것인가? 아니 당신은 음식을 먹는 것이 아

니라, 아직도 잊지 못하고 있는 아버지의 정을 먹는 것은 아닌지. 그녀
는 문득 그런 생각을 한다.

그녀는 동그란 밥상에 술상을 차린다. 스낵과자를 펼쳐놓고 과일도
예쁘게 깎아놓는다. 사은품으로 얻은 후 하루도 빠짐없이 당신 손에 잡
혔을 소주잔도 준비한다. 이제 복탕이 익으면 쨍—하고 술잔을 부딪치
리라. 건배— 우리는 무엇을 기원해야 하나? 둘 사이에 깊게 패인 증오
의 골을 메울 방법이 정말 있기는 한 것인가?

그녀는 차려놓은 술상 앞에 앉는다. 소주병을 따서 두개의 잔에 남실
남실 따른다. 잔속의 술이 지나치게 맑고 투명하다. 그녀는 기다리지 못
하고 앞에 놓인 술잔을 단숨에 들이킨다. 술은 짜릿하게 목젖을 훑고 내
려가며 서서히 취기를 뿜는다. 냄비 안에서 보글보글 끓어오르는 복탕
국물을 한 수저 떠서 입에 넣는다. 처음 맛보는 복탕의 담백한 맛에 점
점 빠져들며 연거푸 술잔을 비운다. 그녀는 코끝에 걸린 서러움을 당신
에게 위로받고 싶다.

엄마! 나 어떡해! 나 이제 어떻게 해야 하는 거야. 말 좀 해 보라고.
제발 말 좀 하라니까! 목까지 꽉 차올라 숨이 막힐 것 같은 말을 내뱉지
못한 그녀는 갈급증에 시달린다. 원샷, 소리치며 들이켠 술잔을 머리 위
에 뒤집어 털며 그녀는 미친 듯이 크크, 웃는다.

"자! 엄마도 내 술 한 잔 받아!"

그녀는 자신이 비운 술잔에 넘치도록 술을 따라 당신에게 내민다.

"야! 이년아, 젊은 년이 웬 술 주정인 겨?"

"주정 좀 받아주면 어디가 덧날까?"

"잡년! 네년이 아무리 설레발 쳐도 소용없어야. 니년이 바로 애비 잡

아먹은 년이니께."

당신의 저주 섞인 말에 그녀는 퍼뜩 정신을 차린다. 그리고 정색하고 달려든다.

"언제 당신더러 낳아 달라고 했어? 낳아 달라고 했느냐고? 자기 좋아 퍼질러 낳아 놓고 엄마 노릇 제대로 하지도 못했으면서 유세부리기는. 참! 몸으로 가르쳐 준 게 한 가지 있긴 있네!"

비웃음이 가득 담긴 그녀의 말에 당신은 잠시 상을 찌푸린다.

"왜 그렇게 살우? 그렇게 밖에 살순 없는 거야? 남편을 일찍 보낸 다른 여자들이 다 당신같이 살진 않잖아?……. 엄마 때문에 창피해서 살 수가 없단 말이야. 동네 사람들이 뭐라고 수군대는 줄이나 알아? 걸레 래! 걸레. 아무리 삶아도 더러움이 가시지 않는 그런 걸레 말이야. 도대체 왜 그렇게밖에 못사는데? …… 차라리 새 남자를 얻어. 새 남자와 결혼해서 떳떳하게 살란 말이야."

벌겋게 달아오른 얼굴로 고함치며 달려드는 그녀의 기세에 당신은 풀이 꺾인 듯 말이 없다. 대신 그녀가 채운 술을 한숨에 입안으로 털어 넣는다. 한잔, 두잔, 그리고 석잔. 꼬르륵, 꼬르륵. 당신의 목을 타고 흘러드는 투명한 액체가 내는 소리의 울림이 기묘하다. 그녀는 말없이 술잔을 비우는 당신을 건너다본다. 색조 화장이 군데군데 지워진 얼굴이 가면을 쓴 것처럼 낯설다. 병에 남은 마지막 한 방울까지 목에 털어 넣고 나서야 당신은 고개를 든다.

"왜 사냐구? 왜 그렇게 사냐구? 니년이 내 속을 알기는 뭘 알어? 엄마가 창피해서 살 수 없다구? 나가면 되잖어 이년아! 기다리지도 않았는디 기어 들어와서 어미에게 헌다는 말이 고작 그것여? 인정머리라곤 눈 씻고 찾아볼 수 없는 독한 년!"

졸음이 쏟아진다. 그녀는 내리누르는 눈꺼풀을 치켜뜨려고 애를 쓴다. 맞은편에 앉은 당신의 얼굴이 나타났다 사라지곤 한다. 이어지는 당신의 음성이 커졌다 작아진다.

"사랑하는 사람을 떠나보내는 지독한 아픔을 니년이 알기나 혀? 아느냐고!"

히스테릭하며 칼칼한 당신의 고함소리에 그녀는 퍼뜩 눈을 뜬다. 쏘아보는 당신의 눈초리에서 번득이는 광채가 소름을 돋게 한다. 더 이상 견디지 못하고 그녀는 상위로 고개를 떨어뜨린다. 당신이 와락 껴안으며 그녀의 양쪽 뺨을 번갈아 후려친다.

"이년아! 안 되어! 자면 죽어, 이년아!"

뱃속에 든 아이를 위해 뱃길을 나갔다가 끝내 돌아오지 못했다는 아버지. 뱃속이 아이만 죽으면 남편을 따라가리라 하는 맘으로 독한 술을 사흘 동안 내리 들이켰다는 당신. 그러나 끈질기게 자라는 뱃속의 아이에게 열 달 동안 끊임없는 증오를 퍼부었다는 당신. 그러니 이런 독한 어미는 차라리 버리라고, 너는 절대 나처럼 살지 말라고,…… 당신은 울부짖듯 토해내며 그녀를 흔든다.

그녀가 잠시 정신을 차린다. 당신의 품이 참 따스하고 안락하다. 탱탱한 젖무덤을 파고들며 이 세상 어딘가에 존재한다는 우츄프라 카치아를 떠올린다. 한없이 고독한 식물, 사람의 영혼을 갖고 있는 식물이라고 가르쳐주던 Y가 저만큼 서서 그녀에게 손짓한다.

"네,가, 나,의, 우,츄,프,라, 카,치,아,가, 될, 수, 있,을,까?"

서서히 굳어가는 그녀의 입술사이로 단절된 소리가 새어나온다.

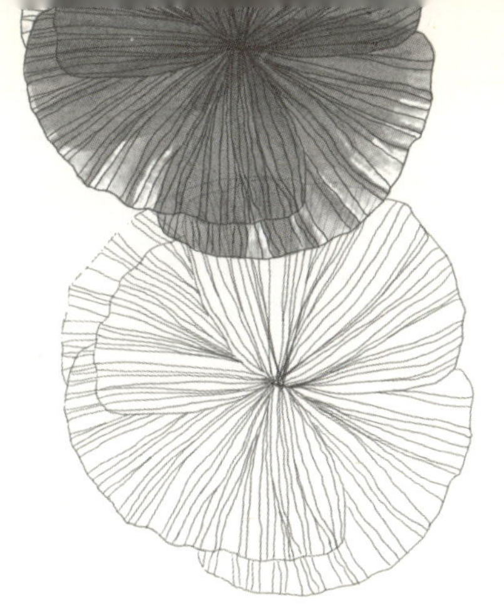
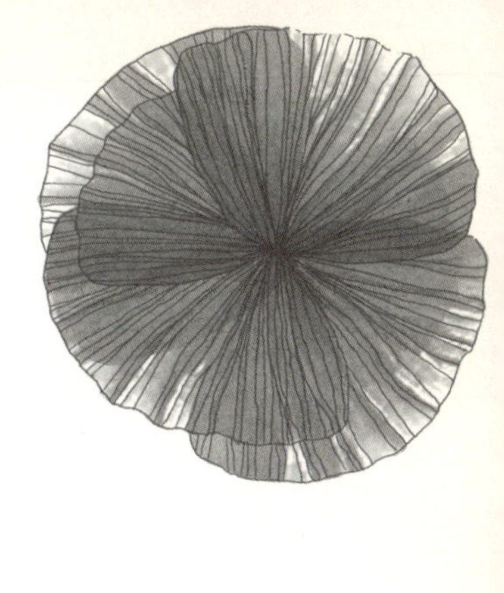

울밑에 선 봉선화야

울밑에 선 봉선화야

화덕 안을 살펴보던 남자는 집게를 들더니 연탄을 드러낸다. 불은 벌 겋게 달아있다. 남자의 성한 손에 끌려나온 연탄은 두개가 한 덩어리가 되어 이글이글 불길을 뿜어내고 있다. 어둠에 묻혀있던 토방이 남자의 손에 이끌려 나온 연탄 불빛으로 환해진다. 어느새 남자의 얼굴도 벌겋 게 달아오른다. 뜨거움 때문인지 남자의 이마에 깊은 주름이 언뜻 잡혔 다 사라진다. 맞붙은 연탄을 옆으로 뉘어놓은 남자는 둘을 떼어내기 위 해 적당한 뭔가를 찾는 듯 두리번거리다 마루에 걸터앉아 빤히 쳐다보 고 있던 봉선의 눈과 마주친다. 봉선은 잠시 딴전을 피우다 못이긴 척 몸을 움직인다.

봉선은 이집에 와서 처음으로 연탄불을 보았다. 노인은 지금 남자처 럼 연탄을 갈면서 중얼거렸다.

— 이게 구공탄이라 허는디, 처음 봤을 거여. 그라제?

노인 손에 끌려 나온 연탄은 지독한 냄새를 풍겼다. 코를 싸매고 고개를 돌리는 봉선을 보더니 노인은 미소를 지으며 속살거리듯 말했다.

— 그래도 요놈이 효자인 겨! 밥도 국도 끓일 수 있게 허고, 방도 따숩게 해 준 게로.

그러더니 샴쌍둥이처럼 붙은 놈을 옆으로 뉘어 칼날을 박고 살살 두드리니 거짓말처럼 툭 떨어지는 것이 참 신기했다. 불기가 남아있는 탄을 화덕 안에 넣고 그 위에 새 연탄을 넣더니 이리저리 구멍을 맞춘 후 노인은 탄재를 뒷마당 공터에 휙 던지는 것이었다. 봉선은 깜짝 놀랐다. 불이 나면 어쩌려고? 그런데 날아간 탄재는 푸석 먼지를 내 품더니 산산이 부서져 버렸다. 불길에 닿지 않았을 때는 먹물처럼 검은 빛이 반질반질 윤기를 내뿜던 몸이었다. 그런데 어느 결에 먹물 같던 물은 다 토해내고 둔탁한 미색이 되어 버림을 받고 있는 연탄의 마지막 모습은, 마치 자신이 세상 밖으로 던져져 산산조각이 난 것만 같아 봉선은 자기도 모르게 상을 찌푸렸다.

노인이 붙은 연탄을 떼어낼 때 사용하던 칼을 어디에 두었는지 봉선은 알고 있었다. 노인이 사용하던 무쇠 칼을 보는 순간 그것이 얼마나 오랫동안 노인의 손에 잡혔는지 봉선은 한순간에 눈치 챘다. 칼은 재주가 부족한 장인의 솜씨 때문인지 아니면 그런 곳에 정성을 쏟을 필요가 없다고 느낀 나머지 되는대로 깎아서인지 참나무로 만든 손잡이부터 투박하기 이를 데 없었다. 되바라진 것처럼 약간 삐뚜름한 손잡이는 어떤 치장이나 공들여 깎은 흔적도 없었다. 그저 맨몸 그대로인 채 노인의 손길이 닿은 부분만 반질반질하게 검은 때가 묻어있었다. 처음에는 번득이는 날카로움이 있었을 테지만, 이미 무딜 대로 무디어진 날에는 벌건 녹이 전체에 퍼져있었다. 쉼 없이 벌건 연탄불에 달구어진 채 톡톡 두드려대어서인지 칼날 끝은 링처럼 휘어져 칼의 본성은 어디에서도 찾아볼 수 없을 정도였다.

봉선은 부엌 한쪽에 놓여있던 칼을 찾아 남자에게 내민다. 남자는 말없이 성한 손으로 칼을 받더니 말릴 겨를도 주지 않고 연탄의 맞붙은 곳을 겨냥하여 내리친다. 말없이 따라와 잊고 살려는 지독한 상처를 덧내고 있는 봉선에게 분풀이나 하듯이. 그러자 벌겋게 달아오른 연탄이 순식간에 쩍 벌어지며 사방으로 불똥이 튕겨나간다. 봉선은 번개처럼 빠르게 뒤로 물러난다. 밤하늘에 불꽃놀이처럼 터진 불꽃은 봉선의 빠른 몸놀림으로 다행히 몸에 닿지는 않았다. 그러나 새 연탄에 불을 댕겨야 할 달아오른 탄이 두 조각으로 쪼개져 그 자리에서 제 몸을 태운다.

남자는 쪼개진 탄을 어떻게 처리해야할지 난감하다는 표정으로 봉선을 바라본다. 봉선은 남자로부터 칼을 빼앗아 노인이 하던 것처럼 붙은 부분에 칼끝을 대고 손잡이 부분을 톡톡 두드려 조심스럽게 탄을 떼어낸다. 이미 두 조각으로 빠개진 탄을 화덕 안에 맞붙여 넣고 위에 새 연탄을 포갠다. 그런 다음 봉선은 집게를 이리저리 돌려보지만 새 연탄의 구멍과 잘 맞추어지지 않는다. 한동안 애를 써 봐도 노인이 했던 것처럼 완벽하게 구멍을 맞출 수가 없다. 좀 더 좀 더 하며 화덕 안을 드려다 보는 동안 매캐한 연기가 봉선의 코와 입으로 스며든다. 봉선은 울컥 건구역질을 한다. 인상을 쓰며 마뜩찮게 바라보고 있던 남자가 더 이상 참지 못하겠는지 봉선을 거칠게 밀어내더니 그냥 쑤욱 아궁이로 밀어 넣는다. 레일 바퀴를 따라 밀려들어가는 화덕은 덜커덩거리는 기차 바퀴소리를 내며 아궁이속으로 사라진다.

증발해 버린 어머니를 찾으러 어디로 갈 것인가 고민하던 참에 봉선의 머리에 제일 먼저 떠오른 것은 아버지의 무덤이었다. 사실 그 사람은 엄밀하게 따지면 아버지라고 할 수도 없었다. 어머니가 한국으로 나오기 위해 돈을 주고 남편이란 명의를 빌렸을 뿐. 그 사람은 남이나 다름없었다. 그런 인연이라고 하지만 혹시 어머니가 다녀가지 않았을까 하는 일말의 기대를 안고 이곳에 왔다. 매장할 때 딱 한번 왔던 기억을 되살려 물어물어 찾아온 야산에서 봉선은 남자를 만났다.

남자는 포클레인 작업을 하고 있었다. 운전석에 앉아 왼손은 바지주머니에 찌른 채, 오른손만을 이용하여 꽤나 성실하게 땅을 골랐다. 제멋대로 자란, 수종을 알 수도 없는 가시가 많은 나무와 잡초들이 서로 엉켜 있는 야산을 포크처럼 생긴 큼직한 삽을 이용하여 뿌리 채 캐냈다. 그러더니 부러진 가지와 드러난 뿌리를 한 쪽으로 옮겨 논 다음 교실 한 칸만 한 넓이의 평평한 땅을 순식간에 만들어 버리는 것이었다. 그것도 한 쪽 손만을 이용하여. 남자는 봉선이 훔쳐보고 있는 것에 관심도 없다는 듯 자신이 할일만 열심히 했다.

남자가 움직이고 있는 굴삭기는 가까이 다가오면 위험하다는 경고를 하려는지 몸 전체가 빨강색이었다. 빨강색에 한눈을 파는 봉선의 눈에 잡히는 것이 있었다. 빨간 꽃봉오리로 착각했는지 노랑나비 한 쌍이 움직이는 포클레인을 따라 나풀거리는 것이었다. 삽에 흙을 가득 담아 옮길 때에는 굴삭기가 벌벌 떨며 삐삐, 오래된 기계에서 나는 소리를 냈다. 그런대도 나비는 달아나기는커녕 마치 그 음률에 맞춰 율동이라도 하는 듯이 삽을 요리조리 따라다녔다.

삽이 움직일 때마다 부릉부릉 뱉어내는 소리에 봉선은 귀가 멍멍해졌다. 자신이 만든 평평한 땅의 모습이 마음에 들었는지 남자는 시동을 끄고 굴착기에서 내렸다. 갑자기 소리가 사라지자 환청 같은 여운이 봉선의 귓속으로 잦아들었다. 그 때문인지 봉선은 한동안 멍한 상태로 그 자리에 서 있었다.

굴삭기에서 내린 남자는 왼손을 주머니에 넣은 채 오른손만을 흔들며 음료수가 놓인 쪽으로 가고 있었다. 막 음료수를 들이키려던 그가 봉선 쪽으로 몸을 틀더니 다 알고 있었다는 듯이 손을 까닥했다. 친절함이 배인 손의 움직임과는 달리 그의 얼굴엔 아무런 표정도 나타나있지 않았다. 미적대고 있자 그가 한 번 더 손가락을 구부렸다 폈다. 더 이상 봉선에게 친절할 필요를 느끼지 않았는지 남자는 봉지에서 빵을 꺼내 먹기 시작했다. 그것을 보자 온종일 굶은 봉선의 뱃속에서 꾸르륵대는 소리가 났다. 봉선은 이끌리듯 남자 앞으로 다가갔다. 그가 준 빵을 베어 먹으면서도 봉선은 포클레인에서 눈을 떼지 못했다.

노랑나비 한 쌍이 포클레인 운전대 위에 나란히 앉았다. 봉선은 연변에 있는 아버지를 떠올렸다.

진찰을 받아보지 못해 아버지는 자신이 무슨 병을 앓고 있는지 병명조차 몰랐다. 점점 굳어가는 몸으로 아버지는 하루 종일 방에만 누워있어야 했다. 학교에서 돌아온 봉선의 기척이 들리면 아버지는 기어드는 목소리로 말했다. 방문 좀 열어다오. 문을 활짝 열어주면 아버지는 앞마당 자그마한 화단에 핀 꽃들을 말없이 물끄러미 내다보곤 했다. 그날도 아버지는 안방에서, 봉선은 마루 끝에 걸터앉아 화단을 내려다보고 있었다. 그 때 노랑나비 한 쌍이 나풀대며 꽃밭을 기웃거렸다. 나도 나비나 되었으면……. 아버지는 그렇게 중얼거렸다.

떠난 아내와 딸이 돌아오기만을 손꼽아 기다리다가 나비가 된 아버지가 이곳까지 찾아온 것일까? 그런 생각이 들자 봉선의 가슴이 쿵 내려앉았다. 봉선이 나비에 관심을 두는 사이, 남자는 간식거리를 담아왔던 바구니를 챙겨들더니 말없이 동네 쪽으로 걸음을 옮겼다. 봉선은 남자와 한 자 정도의 간격을 두고 이끌리듯 따라갔다. 걸어가면서도 남자는 시종 주머니에서 손을 빼지 않았다. 뒤따르는 봉선 눈엔 그 모습이 참 기괴하게 보였다. 봉선은 남자의 주머니 속 왼손이 자꾸 궁금해졌다.

남자가 찾아든 곳은 마을에서 한참 떨어진 외진 곳이었다. 몇 년 동안이나 손을 대지 않았는지 집 모양새는 무척 쇠락했고, 버려진 폐가처럼 보였다. 남자가 들어서며 흠흠 기척을 내자 안에서 허리가 기역자로 굽은 노인이 나왔다. 자글자글 잔주름이 온 얼굴에 퍼져있는 노인은 나이가 몇인지 추측할 수조차 없었다.

"아이쿠! 내 새끼! 애썼구먼."

거의 기역자로 굽어진 허리 때문에 노인은 남자의 어깨를 토닥이지 못하고 대신 엉덩이를 어루만졌다. 표정 하나 없던 남자의 얼굴에 언뜻 스쳐가는 미소를 봉선은 놓치지 않았다. 한쪽에 비켜서있는 봉선을 발견한 노인이 남자의 궁둥이를 더듬던 손을 멈춘 채 그 자리에 붙박이가 되었다. 꿀컥 삼키는 침소리가 봉선의 귀까지 들렸다.

"어여! 내 강생이! 어디 갔다 인자 온 겨!"

자글자글 주름진 얼굴에 웃음을 가득 담고 노인은 꼬꾸라질 듯이 봉선 앞으로 내달았다.

"집 나온 아이인가 보요!"

위태위태한 몸놀림으로 봉선 앞으로 다가오던 노인이 남자의 말에 멈칫 섰다. 그래도 자신의 눈을 믿을 수가 없다는 듯 노인은 고개를 설레설레 흔들었다.

"내 강생이! 아직 멀은 겨?"

연탄불을 갈고 있는 남자와 봉선을 향해 노인이 재촉한다. 남자는 어서 들어가 보라고 봉선에게 눈짓을 한다. 그러나 봉선은 이미 가뭇없이 경계가 지워진 먼 산 쪽으로 시선을 둔 채 움직이지 않는다. 밤이 되면 갑자기 변하는 노인이 무서워진다. 미친 듯이 내 강생이! 내 강생이! 하며 머리와 궁둥이를 번갈아 쓰다듬는 노인의 손길이 무섭고 싫다. 봉선의 의중을 짐작했는지 남자가 말한다.

"짜사! 무서워하지 마. 우리 엄니는 밤눈이 어두워 밤에는 아무것도 보지 못 혀. 그래서 10년 전에 제 어미를 따라 떠나버린 손녀가 돌아온 줄 착각하고 있는 겨!"

남자가 그렇게 길게 말한 것은 만난 후 처음이다. 그리고 보니 노인의 이상했던 행동이 조금 이해가 간다. 밝은 낮에는 경계하는 눈초리를 보내던 노인이 밤만 되면 완전히 딴사람처럼 되는 까닭을.

남자를 따라올 때만 해도 봉선은 하룻밤만 신세지고 떠날 작정이었다. 허술한 집이며 하고 사는 모양새가 눌러앉을 만한 곳이 아니라고 봉선은 속으로 단정했다. 그런데 밤에 단 둘이 되자 봉선을 손녀로 착각한 노인이 은밀하게 속삭이는 것이었다.

"어유, 내 강생이! 어디 갔다 인자 온 거여. 이 할미가 을매나 기다렸는디. 그려. 니가 이 할미를 찾아올 줄 폴세 알았당게. 저 놈아가 잊어뿌리라고 날마다 우격다짐했싸도 나는 믿었응게. 여기 바라. 나랑 니 에비가 너를 위해서 한 푼도 쓰지 않고 모은 돈이여. 이 돈 다 니를 줄 것잉게. 이제 우릴 떠나지 않겠제?"

노인은 담요가 펼쳐져 있는 아랫목 구들 쪽 장판을 들어보였다. 한 눈에 헤아릴 수도 없이 많은 지폐가 장판 밑에 차곡차곡 깔려있었다.

아버지 병을 치료할 돈을 벌기 위해 어머니는 한국을 찾았다. 삼년만 열심히 벌어 연변으로 돌아가자. 한국 땅을 밟으며 어머니는 봉선에게 다짐했다. 그 삼년 동안 정말 허리 한 번 펴지 못하고 어머니는 설거지 통에 손을 담그고 살았다. 어머니의 손등은 퉁퉁 불어갔다. 이제 얼추 네 애비 수술비용이 채워지고 있으니 조금만 기다려라. 희망 때문인지 유독 목소리까지 상기되었던 어머니가 어느 날 소리 소문 없이 사라졌다. 어머니를 찾아 달라고 울며 매달리는 봉선에게 음식점 사장은 되레 큰소리를 쳤다.

"선불로 받아간 돈이 얼만데……, 순진하게 굴어 불쌍해서 거둬주었더니 뒤통수를 치고 자빠졌네. 야, 너 한번만 더 이곳에 와서 징징대면 니 엄마 대신 널 팔아버리고 말 거다!"

어머니와 연변에서 같이 자랐고, 같은 시기에 한국으로 나온 펑이 이모를 찾아가 물었다. 이모도 아는 사실이 없는지 신세 한탄만 했다.

"우리 목숨은 파리 목숨보다 더 못하지비."

이모의 목소리는 파리가 내는 소리보다 더 가냘팠다.

"이 자리에서 죽어 나간대도 관심을 가지는 사람도 없슴메. 그렇다고 경찰에 신고조차 헐 수 없지비. 불법체류자로 몰려 강제 출국 당할 처지이니께니."

저 돈만 있으면 어머니도 찾을 수 있고, 아버지 병도 낫게 할 수 있다고 봉선은 생각한다. 그래서 머리를 굴려 돈을 빼낼 궁리를 한다. 그런 사실도 모른 채 노인은 봉선을 붙잡고 거듭 달랜다.

"왜 돈이 적은 거? 그 육실헐 니 에미 년이 더 욕심을 부리는 거? 알면서도 결혼해 놓고, 모아 논 돈 없다고 지 서방 병신이라고 트집잡아 새끼 데리고 밤도망을 친 그 년은 돈 독이 오른 년이니께, 이 정도론 양이 차지 않것지! 어라이 호랭이가 물어갈 년! 콱 베락 맞아 죽을 년!"

마치 집 떠난 며느리가 눈앞에 나타나기라도 한 냥, 노인이 이를 간다. 그러더니 그 며느리에게 금쪽같은 손녀를 빼앗기지 않으려는 듯 봉선을 덥석 껴안는다.

"아가! 내 돈 더 줄껴! 내일 니 애비가 산일 허면 목돈이 들어온 게 것도 합치면 많지 않것어? 그러니 떠나지 말고 나랑 살어. 응? 그럴 것이제?"

남자가 아침 일찍 산일을 간다. 산일이 무엇인지 궁금해서 봉선은 남자의 뒤를 슬슬 따른다. 묵묵히 걷던 남자가 문득 걸음을 멈추더니 돌아보며 봉선에게 묻는다.

"너, 오늘부터 나랑 잘껴?"

소스라치게 놀란 봉선은 세게 고개를 젓는다.

"쨔샤! 밤이면 우리 엄니가 자꾸 귀찮게 허는 것 같아서 그런 거!"

봉선은 미욱할 정도로 오랫동안 고개를 좌우로 흔든다. 그런 모습을 물끄러미 보던 남자는 싫으면 관두고! 하더니 씽씽 내닫는다.

남자와 잠을? 그때가 생각나서 봉선은 진저리를 친다.

처음에는 어머니에게 추파를 던지던 사장이 언제부터인가 음탕한 눈길로 봉선의 몸을 더듬었다. 봉선은 어머니와 함께 음식점골방에서 지내야했던 터라 오며가며 사장과 마주칠 때가 많았다. 사장의 음흉스런 눈초리를 마주할 때마다 봉선은 온몸에 소름이 돋았다. 날카로운 발톱을 드러낸 한 마리의 매처럼, 사장은 떨고 있는 꿩 한 마리를 순식간에 채어갈 때를 시시탐탐 노렸다.

그날은 어머니가 무슨 일로 속이 상했던지 손님이 주는 술을 겁도 없이 받아마셨다. 술에 취해 단내를 풍기며 잠이 든 어머니 옆에서 봉선은 음식점에 굴러다니는 잡지를 뒤적였다. 그때 누군가가 방문 손잡이를 오랫동안 흔들었다. 덜커덩덜커덩 울리는 소리에 봉선은 구석에 웅크린 채 떨었다. 어느 순간 잠긴 고리가 힘없이 떨어져나갔고, 뛰어든 사장은 봉선에게 덤벼들었다. 아무리 밀쳐내려고 애를 써도 육중한 사내의 몸은 꿈쩍도 하지 않았다. 방안만큼이나 커진 남자의 무기는 봉선의 작은 동굴을 야수처럼 침범했다.

이 세상 모든 남자는 지위나 재력에 상관없이 똑같다는 생각에서 벗어날 수 없는데 나랑 같이 자자고? 말도 되지 않는 소리에 봉선은 고개를 설레설레 흔든다. 놀란 가슴에 사래까지 들린 봉선은 큭큭, 잔기침을 한다.

사실 지금 봉선의 모습은 영락없는 사내아이이다. 그러니 남자가 같이 자자고 말하는 것은 하나도 이상하지 않다. 어머니가 실종되고 음식점을 나올 때 봉선은 남은 돈을 다 털어 사내아이 옷을 샀다. 고작 열 살 여자아이로 혼자 살아가기에는 세상이 너무 험하다는 사실을 이미 몸으로 배웠기 때문이다.

남자는 판판하게 골라 두었던 곳에 당도하여 포클레인을 살펴본다. 마치 사랑스런 자식을 어루만지듯 골고루 한번 씩 만진 다음 훌쩍 뛰어 운전석에 오른다. 시동을 걸고 누군가가 막대기를 꽂아 표시해 둔 곳으로 천천히 움직이더니 웅덩이를 파기 시작한다. 한 삽을 퍼서 목을 구십 도로 돌려 부어놓고, 또 한 삽을 퍼서 붓고, 한 손으로만 하는 작업이지만 신속하다. 어느새 두개의 널빤지가 들어갈 만한 네모반듯한 구덩이 만들어진다. 그때서야 문득 주위에 드문드문 널려진 묘가 봉선의 눈에 들어온다. 어느 집 가족묘지 터인가 보다. 남자는 널짝이 들어갈 땅을 얼굴에 분칠하듯 다듬는다.

남자가 거의 작업을 마칠 즈음 기다리고 있었다는 듯이 세대의 승용차가 들이닥친다. 죽은 이의 자식과 손자들인 듯 그들은 차에서 내리자마자 주위의 풍광에 더 관심을 둔다. 한사람이 앞에 보이는 높은 산을 가리키며 아는 척한다.

"저 앞산이 유명한 방장산이래요. 높이도 높이지만 세 개의 군을 아우르고 있는 산의 기세가 큰 인물이 만들어낼 수 있는 자리라 하드 만요. 그래서 이곳이 명당자리라고 지관이 찍어주지 않았겠소. 처남 집안도 앞으로 좋은 일만 생길 거요."

둘러선 사람들은 앞으로 좋은 일이 많을 거라는 덕담에 미소를 띠며 고개를 끄덕인다. 그러고 나서야 가장 연장자로 보이는 사람이 남자를 향해 소리친다.

"수고가 많소!"

들은 척도 하지 않는 남자를 보며 머쓱해진 연장자가 주위를 살피며 혼자말로 중얼거린다.

'석관은 아직 도착 안했나?'

유골이 들어있는 상자를 자동차 뒤 트렁크에서 내리던 사람이 말을 받는다.

"공달이 끝나가고 있는 요즘 워낙 산일 하는 이가 많아 구하기가 힘들다는 군요. 그래도 어렵게나마 구했다고 방금 연락을 받았어요."

석관이 도착하고, 따라온 석관 장이들이 석관을 맞추느라 법석을 떨고 있어도 남자는 포클레인 운전석에서 내려오지 않는다. 사람들이 가져온 음료수를 권해도 받는 법이 없다. 한동안 뚜덕이던 망치소리가 잦아지고, 석관장이 한 명이 큰 소리로 남자를 부른다.

"어이! 김씨! 다 됐응게 이리 내려와 보더라고!"

그제야 남자는 굴삭기위에서 훌쩍 뛰어내린다. 순간 모였던 사람들의 시선이 한꺼번에 남자의 왼손에 쏠린다. 남자를 부르던 석관장이가 걱정 말라는 듯 말한다.

"그래뵈도 염만 삼십년을 헌 사람잉게 걱정 마시라고요. 인자 귀신이 다 되어 뿌렀당게요."

사람들은 그래도 못 믿겠다는 표정이 역력하다. 상주 대신 석관장이가 남자에게 소리쳐 말한다.

"이게 남편 유골이고 이게 부인유골이래여."

필요이상 크게 고함치듯 말하는 자신이 무렴했던지 들러선 사람들에게 설명한다.

"김씨가 가는귀가 먹었지라. 젊었을 적에는 괜찮았는디, 이일을 시작하고 나서 보통으로 주고받는 말은 듣지 못하게 되었당게요.".

석관장이가 맞추어 둔 두 개의 석관 속으로 뛰어든 남자는 뼈를 맞추기 시작한다. 유골을 처음 대한 봉선은 잠시 무섬증이 들었으나, 이내 괜찮아졌다. 남자의 손놀림은 수많은 관객 앞에 펼치는 요술쟁이처럼 봉선의 눈을 사로잡았기 때문이다. 마치 부서진 조각품을 맞추어 새 작품을 탄생시키듯이 뒤죽박죽이 된 뼈를 하나하나 제 자리에 놓아간다. 남편의 유골이 사람의 형태를 띤다. 사람들 틈에 끼어 그 모습을 보고 있던 봉선은 앙상한 뼈로 누워있는 유골에게 살을 덧붙여본다. 건장한 사내가 번쩍 눈을 뜨고 일어날 것만 같다. 한 구의 유골이 사람형태를 갖출 즈음 사람들은 남자의 재주에 하나같이 감탄한다. 이어서 나란히 놓인 석관에 부인 유골을 맞춘다. 남자의 한 손은 춤을 추듯 뼈를 날랐다. 한 번도 제 자리를 찾지 못하여 망설이는 법이 없다. 그야말로 귀신 같은 솜씨다. 부인의 발가락뼈까지 놓고 나서야 남자는 허리를 펴고 흐르는 땀을 옷소매로 훔친다. 하늘을 우러르는 모습이 고인을 전송하는 의식처럼 보인다.

그때다. 노랑나비 한 쌍이 유골에 내려앉는다. 모두들 놀란 눈으로 나비의 움직임을 본다. 어제 포클레인 운전대에 앉아 한참을 머물던 나비라는 것을 봉선은 안다. 저 나비의 투명한 날갯짓은 무엇을 뜻하는 것일까? 나비를 내려다보는 사람들의 표정이 각양각색이다. 미물이 유골에 내려앉은 것에 대한 불쾌감을 표하는 사람이 있는가하면, 유골이 나비로 환골탈태하여 새롭게 비상하는 움직임으로 보고 희망을 담는 이도 있다. 어찌 되었던 두 마리의 나비로 인해 사람들은 한동안 일을 멈춘다.

시신에서 날아오른 두 마리의 나비는 떠나기 아쉽다는 듯 주위를 나풀나풀 돌더니 어느 순간 하늘로 솟구쳐 가뭇없이 사라진다. 그때서야 석관장이는 관을 돌 뚜껑으로 덮고 둘러 싼 사람들을 향해 말한다.

"한 삽씩 흙을 부어 영혼을 위로하세요!"

모인 사람들은 번갈아 가며 관 위에 흙을 덮는다. 남자는 어느새 굴삭기 위에 올라가 파 놓았던 흙을 채우기 시작한다. 선명하도록 붉은 황토가 석관의 모습을 지우고 방금 있었던 일을 지우개로 지우듯이 덮어가고 있다. 푸른 잔디와 붉은 황토가 엇갈려 채워지고 새로운 봉분하나가 만들어진다.

상주와 그곳에 모인 사람들은 간단한 제상을 차려 놓고 차례차례 절을 올린다. 남자는 기다리지 않고 포클레인을 움직여 그 자리를 빠져나오려 한다. 상주중에 책임을 맡은 이가 남자에게 돈을 건넨다. 미리 약조가 되어 있었던지 받은 돈을 세어보지도 않고 남자는 안주머니에 쑤셔 넣는다.

"수고 많았소!"

사람들의 한결같은 치사가 굴삭기가 내는 소음 속에 묻혀버린다. 굴삭기가 천천히 빠져나오고 봉선은 그 소리에 끌리듯 뒤따른다.

굴삭기가 지나가며 깊게 패는 바퀴자리를 봉선은 깡충깡충 따라 걷는다. 드륵륵 끽, 드르르르. 쉬지 않고 내는 굴삭기의 소음이 이제 귀에 섧지 않다. 어제부터 떠나지 못한 노랑나비 한 쌍이 언제부터 따라왔는지 이번에는 봉선의 머리 위를 맴돈다. 나비의 날갯짓에서 봉선은 아버지, 어머니를 동시에 떠올린다. 연변으로 어서 돌아오라는 아버지의 손길로, 누군가에게 끌려가 고통 속에서 구원을 바라는 어머니의 손짓처럼. 앞서거니 뒤서거니 팔랑팔랑 움직이는 나비의 투명한 날개에서 봉선은 슬픔을 본다.

돌아온 남자와 봉선을 노인이 반갑게 맞아 준다.

"아범, 오늘도 수고 많았구먼."

수건을 들어 남자 어깨에 묻은 벌건 황토를 털어주기도 하고, 바짓가랑이에 묻은 떼의 부스러기를 떼어내 주기도 한다. 그 모습이 언젠가 TV에서 보았던 우랑우탄 가족을 떠올리게 만든다. 털 속에 숨어있는 이를 서로 잡아주던 다정한 모습이 겹친다. 남자는 상주에게서 받은 돈을 꺼내 노인에게 건넨다. 돈을 받으며 노인은 반복한다.

"아범, 수고 많았구먼."

남자는 씻으려는 듯 우물가로 간다. 우물은 두레박을 사용하지 않고 바가지를 이용하여 바로 뜰 수 있을 정도로 깊이가 낮다. 아직도 이런 우물이 남아있다는 사실이 참 신기하다. 우물 바로 옆에 장독대가 있고, 봉숭아와 분꽃이 장독대 주위에 활짝 피어있다. 꽃을 보자 봉선은 어머니가 더 그리워진다.

— 조상들은 집안에 침범하는 악귀나 병을 막으려고 울타리 밑에 봉숭아를 심었음메. 고향 집 울타리 밑에 빨간 봉숭아꽃망울이 핏빛처럼 터졌을 것임둥.

고향 쪽으로 시선을 보내며 눈가를 적시던 어머니의 모습이 떠올라 봉선은 눈시울이 붉어진다. 그런 봉선의 마음을 짐작이나 했던지 노인이 말한다.

"내 강생이! 저녁 먹고 나서 봉숭아 물 들여 볼껴?"

봉선이 대답도 하기 전에 남자가 툭 말을 던진다.

"머스마 새끼를 봉숭아 물 들여 주면 뭣한다요? 엄니도 인자 고만 꿈 깨시랑게요. 다시 돌아올 사람들이면 폴쌔 돌아오고도 남았을 틴디."

잘라버리듯이 면박을 주는 남자의 말에 노인은 그럴 수 없다는 듯 소곤대며 봉선에게 통사정을 한다.

"저놈아가 자꾸 닭장 같은 아파트로 옮기자고 허는디 …… 그럴 수는 없었지야. 우리가 이사가 뼈렀으면 내 강생이가 이렇코롬 찾아올 수 있었을껴? 그쟈?"

남자는 그런 노인을 걱정스레 건너다보며 입을 다문다.

노인은 봉숭아꽃잎과 잎을 적당히 섞어 사발에 넣고 으깨더니, 문득 생각난다는 듯이 방안으로 들어가 무엇인가를 찾아가지고 나온다. 어머니와 꽃물들일 때 보았던 백반 가루다. 손가락에 백반가루를 묻혀 무심코 혀에 대었을 때 몸을 떨게 했던 신맛. 봉선은 그 맛을 지금도 잊지 못한다. 어머니는 도대체 어디로 간 것인가. 백반을 넣고 잘 으깬 봉숭아 꽃잎을 한 쪽에 놓더니 굽어진 허리로 뭔가를 찾아나서는 노인에게 봉선이 묻는다.

"호박잎을 따서 싸매면 더 잘 드는데……."

그런 것까지 어떻게 알고 있느냐며 놀란 표정을 짓던 노인이 구부러진 허리를 지팡이에 의지한 채 사립문을 나선다.

방문 앞에 일자로 놓인 마루에 남자는 큰 대자로 누워있다. 피곤했는지 눕자마자 코를 심하게 골며 잠에 빠진다. 잠을 자면서도 주머니 속에서 빼지 않는 왼손이 궁금하여 봉선은 살금살금 남자에게 다가간다. 왼쪽소매를 잡아 막 빼내려는 순간, 남자가 끙 소리를 내며 돌아눕는다. 제풀에 놀란 봉선이 엉겁결에 엉덩방아를 찧고 그만 마루에서 토방으로 고꾸라지고 만다.

"어이쿠! 내 강생이. 도대체 뭔 일여? 다친 것 아녀?"

막 사립문을 들어오다 그 모양을 발견한 노인이 허겁지겁 뛰어와 일으킨다. 팔꿈치와 손바닥이 쓰리고 아프다. 시골구석에 약이 있을 리가 없고 그저 입김을 호호 불며 참고 있으려니 봉선은 괜히 심통이 난다. 그때 노인이 연탄 화덕을 댓돌 밑까지 끌어온다.

"내 강생이, 이리 온나! 둘이 먹다 하나 죽어도 모를 맛난 설탕과자 맹그러 줄팅게!"

설탕과자? 언젠가 어머니에게 들었던 과자 이름도 같다. 봉선은 댓돌에 날름 올라앉아 노인이 하는 양을 호기심을 가득 담고 바라본다.

화덕을 가져다 논 노인은 옆에 돗자리를 깔고 그 위에 커다란 양철국자와 나무젓가락을 챙기고, 양철로 된 받침까지 올려놓는다. 마지막으로 설탕그릇을 가져다놓고 화덕 옆에 쭈그려 앉는다. 봉선을 향해 옴죽한 입을 벌려 씩 웃더니 누워 자는 남자를 가리키며 말한다.

"어렸을 적 저 놈아가 가장 좋아하는 과자였제. 내 강생이도 이것만 만들어 준다고 허면 울다가도 뚝 그쳤는디.……"

불현듯 손녀가 그리워지는지 노인의 눈가가 촉촉해진다.

연탄 위에 별 모양의 철판을 올려놓더니 국자를 올린다. 국자 속에 설탕을 두 수저 넣고, 잠시 기다리니 설탕이 녹기 시작한다. 노인이 나무젓가락으로 살살 저으니 신기하게도 설탕이 부풀어 오른다. 잠시 후 부풀어 오른 설탕물을 양철 판에 붓고 별무늬를 새긴다. 10초나 지났을까? 봉선의 손바닥에 별모양을 아로새긴 설탕과자를 놓아주며 노인이 말한다.

"어디 잘하나 좀 볼꺼나? 너 여그 씨잘데기없는 부수러기를 떼어내고 이쁜 별 모양만 만들어 내면, 나가 상으로다 더 이쁜 꽃 모양을 만들어 줄 껴!"

봉선은 별 모양이 박힌 설탕과자를 왼손으로 잡고 밖으로 퍼져 나온 부스러기를 오른손가락으로 조심조심 떼어낸다. 조심스럽게 다루었는데도 창호지처럼 얇은 과자는 봉선의 의도와 상관없이 자꾸 부러진다. 다 떼어내고 나니 별 모양의 뾰쪽한 부분이 망가진 이상스런 과자가 되고 만다. 봉선이 하는 양을 보던 노인이 혀를 쯔쯔 차더니 말한다.

"그렇게 두 손이 멀쩡하다고 혀서 잘한다는 벱이 없는 거. 한손만으로도 잘 허면 되는 것잉게. 병신이라고 깐보면 안되는 것여. 그게 이친디, 사람들은 그것도 몰러."

봉선이 별 모양을 망쳤는데도 노인은 약속한 상을 준다. 누르기만 하면 예쁜 모양이 아로새겨지는 무늬철판을 이용하여 꽃모양, 새모양, 거북모양의 설탕과자를 만들어 준다.

"어렸을 적엔 이걸 뽑기라고도 허고 띠기라고도 혔지. 핵교 교문 앞에 요로코롬 연탄불 화덕을 놓고 설탕과자를 만들어 파는 이들은 대부분 노인들이었당게. 공부가 파하면 학상들이 날파리떼 마냥 모여 들어 너나 헐 것 없이 띠기를 혔응게. 뭐시냐. 지금처럼 맛난 과자도 없는 시절에 달작지근한 요것은 겁나게 맛있었응게. 근디 나가 왜 집에서 이런 과자를 맹글게 되었나 허면,……

바로 그때다. 봉선이 떼기 어려운 거북모양의 머리 쪽을 손대고 있을 때 남자의 벽력같은 소리가 들린다. 그 소리에 놀라 봉선이 만지고 있던 거북의 목이 댕강 끊어져버린다.

"엄니요. 이제 그런 짓 고만 허라고 안 혔소. 신경질 나게 내 앞에선 인자 그런 모습 보이지 말란 말이요."

벌떡 일어난 남자가 씩씩거리며 사립문을 나간다.

"야야―. 어디 가냐? 저녁밥 먹어야제."

나가는 아들 등 뒤에 대고 부르는 노인의 목소리가 애절하다. 노인은 막 스러져가는 저녁놀을 넋 놓고 바라보다 슬픔이 묻어나는 목소리로 말한다.

남자는 조막손으로 태어났다. 그의 왼손은 손가락이 하나도 없다. 두 팔을 달고 나왔으나 한 팔은 없는 것이나 마찬가지다. 초등학교 때부터 남자는 친구들의 놀림감이 되었다. 아들이 책가방을 던지며 마당을 뒹굴 때 노인은 부르짖었다.

― 아이구! 내 새끼! 니를 어쩐다냐? 반거들충이가 될 니를 어쩌면 좋다냐?

어느 날 노인은 남자가 띠기를 하고 있는 모습을 우연히 보았다. 손가락 하나 없는 왼손으로 본판을 누른 채 오른 손으로 세밀하고 능숙하게 떼어내고 있는 아들을 보고 무릎을 쳤다. 아! 바로 저거다. 길가에 앉아 띠기를 하는 장시꾼들을 쫓아다니며 노인은 설탕과자 만드는 기술을 배웠다. 아들은 설탕과자를 통해 오른손을 단련했다. 설탕과자는 그들에게 꿈을 갖게 했고, 꽃처럼 마음을 정화시켰다. 입속에 넣으면 스르르 녹아버리는 단맛은 세상의 쓴맛을 조금씩 잊게 해 주었다. 동화 속 이야기처럼 착한 여자가 며느리로 들어올 것을 기도했고, 그들의 꿈은 이루어지는 듯했다. 그런데……

"할머니, 나비모양도 만들어 주세요. 두 마리요."

봉선은 생각한다. 낮에 보았던 나비가 떠난 노인의 며느리와 손녀인
지도 모른다고. 자신이 띠기에 성공하면 그들이 나비처럼 훨훨 날아 노
인 곁에 올 수 있지 않을까? 노인이 만들어준 두 마리의 나비에 희망을
걸고 봉선은 열심히 모양을 다듬는다. 언젠간 남자의 왼손이 주머니에
서 나올 날이 오리라는 희망을 담고서.

홀쩍 집을 나간 남자가 돌아오지 않는다. 기다리다 못한 노인과 봉선
이 저녁밥을 다 먹고 나서도 소식이 가뭇없다. 남자가 걱정이 되는지 노
인은 말이 없다. 밤엔 손녀로 착각하던 노인도 아들 걱정 때문인지 오늘
은 봉선에게 관심을 두지 않는다. 좋은 기회가 될 것 같다. 남자도 없고
집에는 눈뜬장님 같은 노인뿐이니 이런 기회가 또 찾아올 리 없다. 노인
이 아랫목에 자리를 깔고 눕기 전에 꺼내야만 한다. 그리고 노인이 잠이
들면 이곳을 떠나리라. 결심하고 나니 쿵쿵 가슴 뛰는 소리가 봉선의 머
리까지 들린다. 노인은 밖에서 들려올 아들의 발자국 소리에 온통 관심
을 기울이고 있다. 봉선이 무슨 일을 하건 노인의 귀에 들리지 않을 것이
다.
봉선은 아랫목 장판을 들어올린다. 차곡차곡 깔려있는 지폐를 꺼낸
다. 지폐가 있던 구들장은 지폐가 없던 곳에 비해 유난히 색깔이 진하
다. 손때가 묻은 지폐 다발에서 흘러나온 진액이 10년이란 세월 동안 기
름처럼 물들여진 탓인가. 손에 잡히는 대로 봉선은 가슴 속에 집어넣는
다. 이제 제법 몽실하게 부풀어 오르던 봉선의 가슴이 돈뭉치로 글래머
여인처럼 솟아오른다. 10년 동안 머금은 습기가 밴 지폐에선 퀴퀴한 냄
새가 솔솔 새어나온다. 울컥 멀미처럼 구토가 솟는다. 그제야 노인이 봉

선에게 관심을 보낸다.

"아이구! 내 강생이! 어디 갔다 인자 온 겨!"

노인이 손을 대기 전 봉선은 벌떡 일어난다.

"할머니! 오늘 봉숭아 물들이기로 했잖아요? 제가 가져올게요."

낮에 준비해 둔 봉숭아 빻은 그릇과 노인이 따다 둔 호박잎을 찾아 들고 봉선이 들어온다.

"할머니! 제가 예쁘게 봉숭아 물 들여 드릴게요. 손 이리 내세요."

방문 쪽으로 돌처럼 앉아있는 노인을 돌려 앉히며 손을 잡아끈다. 무엇이 불안한지 노인의 손이 덜덜 떨고 있다. 봉선은 노인을 안심시키려 말이 많아진다.

"어렸을 적 봉숭아물을 들여 주며 어머니가 꿈꾸는 목소리로 말했어요. 여름에 곱게 들인 봉숭아물이 첫눈 올 때까지 손톱 위에 남아 있으면 첫사랑이 이루어진다고요. 할머니 그 말이 정말이라고 생각하세요?"

노인은 대답이 없다. 봉선은 노인의 오른쪽 새끼손가락부터 곱게 빻아둔 봉숭아꽃잎 덩이를 올려놓고 호박잎을 덮어씌운 다음 명주실로 꽁꽁 싸맨다. 처음 해 보는 것이라 자꾸 손가락에서 빠져나와 하나를 싸매는 데 시간이 꽤 걸린다. 봉숭아꽃잎과 호박잎에서 나는 풋내가 상큼하다. 이제 겨우 한쪽 손을 끝냈는데 노인은 앉아서 졸고 있다. 유난히 저녁잠이 많더니 나간 아들을 기다리지 못하고 끝내 잠이 든 것이다. 봉선은 아랫목에 자리를 펴고 노인을 살며시 눕힌다. 새근새근 고른 숨소리를 내며 잠든 노인의 얼굴이 참 해맑고 천진스럽다고 봉선은 생각한다.

노인의 왼손을 끄집어 당겨 새끼손가락부터 싸매며 봉선은 혼잣말로 이야기를 계속한다.

"엄마의 고향 연변에도 봉선화가 많았대요. 병충해도 막아준다고 해서 수박밭이나 참외밭 곳곳에 봉선화를 심었대요. 아버지는 첫딸이 봉선화가 만발할 때 태어났다고 봉선이라는 이름을 붙여주었어요. 그런데, 할머니. 봉선화 꽃말이 뭔지 아세요? '기다림과 운명' 이래요. 난 언제나 어머니를 다시 만날 수 있을까요? 할머니."

대답 없는 노인의 마지막 손톱에 남아있던 으깬 덩이를 담뿍 올려놓고 친친 동여매며 봉선은 어머니가 자주 부르던 봉선화 노래를 흥얼댄다. 울밑에 선 봉선화야. 내 모양이 처량하다. 길고 긴 날 여름철에 아름답게 꽃필 적에 어여쁘신 아가씨들 너를 반겨 놀았도다.

열손가락에 봉숭아 꽃물을 들이며 노인이 곤히 자고 있다. 이제 어머니를 찾아 나서야 한다. 봉선은 벌떡 일어선다. 그 바람에 가슴 속의 지폐더미가 출렁거린다. 볼록 솟아오른 가슴이 아프다. 이대로 나갈 수는 없다. 봉선은 노인의 옷이 든 농속을 뒤져 보자기 하나를 찾아낸다. 그것을 펼치고 가슴속에 들어있던 지폐를 꺼내어 차곡차곡 쌓은 다음 단단하게 묶어 허리춤에 둘러맨다. 가슴 속에 넣었을 때보다 한결 가뿐하다. 막 문을 열고 나오려는데 노인이 부르는 소리가 들린다.

"아가! 가지 말어. 이제 나랑 살자. 잉? 나 죽을 때까지만 여기서 살면 을매나 좋을꼬!"

봉선은 열었던 방문을 닫고 노인 곁으로 온다. 꿈을 꾸고 있었는지 몸을 뒤척이던 노인이 다시 잠이 든다.

"죄송해요. 할머니. 어머니를 찾아야 해요. 불쌍한 우리 어머니를 찾아 연변으로 돌아가야 해요. 방문을 열어놓고 기다리고 있을 아버지를 만나야 하니까요."

어디서 홧김에 술이라도 마시는지 남자는 들어오지 않는다. 노인이
꿈결에 차버린 이불을 잘 여며주고 봉선은 안방을 나온다. 초승달이 떴
을 뿐인데 그리 어둡지 않아 다행이다. 읍내까지 걸어가자면 꽤 시간이
걸릴 터인데, 칠흑같이 어두운 밤이면 꽤 무서울 텐데 이 정도라면 괜찮
겠지. 봉선은 떨리는 자신을 부추기며 사립문을 나선다.

봉선이 읍내로 통하는 길목의 동네로 들어서자, 집안에 묶여있던 개
들이 낯선 발자국 소리에 놀란 듯 떼 지어 짖어댄다. 도둑질하고 달아나
는 봉선 자신을 뒤쫓기라도 하는 것처럼. 봉선이 쫓기듯 걸음을 옮기는
데, 비틀거리며 마주 걸어오던 남자가 아는 척한다.

"짜식! 고놈 참 의리 있네. 나를 마중 나온 거여? 고맙고만 그려."

취한 남자는 반가운 듯 봉선에게 손을 내밀다가 무게 중심을 바로 잡
지도 못하고 휘청거린다. 그의 입에서 품어 나오는 술 냄새가 달착지근
하다.

"짜샤! 어서 가자."

남자의 손길을 뿌리친다는 것이 그만 남자의 오른손이 봉선의 가슴을
움켜쥐게 만들었다.

"아얏!"

너무 아프고 놀라서 봉선은 정신을 차리지 못한다. 봉선보다 남자가
더 놀란 모양이다.

"아니 너? ……"

뒷말을 잇지 못하고 어이없어 하는 남자를 뒤로 하고 봉선은 죽어라
뛴다. 잡히면 큰일이다. 얼마나 뛰었을까? 다행스럽게 남자는 따라오

지 않는다.

봉선은 읍내 여관방에 든다. 따뜻한 실내에 들어서자 긴장이 풀어져 그대로 쓰러져 잠이 든다. 봉선은 꿈속을 헤맨다.

노랑나비 한 쌍이 사랑하듯 사이좋게 날고 있다. 나비가 날아오른 자리에서 풀피리소리가 울린다. 봉선은 귀를 기울인다. 왜 이런 곳에서 풀피리소리가 들릴까? 점점 크게 들리는 소리의 음률이 귀에 익다. 아, 어머니가 즐겨 부르던 봉선화 노래다. 음에 맞춰 봉선은 노래를 부른다. 북풍한설 찬바람에 네 형체가 없어져도 평화로운 꿈을 꾸며 모질게도 침노하니 낙화로다 늙어졌다 환생키를 바라노라. 두 마리의 나비는 봉선의 노래에 맞춰 군무를 춘다. 어머니ー. 아버지. 봉선이 소리 높여 부른다. 안타까움이 물기처럼 어린 봉선의 목소리가 파장을 일으키며 멀리멀리 퍼져나간다. 달무리처럼, 아니 길게 여운을 끄는 징소리처럼.

어머니의 모습이 보인다. 봉선은 반가워 그쪽으로 뛰어간다. 한결 젊어진 어머니가 봉선을 향해 손수건을 흔든다. 손수건은 이별을 상징한다는데 왜 하필 손수건을 흔드는 것일까? 밝은 미소를 한번 보여준 어머니가 뒤돌아서 멀어진다. 어머니, 가지 마세요. 부르짖다가 봉선은 놀라 번쩍 눈을 뜬다. 온몸에 땀이 흠씬 젖어있다.

불을 켜고 봉선은 보자기를 푼다. 장마철에 축축한 공기 속에서 곧잘 맡았던 곰팡이 냄새가 지폐더미에서 솔솔 번져 오른다. 방안에 넓게 펼쳐 놓고 한 장 한 장 세어 본다. 오십 장 쯤 세었을 때 노인의 목소리가 들린다.

'어이구. 내 강생이! 어디 갔다 인자 오는 겨!'

그 바람에 몇 장을 세었는지 봉선은 잊어버린다. 다시 세기 시작한다.

한참을 헤아렸는데 이번에는 남자의 목소리다.

'짜식! 사내새끼가 그렇게 마음이 약해서 어디다 쓰누?'

봉선은 또 헤아린 숫자를 잊는다. 더 이상 돈을 헤아려 보는 것을 포기하고 불을 끄고 눕는다. 다시 잠들면 꿈속에서 어머니가 영영 떠나버릴 것만 같아 봉선은 쉽게 잠들지 못한다. 이번에는 천정에 노인의 얼굴이 나타난다.

'이 천하에 못된 놈! 니놈이 내 손녀 찾을 돈을 가지고 도망쳐! 천벌받을 놈! 어이 이리 내 놔! 이놈아, 그게 어떤 돈 인디. 병신자식이 죽은 사람 뼈 만져가며 번 돈이랑게. 내 천금같은 손녀 딸 찾으려고 애면글면 십년간이나 모은 돈이란 말이시, 그런 돈을 가지고 내 빼! 이 창시를 빼 죽여도 시원치 않을 놈!'

서릿발 같은 욕설이 끝이 없다. 봉선은 귀를 막고 고개를 흔든다. 다시 불을 켜고 일어난다. 창을 열고 내다보니 날이 밝으려면 아직 한참을 기다려야 한다. 봉선은 주머니 속에서 나비 두 마리를 꺼낸다. 몸속까지 투명한 설탕과자 나비는 봉선의 손바닥 위에서 금방이라도 날아오를 태세다. 손바닥을 내려다본다. 노인의 손톱에 봉숭아물을 들여 주느라 만졌던 꽃물이 발갛게 손가락 끝에 배어있다.

지금쯤 노인의 손톱엔 봉숭아물이 예쁘게 물들어갈 것이다. 노인은 봉선화의 꽃말처럼 손녀를 기다리는 것을 운명으로 여기며 앞으로 하루하루 그렇게 버티어내겠지. 연변의 아버지처럼.

생각이 거기에 미치자 봉선은 벌떡 자리에서 일어난다. 방바닥에 아무렇게나 흩어져있는 지폐를 보자기에 쓸어 담아 허리에 질끈 묶는다. 노인의 꿈과 아버지의 소망을 이렇게 저버려서는 안 된다는 생각으로 마음이 급해진다.

　봉선은 여관방을 나와 지난밤에 왔던 길로 빠르게 걷는다.

　동쪽 하늘이 뿌옇게 밝아온다.

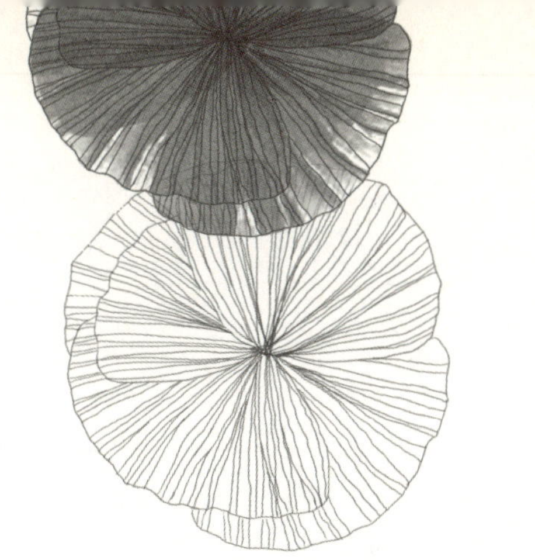
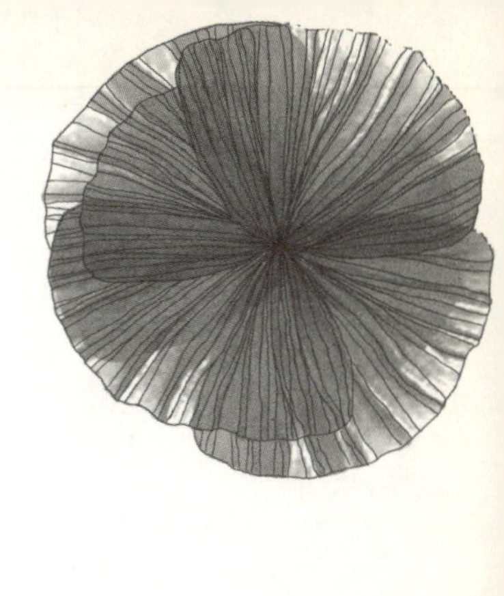

해삼과 불가사리

해삼과 불가사리

(1)

    수족관에 해삼과 천적인 불가사리를 함께 넣는다. 움직임이 없던 해삼은 불가사리가 다가오자 천천히 도망가기 시작한다. 불가사리 공격이 점점 거세지자, 해삼은 천천히 내장을 내놓기 시작한다. 얼마 뒤 해삼은 모든 내장을 다 쏟아낸다.

    창조주에 의해 태초부터 동물들의 놀라운 위장술은 창조된 것일까? 위장술에 깊은 관심을 가지고 있던 차에 TV에서 신기한 장면을 보았다. '유쾌한 두뇌검색' 이란 프로였는데 수중생물들의 위장술에 관한 실험이었다.

    위험에 처하면 모래 색과 똑같아지는 '와이더 아이 플라운 더', 수중

풀로 위장하는 '가든일', 위장술의 대가인 '스토 피쉬' 같은 물고기들이 소개되었다.

그러나 내가 가장 흥미를 가졌던 부분은 '해삼이 공격을 당하면 어떻게 대처할까?' 란 의제의 마지막 실험이었다. 목격한 출연자들은 놀라서 입을 다물지 못했다. 내장을 다 쏟아내고도 살 수 있다니! 이에 대해 게스트로 출연한 박사는 이렇게 설명했다.

"적이 해삼의 내장을 먹는 동안에 해삼은 도망갈 수 있습니다. 도망갈 시간을 벌고 있는 것입니다. 해삼은 내장을 다 배출해도 죽지 않습니다. 한 달 후면 내장은 다시 만들어지니까요."

놀랍지 않은가. 만약 해삼과 같은 그런 위장술로 내 두 눈알을 쏟아버린 다음 새로운 눈이 생성된다면 조금은 다른 인생을 살 수 있지 않았을까? 하고 프로그램을 보면서 생각했다.

대학 이학년 때 첫 번째 여자를 만났다. 그녀는 미술을 전공한 대학새내기였다. 갸름한 얼굴에 오뚝한 코, 오이꽃처럼 하얀 피부를 지닌 꽤나 미인이었다. 첫눈에 호감을 느껴 그녀에게 사귀자고 강하게 밀어붙였다. 나도 그리 빠지지 않는 용모를 가졌고, 중상류층 부류에 속하는 가정형편을 이미 간파했는지 그녀는 못이기는 척 응했다.

미술을 전공한 그녀는 미술학도답게 만남을 멋지게 채색하고 싶어 했다. 만남의 장소는 으레 전시회장으로 잡았고, 전시작품 앞에서 대화나누기를 좋아했다. 처음엔 그런 만남이 참 신선했다. 찻집이나 피시방이나 노래방보다 얼마나 품격이 있는 곳인가. 그러나 만날수록 힘이 들었다.

그녀와 마지막 만남이 된 장소는 고흐미술전이 열리고 있던 현대미술관이었다. 전날 그녀가 전화를 걸어왔다.

"오빠, 우리 내일 고흐 미술전 보러 가자. 나에게 그는 영원한 정신적 지주라는 걸 오빠도 알고 있지? 내일 오후 세시에 현대미술관 앞에서 만나."

전화를 끊고 나서 빈센트 반 고흐의 일생에 대하여, 그에 관한 정보를 수집하느라 나는 밤을 꼬박 샜다. 눈으로 볼 수 없는 색채까지도 모조리 외어두었다. 꼭 이래야만 되는가 하는 회의에 시달리면서도 어쩔 수 없었다.

그 날, 날씨는 오월의 계절답지 않게 유난히 변덕을 부렸다. 아침에 쨍하고 해가 떴는데 오후 들어 찌푸려들기 시작했다. 약속시간인 세시가 되었을 땐 비는 오지 않았지만 하늘은 온통 회색빛으로 변했다. 아니, 사실대로 말하면 세상이 온통 회색빛인지 아니면 내 눈에 보이는 색이 그런지 알 수 없었다.

내 눈에 보이는 모든 사물은 무채색이었다. 따라서 밝은 회색에서 어두운 회색으로 변했다는 것이 더 올바른 해석이었으리라. 명도에 대한 변화는 분명하게 느낄 수 있지만, 불행하게도 색채를 구별할 수 있는 능력이 내겐 없었다.

그녀는 나를 보자마자, 호들갑스럽게 반기며 앞장섰다. 토요일인데도 날씨 탓인지 관람객은 많지 않았다. 출입구로 들어서니, 고흐의 자화상이 걸려있었고, 그 밑에 이런 문구가 붙어있었다.

'화가는 캔버스를 두려워하지 않는다.'

이미 고흐에 관해서는 상세하게 알아두었기 때문에 얼마간 느긋했다. 제법 넓은 전시실에는 약 8년 동안 고흐가 그린 작품 중 걸작이라고 할 수 있는 그림들이 연대별로 전시되어 있었다. 그녀의 곁을 따르며 열심히 감상하는 척했다. 최소한도로 말을 아끼면서도 그녀의 감동에 따른 감탄사 끝에 적당하게 변죽을 울려주었다.

"이 '감자먹는 사람들' 을 고흐 자신은 자기의 첫 작품으로 꼽았대."

"그래 맞아, 이전 작품들은 모두 습작이라고 했지."

"응—. 오빠도 알고 있었네? 그럼, 이 작품의 특징이 뭔지 알아?"

그녀는 '열네 송이 해바라기' 란 제목의 그림 앞에 멈춰 서서 물었다. 작품을 한참동안 감상하는 척하다가 나는 외워두었던 대로 대답했다. 이 그림은 고흐가 발작을 일으킨 뒤 그린 그림으로써, 진노랑의 색조로만 그린 연작 중 하나라고. 그녀는 내 설명에 활짝 웃었다. 전시장의 마지막 작품 앞에서 그녀는 다시 물었다. 어느 작품이 가장 마음에 들더냐고. 미리 예상했던 질문이라 주저하지 않고 대답했다.

"'별이 빛나는 밤' 이 가장 좋았어. 칼라와 터치의 대담함이 너무 강렬해. 죽음에 대한 신기가 없었으면 저런 작품을 그릴 수 없지. 고흐, 참 대단해."

내말에 그녀는 손뼉을 쳤다. 전공도 하지 않았으면서 어쩌면 그림에 그리 박식할 수 있는 거냐고 한껏 추켜세워 주었다. 사실 해설집에 있는 내용을 그대로 외었을 뿐이지 내가 그림을 감상한 느낌은 아니었다. 온통 회색빛으로 보이는 내게 모든 그림은 흑백으로 보였으니, 칼라와 터치가 대단하다는 해설집의 설명은 이해할 수조차 없었다. 그보다는 '귀를 자른 자화상' 이 훨씬 전율스러웠다. 그림으로서가 아니라 고흐의 귀 기어린 행동이 내게 강한 충격을 준 것이다. 고갱과의 불화로 자신의 귀를 잘라버렸다는 고흐. 색각이상자라는 사실을 알고 나서 눈을 파버리고 싶은 충동에 빠졌던 사춘기 시절이 있었지만 나에게는 고흐처럼 행동할 용기가 없었다.

'인생의 고통이란 살아있는 그 자체다.'

동생이 지켜보는 앞에서 리벌베 권총으로 가슴을 쏘아 자살했다는 고흐가 죽어가면서 남겼다는 문구가 출구 쪽에 붙어있었다. 그곳을 빠져나오면서 그 문구를 읽은 관객들은 긍정과 부정 둘 중 어느 쪽일지, 그것이 더 궁금했다. 나와 그녀는 한동안 아무 말도 하지 않았다.

밖으로 나오니 부슬부슬 비가 내렸다. 우산을 준비하지 못한 우리는 로비에서 잠시 머물렀다. 평상심을 되찾은 그녀가 모델처럼 핑그르르 돌면서 내게 물었다.

"오빠! 이 옷 어때?"

"그래. 참 예쁘다. 회색 원피스가 네게 참 잘 어울린다."

"……."

순간 나는 실수했음을 깨달았다. 샐쭉 변하는 그녀의 얼굴에 번지는 분노를 보았다. 지금 날 놀리는 거야? 그녀의 토라진 몸짓에 사실대로 털어놓지 않을 수 없었다. 색각이상자라고. 그래서 모든 물체는 무채색으로 보인다고. 내 설명에 그녀는 그 자리에서 딱 부러지게 말했다.

"미안해. 오빠. 난 내가 그린 그림을 감상해 줄 수 있는 사람과 사귀고 싶어."

위장술로 그녀를 속일 수 있었던 기간은 고작 육 개월이었다.

(2)

야행성 행동을 취하는 동물은 변신에 능하다. 그들은 생존을 위해 끊임없이 변신 쪽으로 진화한다. 위장술의 대가로는 대벌레 또는 잎벌레를 들 수 있다. 그들은 여러 식물들의 일부분을 모방한다. 마치 마른풀의 줄기처럼 또는 죽은 나뭇잎처럼 완벽하게 위장한다.

그녀와 헤어진 충격으로 나는 자원입대했다. 엄밀하게 검사가 이루어졌다면 틀림없이 보충병으로 빠졌을 것이다. 대벌레가 마른 풀의 줄기처럼, 혹은 잎벌레가 죽은 나뭇잎처럼 위장하듯 나의 위장술은 아무도 눈치 채지 못할 정도로 정교했다. 앞쪽에 있던 신체검사 지원병들이 말할 때마다 나는 그 안에 숨겨진 수를 외웠다. 십여 명이 검사를 마쳤을 때 나는 책에 들어있는 수를 순서대로 다 익힐 수 있었다. 차례가 되어 나는 보이지 않는 수를 보이는 것처럼 자신 있게 대답했다. 조사관은 내 카드의 색맹 칸에 '정상' 이란 도장을 꾹 눌러주었다.

그렇게 해서 대한민국 육군이 되었다. 권력이나 부를 가진 많은 부모들이 수단방법을 가리지 않고 자식들은 빼내려고 하는 군대에 나는 가려고 기를 썼다. 삼개월동안 고된 훈련 속에서 그녀는 차츰 잊혀져갔고, 흑백풍경 속에서나마 조금씩 안정을 찾았다.

그런데 사건은 군 생활 백일을 채우고 얻은 휴가기간에 벌어졌다. 육박칠일 휴가동안 나는 대학로에서 죽치고 있었다. 휴가 나온 동기를 위로한다며 끄는 동기생들과 술판을 벌였고, 후배들의 줄 이은 초대에 시간가는 줄 몰랐다. 휴가 마지막 날 밤, 제발 집에 들어오라는 어머니의 문자메시지가 오 분 간격으로 울렸다. 별수 없이 술자리를 빠져나왔다. 취기도 제법 돌고, 몸도 나른하여 택시를 잡아탔다. 서른 안팎으로 보이는 기사는 무엇에 화가 났는지 난폭하게 운전했다. 섣불리 상관했다가 무슨 봉변을 당할지 몰라 목적지를 말한 다음 자는 척 눈을 감았다. 라디오에서는 큰 뉴스거리가 되고 있는 군 사고에 대한 해결책을 모색하는 좌담이 진행 중이었는데, 중간 중간 기사는 계속 불퉁거렸다.

"좆같은 놈들! 한창 젊은 나이에 국방의무를 짊어지게 했으면 끝까지 책임져야 헐거 아녀. 책임지는 놈은 하나 없고 전가에만 급급허고 있으니 원. 힘없는 백성들만 불쌍허지. 에이, 시벌."

기사는 목에서 가래를 끌어올리더니 창문을 내리고 보도에 칵, 소리 내어 뱉었다. 방송의 초점은 그즈음 일어난 사고에 대한 논란공방이었다. 전역 2주 만에 위암말기판정을 받고 사망한 일병에 관해 시시비비를 따지더니, 이어 논산훈련소의 한 훈련병이 복통을 호소한지 17시간 만에 숨진 사건으로 옮겨갔다. 있을 수 없는 일이라고 패널들은 분개했다. 그들은 총체적인 군 의료체계의 부실함을 강하게 성토했을 뿐, 해결책은 내놓지 못했다.

휴가 나오기 며칠 전부터 군 내부의 분위기는 초긴장상태였다. 군대란 상명하복의 엄한 규율 속에 독버섯처럼 자란 인권사각지대가 아니던가. 그런데 세상은 몰라볼 정도로 빠르게 변하고 있어, 선임들은 신출내기의 길들이기가 어렵다고 통박하고 신참들은 선임자들의 폭력을 고발하는 사건들이 심심찮게 일어나 부대 내에서도 해결책을 찾느라 골머리를 앓고 있는 중이었다.

말상대를 해주지 않는 나의 태도가 마음에 차지 않았는지 혼자서 불만을 터트리던 기사가 나를 향해 화살을 쏘았다.

"요즘 젊은이들 말여. 기개도 부족하고 하나같이 의협심도 없어요. 우리가 그만한 나이 땐 불의에 목숨도 내놓을 만큼 용감했는데 말이요. 손님, 군대는 다녀왔소?"

나는 눈을 뜰 수밖에 없었다. 현재 군복무중이라면 얼씨구나 하고 기사는 사건에 열을 올릴 것이 뻔했다. 그렇다고 아무런 대답도 하지 않으려니, 그것도 예의가 아닌 것 같아 잠시 주저하고 있을 때였다. 택시는 교차로를 빠르게 직진하고 있었다.

"어? 저 새끼 뭐야?"

기사의 외침소리와 동시에 차체와 부딪치는 굉음은 매우 컸다. 충격으로 내 몸은 붕하고 떴다가 의자에 그대로 처박혔다. 순식간에 벌어진 사고였다. 택시는 직진하고 있었고, 상대방 차는 좌회전 중이었다. 총알같이 밖으로 튀어나간 기사는 젊은 여성인 상대방 운전자 앞에 삿대질을 하며 딱딱거렸다.

"도대체 운전을 어떻게 하는 거여? 신호등이 안 보여?"

"아저씨가 빨간불에 진입했잖아요?"

"뭐라고? 이 아가씨 사람 잡겠네. 난 분명히 녹색 불에 건넜단 말여."

기사는 내 쪽으로 오더니, 잠시 내리라고 했다. 그리고 내게 본 대로 말하라고 요구했다. 분명 신호등은 보았지만, 사고 순간 무슨 색이었는지 구별할 능력이 없는 내게 증언을 하라니 난감했다. 젊은 여성은 내가 사실대로 말해주길 바라는 눈길이었다. 나는 침묵할 수밖에 없었다. 사고처리반이 오고 유일한 목격자가 된 나는 경찰서에 가서 참고인 진술을 해야 했다. 그 자리에서 신호등을 구별할 수 없다는 말은 하지 못했다. 만약 사실대로 진술할 경우 부대에까지 그 사실이 알려질 것이고, 그렇게 되면……. 거기에 생각이 미치자 나도 모르게 택시기사에게 유리한 증언을 하고 말았다.

"녹색 신호였어요."

여성 운전자에게 미안했지만, 그렇게 할 수밖에 없었다. 귀대하고 삼 개월이 지난 후 상관이 나를 불렀다. 교통사고는 이미 잊고 있었던 때라 무슨 일로 호출하는지 궁금했다. 선임자는 내게 법정에 출석하라는 출석고지서를 건넸다. 이미 끝난 사건으로 믿고 있던 나는 당황했다.

두 운전자의 엇갈린 주장을 수상하게 여긴 검찰이 재수사에 착수했고, 마침 다른 목격자를 확보한 것이다. 모든 정황이 젊은 여자운전자에게 유리하게 진술되었는데 유독 내 진술만 상반되자, 나를 다시 법정에 세우려는 것이었다. 담당검사는 집요했다. 도저히 빠져나갈 구멍을 찾지 못한 나는 그만 실토하고 말았다.

"저는 색각이상자로 신호등의 색을 구별할 수 없어요."

위장술로 군대를 속일 수 있었던 기간도 고작 육 개월이었다. 전역당하고 집에서 빈둥거리고 있는데 사고 차의 젊은 여자운전자가 나를 찾아왔다. 솔직하지 못했던 나로 인해 몇 개월 동안 고생했을 그녀에게 내심 미안했지만 사과는 하지 않았다. 무슨 이유에선지 그녀가 더 미안해했다.

그런 인연으로 젊은 운전자는 내 두 번째 여자가 되었다. 첫 번째 여자에 비해 나를 편하게 해주었다. 색각이상자라는 사실을 그녀가 이미 알고 있기 때문에 굳이 그녀 앞에서는 위장술을 쓰지 않아도 되었다.

(3)

　곤충은 동물들의 먹이가 된다. 곤충들은 수많은 천적들로부터 자신을 보호하기 위해 어떻게 하는가. 그들은 특이한 무늬와 색깔의 디자인으로 위장술을 발휘한다. 자신을 노리는 놈이 싫어하는 무늬를 몸에 새겨 넣기도 하고, 화려한 색깔로 몸을 치장하는 변신을 꾀한다. 식물의 모양과 똑 닮은 모습으로 자신을 변화시키는 곤충도 있다. 이렇듯 천적으로부터 자신을 지키는데 필요한 형태로 곤충들은 끊임없이 진화되어 왔다.

　이렇듯 자신을 보호하기 위하여 최선을 다하는 곤충들처럼 나는 끊임없이 노력해야 했다. 왜냐하면 색각이상자라는 사실이 학교에 알려질 경우 자퇴를 권고 받을 것이기 때문이었다. 다행이 복학을 할 수 있었고, 두 번째 여자와의 사귐도 순조로웠다. 내 생애 중에서 그 때가 가장 안정되고 편안한 생활이었음을 부정할 수 없었다. 그것은 어쨌든 내 뜻을 존중해주고 배려해주는 그녀 덕분임이 분명했다. 그녀는 요리하기를 좋아했다. 새로운 요리를 만들어 내게 먹이고 싶어 했고, 실제로 그녀와 사귀는 동안, 그녀가 만든 희귀한 음식을 많이 먹었다.

　그녀는 다른 사람이 하는 방식으론 음식을 만들지 않았다. 여자들이 한두 권 곁에 두고 펼쳐보는 요리책을 그녀는 아예 무시했다. 새로운 재료를 계발하는데 게을리 하지 않았고, 그녀만의 독특한 음식을 만들려고 애썼다. 그런 다음 그녀는 자기가 만든 음식에 이름 붙이기를 즐겨했다.

지금까지 내가 기억하고 있는 음식 이름만 해도 그 수가 만만치 않았다. '가자미와 가지가 만나면', '청국장소스 스파게티', '레드카레여 영원하라', '칠리오일 쭈꾸미 무침', '찬밥 게살 그라탱', '생크림을 얹은 감자', '뚱뚱보 달걀말이', '요쿠르트 족발' 등. 그 중에서 가장 기억에 남는 음식은 단연 '레드카레여 영원하라' 였다. 매콤하고 쌉싸래한 맛이 정신을 번쩍 들게 해준 음식이었다. 그녀가 정성을 들여 만들어준 음식을 먹으면서도 칭찬이나 고마움을 표하는데 인색했던 나였다. 그런데 '레드카레여 영원하라' 는 음식을 앞에 두고 처음으로 독특한 맛을 어떻게 냈는지 궁금하다고 그녀에게 물었다. 모처럼 관심을 보이는 내가 고마웠던지 그녀는 만드는 방법을 꼼꼼하게 설명했다.

"식용유를 조금 두르고 레드카레를 볶았어요. 향이 날 무렵 생크림과 물을 넣었지요. 페이스트 자체가 좀 짠 듯싶어서 계속 맛을 봐가면서요. 팔팔 끓은 뒤에 새우 살과 다진 땅콩가루를 넣어 한 번 더 끓였죠."

그녀의 설명을 듣고 보니 그리 어려운 조리법은 아니었다. 비록 빨간 카레라는 색감을 눈으로 감상할 수는 없었지만, 매운맛이 한참동안 입 안을 얼얼하게 만들었다. 그 맛 때문에 이름을 그렇게 지었겠지만, 이름처럼 그녀가 만든 레드카레는 내 머릿속에 오랫동안 남았다.

사귀는 동안 편안한 존재였던 그녀와 결별하게 된 직접적인 원인이 둘 사이의 정을 돈독히 해주던 음식 때문이었으니. 그래서 인생은 아이러니하다고 말하는지 모르겠다.

부모님이 일박이일로 여행을 떠난 날이었다. 그 사실을 말하자, 그녀는 집에 와서 음식을 만들어 주겠다고 자청했다. 화창한 주말에 냉동된 밥을 해동하여 혼자 먹는 것도 왠지 처량하다는 생각이 들어 좋다고 했다. 음식 재료까지 준비해가지고 온 그녀는 주방에서 요리를 시작했고, 나는 삼인용 소파에 비스듬히 누워 텔레비전을 시청하고 있었다. 주말 낮 시간에 방영해 주는 명작시리즈였다. 화제작이었지만 볼 기회를 놓쳐 서운했던 '봄, 여름, 가을, 겨울 그리고 봄' 이라는 제법 긴 제목의 한국영화가 재방영되고 있었다. 사계절의 빼어난 경관을 고스란히 화면에 옮겨 담아 보는 이의 눈을 즐겁게 했다는 영화였는데, 흑백으로 보아도 화면은 그런대로 아름다웠다.

음식이 거의 다 만들어졌는지 한동안 부산하던 주방 쪽 움직임이 잠잠해졌다. 이제 그녀 아니고는 아무도 만들 수없는 음식을 내 앞에 내려 놓겠지. 그리고 음식이름은……, 하고 말하겠지. 화면에 시선을 붙박아 둔 채 나는 그녀가 다가오기를 기다렸다. 그런데 어쩐 일인지 한참을 기다려도 소식이 없었다.

나는 주방에 대고 소리를 쳤다.

"아직 멀었어?"

대답이 없었다. 주방에서는 아무소리도 들려오지 않았다. 아니 TV 소리와 뒤섞여 언뜻 무슨 소리를 들은 것도 같았다. 텔레비전의 볼륨을 낮추자 제법 큰 흐느낌이 거실까지 들려왔다. 나는 황급하게 주방으로 갔다. 만든 요리가 온통 바닥에 흩어져 주방 꼴은 말이 아니었다. 음식과 함께 어머니가 아끼던 프랑스제 접시가 산산조각이 나있었다. 나는 갑자기 두려웠다. 어머니가 사실을 알면 불호령이 떨어질 텐데. 화가 나서 그녀에게 버럭 소리를 질렀다.

"네 맘대로 그릇에 손대면 어떡해! 그건 엄마가 아까워서 잘 쓰지도 않는 접시란 말이야! 아무그릇이나 담아오면 될 걸, 왜 하필 그 그릇을 쓴다고……."

말을 마치기도 전에 나는 실수를 인정해야만 했다. 그녀의 눈에서 파르르 독기가 품어져 나왔다. 누구도 흉내 내지 못할 예술작품을 아무그릇이나 담아오라니! 내 말이 그녀에게 큰 상처가 되었을 것이다. 음식에 관한한 그녀의 자존심은 누구보다도 셌으니까. 그녀는 그렇게 내 곁을 떠났다.

(4)

자연계에는 기상천외한 위장술을 가진 생물이 많다. 해조류 덩어리처럼 움직이는 문어를 본 적이 있는가. 호두 크기의 이 문어는 6개의 다리를 머리 위에 말아 올린 채 나머지 두 다리로 바다 밑바닥을 걸으며 이동한다. 물론 전체적인 모습은 해조류 덩어리처럼 보인다.

문어는 사실 변신의 귀재다. 포식자를 피하기 위해 몸의 모양, 피부의 무늬나 색깔을 바꾸는 위장을 하며 돌, 해초류, 산호 사이에 숨는다. '호주 문어처럼 움직이며 해조류로 위장하는 경우는 극히 드물다.' 고 한다.

변신의 귀재 문어처럼, 두 여자를 떠나보낸 나는 변신을 거듭했다. 얼마나 열심히 위장을 했는지, 내가 색각이상자라는 사실을 나 자신조차 잊고 지낼 때도 많았다.

졸업하고 나는 교사가 되었다. 색각이상자가 어떻게 교대를 나올 수 있었느냐고 묻고 싶겠지만, 고백한 대로 나의 위장술은 뛰어났다. 동창생 중 내가 색각이상자라는 사실을 아는 사람은 하나도 없을 정도니까.

교사가 되어 만난 정하원 선생이 나의 세 번째 여자가 되었다. 그녀의 적극성에 끌려 다니다 마침내 결혼까지 골인했다. 그녀가 나를 좋아하게 된 까닭은 좀 특이했다. 두 번이나 맞은 연애의 파경으로 상처가 컸던 나는 여자들과 얼마간 거리감을 두고 지내려고 애썼다. 그런데 나의 특이한 버릇이 계기가 되어 그녀가 먼저 내게 프러포즈를 한 것이다.

그 무렵 나에게는 이상한 버릇이 생겼다. 벽에 난 못 자국 등 흠집을 그냥 넘기지 못하는 과민성 증상이었다. 남들은 무심히 넘기는 자국들을 난 도저히 용납조차 할 수 없었다. 바라보고 있으면 그 자리에서 피가 배어나오는 환상에 빠지기도 하고, 심할 때는 그 흠집에서 터져 나오는 고통의 소리까지 귀에 들려왔다. 벽에서 울려나오는 둔중한 신음을 만약 당신이 듣는다면 어떤 기분이 들겠는가. 그 습관을 고쳐보려고 의식적으로 흠집을 외면하고 있노라면 불안과 초조로 안절부절못하고 있는 나를 발견하곤 했다. 그러다가 불안이 최고조에 달하면 금방이라도 가슴이 터질 것처럼 감정이 고조되어 억제하기가 힘든 상태까지 도달했다. 그 상황에 빠져들기 전에 흠집은 치료되어야만 했다. 그래서 주머니에 분필통과 작은 고무망치를 넣고 다녔다.

또 다른 이상한 버릇이 있었으니 낙서 또한 내 눈길에서 벗어나지 못한다는 것이다. 천방지축으로 움직이는 학생들은 아무런 생각도 없이 벽에 낙서를 해댔다. 공부를 가르치다가, 용변을 보다가, 회의 참석을 위해 교무실로 가다가 눈에 띈 낙서를 그냥 지나치지 못했다. 처음에는 지나가는 학생을 불러 지우게 했지만 아무도 없을 때가 문제였다. 낙서를 보고 그냥 지나쳤을 경우 도무지 다른 일이 손에 잡히지 않았다. 수업 시간에도, 용변을 보다가도, 회의가 진행되는 순간에도 그 낙서가 머릿속을 휘젓고 다니는 통에 제대로 일을 마칠 수가 없었다. 그래서 여차하면 꺼내어 지울 수 있도록 주머니에 항상 지우개를 넣고 다녔다. 그런 나를 동료 교사들은 두 종류의 시선으로 보았다. 학교를 제 몸같이 아끼는 진정한 교육자다. 아니다. 어떡하든 교장 눈에 들어 빨리 승진하려는 기회주의자다. 라고. 어찌되었든 그런 버릇이 그녀에게는 특이하게 보였는지 그녀는 내게 특별한 관심을 보이곤 했다.

그날도 2교시 후에 간단하게 차 한잔하자는 그녀의 연락을 받고 휴게실로 갔다. 휴게실은 4학년과 5학년 교실사이에 있었다. 내가 휴게실 한쪽에 놓인 자판기 앞으로 다가서는 순간이었다. 50센티 전방 회칠 벽에 제법 큰 홈집이 눈길을 잡아끌었다. 도수 높은 안경을 콧등위로 끌어올리며 나는 예의주시했다. 못으로 인한 상처임에 틀림없었다. 아니 저 자국이 언제부터 저기에 있었지? 중얼거리며 습관적으로 바지주머니에서 담뱃갑만한 플라스틱 통을 꺼냈다. 다섯 개가 가지런히 누워있는 통에서 한 개의 백묵을 집어내어 사분의 일 길이만큼 자른 다음 나머지를 다시 가지런히 통에 넣었다. 그것을 바지주머니에 집어넣는 동작과 거의 동시에 오른손으로 상의 안주머니를 뒤적였다. 앙증맞은 크기의 고무망치가 손에 잡혀 나왔다.

왼손에 백묵 조각을 잡고, 오른손엔 망치를 들고 상흔이 생긴 벽 쪽으로 다가섰다. 대못이 그것도 콘크리트용 대못이 박혀있다 빠졌는지 직경 3센티 정도의 자국은 꽤 깊숙하게 패어있었다. 자국에 분필 조각을 밀어 넣고 고무망치로 살살 두드렸다. 자판기 옆에 놓인 수대의 물을 손가락에 살짝 묻혀 분필조각을 밀어 넣은 부분을 살며시 문지르자, 흠집은 감쪽같이 없어졌다. 나는 만족한 미소를 띠며 자판기 쪽으로 몸을 돌리려다 흠칫 놀랐다. 언제 들어왔는지 그녀가 고운 미소를 띠고 바짝 붙어서 있었다.

"어머, 선생님! 어쩌면 그렇게 감쪽같이……. 선생님과 결혼하는 분은 참 행복하시겠어요."

그때 나는 큐피드의 화살이 내 심장을 관통했음을 알아차렸다. 그녀가 어떤 의미로 행복을 운운했는지 알 수 없었다. 그러나 이미 사랑이란 독이 내 온몸에 퍼져버렸다. 그래서 그녀의 뜻을 헤아려보기도 전에 열병처럼 전염되어 그녀를 행복하게 해 줄 수 있다는 자신감이 넘쳐났다.

그해 겨울방학 그녀와 결혼했다. 내 시야를 침침하게 가로막고 있던 회색빛세계가 그녀로 인해 장밋빛세상으로 변한 것이다. 누구나 꿈꾸는 장밋빛인생이 내겐 꿈과 같은 신기루였다는 사실을 깨닫게 되기까지는 그리 긴 시간이 필요치 않았다. 신혼여행을 다녀오고, 작은 평수의 원룸에서 신혼생활을 시작할 때만해도 내게 다시는 불행이 찾아들지 않을 거라고 생각했는데, 파경은 예기치 않은 것으로부터 불거졌다.

다른 환경에서 30년 넘게 산 두 인격체가 한 공동체 안에서 살게 되면 작은 일에도 부딪치게 마련이다. 냄새나는 양말을 왜 아무데나 벗어 던져놓느냐. 벗는 즉시 통에 넣으면 거실에 퀴퀴한 냄새도 배지 않고, 또 서로 바쁜 일상을 도와주는 것이 아니냐. 그것이 그렇게 힘드냐. 시시콜콜 따지는 그녀의 잔소리를 듣는 것이 내겐 더 힘들었다. 혼자 살 땐 생활하기에 아무렇지도 않던 일이 결혼하고 나니 거의 모든 것이 문제를 일으켰다. 소변을 보기 위해 올렸으면 용변을 다 본 다음 속 깔판을 내려놓아야 하지 않느냐. 그리고 왜 변기 물은 제때에 내리기 않아 냄새가 나게 만드느냐. 머리를 감았으면 빠진 머리칼을 주워내는 것이 에티켓이 아니냐. 심지어 자연현상으로 나오는 방귀까지 문제를 삼는 것이었다.

처음에는 그녀의 말에 순종했다. 양말을 빨래 통에 넣는 것을 잊지 않으려고 애를 썼고, 사용한 다음 좌변기 속 뚜껑을 내려놓는 것에도 신경을 썼다. 변기의 물 내리는 것이나 머리칼 줍는 것을 빠트리지 않으려고 신경을 곤두세웠다. 그러다보니 나도 모르게 신경이 예민해져, 금방 다녀온 화장실을 서너 번씩 다시 들어가곤 했다. 깔판을 내렸는지 확인하고 나와서 머리칼이 떨어져있는지 들어가 다시 확인하고 나온 다음 변기 물을 내렸는지 또 들어가 확인해야만 했다. 확인할 때마다 변기 물은 회색이었다. 아! 내가 또 깜박 잊었네. 하고 들어갈 때마다 변기 물을 내렸다. 밖으로 나와 한참 텔레비전을 보다가 또 화장실에 들어가 보면 변기 물이 흐리게 보여 또 물을 내리고 나왔다.

그러던 어느 날 문득 이렇게 사는 것이 정말 장밋빛인생일까? 하는 의문이 들기 시작했다. 적어도 혼자 있었을 때는 내 마음대로 살 수 있는데, 그러자 그 시절이 너무나 그리워졌다. 냄새나는 양말을 일주일 동안 모아서 빨아도 괜찮았고, 변기 속 깔판을 내려놓지 않아도 아무렇지도 않았다. 미처 변기 물을 내리지 않아도 상관하는 이가 없었고, 아무 때나 방귀를 뀔 수 있어 뱃속이 불안하지도 않았다. 그게 비록 행복은 아니었어도 생각해보니 자유는 있었다. 자유, 입 밖으로 작게 중얼거려보니 그만 가슴에서 뭔가가 울컥 치밀며 눈물이 핑 돌았다.

주방에 있는 아내 곁으로 갔다. 아내는 무를 썰고 있었다.

"나, 이렇게는 살고 싶지 않아. 자유를 찾고 싶어."

아내는 무슨 뚱딴지같은 소리를 하느냐고 눈을 흘기더니 무채 써는 일에 열중했다.

"당신과 헤어지고 싶단 말이야."

말뜻을 헤아리느라 잠시 칼질을 멈췄던 아내의 눈이 왕방울마냥 커졌다. 그러더니 큰 눈에 분노가 가득 들어차기 시작했다. 오른손에 식칼을 들고 아내가 내 쪽으로 몸을 돌렸다. 저 칼로 내목을 내리친다면? 순간 나는 오싹하여 몸을 부르르 떨었다. 우려했던 일은 일어나지 않았다. 대신 아내의 날카로운 톤의 목소리가 나를 내리쳤다.

"내가 먼저 하고 싶은 말이었어. 좋아. 헤어져."

너무나 쉽고 당당하게 대답하는 아내를 보며 잠시 어리벙벙했다. 최소한 무엇 때문이냐고 물어볼 줄 알았다. 아내가 물으면 이런저런 일이 힘이 들어 한말이니, 조금만 신경 써 달라면서 마무리할 생각이었다. 그런데 기다렸다는 듯이 말에 매듭을 짓더니 아내는 도마 위에 칼을 내리꽂듯이 놓고 안방으로 들어가 버렸다. 아내는 신혼여행 때 사용한 가방 두개를 챙겨가지고 나왔다.

"서류는 당신이 챙겨서 보내."

말을 마치고 현관으로 향하는 아내를 붙잡았다.

"말을 끝내고 가야할 거 아냐?"

"무슨 말이 필요한데? 자유를 찾고 싶다며? 누가 말려? 실컷 자유로워지라고."

"내 속 말뜻은 그게 아니라는 것을 잘 알잖아."

"속 말뜻이건 겉 말뜻이건 나는 상관 안 해. 아니다 싶으면 헤어지는 것이 당연한 일 아냐?"

"아니다 싶은 것이 도대체 뭔데?"

"내가 당신하고 결혼하려고 했던 이유는 딱 한가지였어. 가정적인 남자. 난 가정적인 남자를 원했어."

가정적인 남자가 아니어서 헤어지고 싶다고 아내는 분명하게 말했다. 어떤 말로도 아내를 잡을 수 없다는 것을 깨달았다. 그녀의 마음에 드는 남편노릇이란 수건은 네 귀퉁이를 한 치의 오차도 없이 맞추어 수건걸이에 걸어야 하고, 리모컨은 언제나 제자리에 반듯하게 놓여있어야 하고, 밖에서 들어오면 먼저 목욕탕으로 가서 발을 씻어야했다. 수도 없이 내발에 채우는 족쇄를 행복으로 여기지 않는 한 그녀의 남편이 될 수 없다는 것을 깨닫는데 나는 육 개월을 소비했다.

(5)

먹이를 잡기 위해 그때그때 다른 색깔로 변신하는 포악한 물고기도 있다. 인도네시아 산호초에 사는 포식물고기가 주인공이다. 이 물고기는 등푸른청소놀래기가 주변에 있으면 검은 바탕에 푸른 줄무늬의 형태로 위장한다. 포식물고기는 등푸른청소놀래기처럼 변장해 있다가 다른 물고기를 커다란 송곳니로 찢어 먹어 버린다. 반면 주변에 등푸른청소놀래기가 없으면 포식물고기는 평상시 모습을 유지한다. 이때는 물고기 떼에 숨어 지내다가 다른 물고기를 공격하는 전략을 쓴다.

세 번째 여자인 아내와 이혼하고 나는 동물들의 변신에 병적으로 심취해져갔다. 그러다가 획기적인 대변신을 획책했다. 창조주마저 희롱할 그런 변신이었다. 우선 나는 세상을 다른 눈으로 보고 싶었다. 회색빛이 아닌 다른 세계로 향한 열망이며 도전이었다.

색맹이라는 사실을 처음 알았을 때 어떤 의술로도 치유될 수 없다는 사실도 같이 알았다. 그래서 아예 다른 세상을 꿈꾸는 바보 같은 짓에 매달리지 않겠다고 생각했다. 그런데 변신에 관한 자료를 찾기 위해 인터넷을 검색하다가 우연히 색맹에 관한 정보 하나를 발견했다. 치료는 되지 않지만 색각이상자의 불편함을 줄이는 크로마젠 렌즈가 수입되고 있다는 놀라운 소식이었다. 우선 반가웠다. 다른 세계를 볼 수 있다는 희망으로 한동안 들떴다. 그 소식은 결별의 상처를 치유하는 데 결정적인 역할을 해 주었다.

색맹 보정용 렌즈인 크로마젠 소프트 콘택트렌즈를 맞췄다. 영국에서 렌즈를 수입하여 자체적으로 개인 맞춤을 한다는 안경점사장은 이렇게 설명했다.

"일반적으로 렌즈를 착용한 후 3개월 이내에 색채를 보는 시각이 선명해 질것입니다. 또한 차츰 색상 분별력이 높아지고 색 감각에 있어서도 정상적인 수준에 도달할 것입니다. 그러나 주의할 점이 한 가지 있습니다. 이 렌즈가 색각이상자의 불편함을 줄이려는 것이지 결코 치료용은 아니라는 것입니다."

그가 말하는 정확한 의미는 콘택트렌즈를 끼우고 있을 때만 색상을 분별할 수 있다는 얘기였다. 렌즈를 뺐을 때에는 흑백의 세계가, 끼웠을 때에는 천연색의 세계가 펼쳐진다는 요지였다. 그래도 그게 어딘가. 저

절로 콧노래가 나올 만큼 기분이 상승되었다.

렌즈를 착용하고 삼 개월이 지나 색상분별력이 생겼는지를 확인하고자 제일 먼저 찾은 곳은 영화관이었다. 총천연색 시네마 필름이 사용된 지 꽤 오래되었지만 그동안 흑백영화로 보는 것으로 만족해야 했다. 흑백과 천연색 필름의 영화를 감상했을 때, 둘 사이의 감동의 차이는 얼마만큼이나 되는지 무척 궁금했다.

관객 400만 명 돌파, 대한민국을 공포와 전율의 도가니 속으로 몰아넣으며 흥행에 성공했다는 영화를 선택했다. 같은 교직자로서 도저히 믿기지 않는 실제 일어난 사건이라는 '도가니' 는 소설로 먼저 나왔고, 그것을 다시 영화화 한 것이었다. 입소문으로 많이 알려진 탓인지 아니면 휴일 낮 프로이기 때문인지 관객이 꽉 들어찼다. 그런데 시작 벨이 울릴 때까지 내 옆자리는 비어있었다. 가장 편한 자세를 취한 채 화면을 응시하고 있는데, 뒤늦게 옆자리 주인이 나타났다.

"잠깐만요. 미안합니다."

여자는 정중하게 인사를 하고 내 무릎을 스쳐 지나, 옆자리에 앉았다. 여자에게서 은은한 소나무 향이 풍겨왔다. 영화관에서 결코 맡을 수 있는 향인데 생각하면서 나도 모르게 킁킁, 냄새를 맡았다. 그러다가 슬쩍 건너다보니 마침 그녀도 나를 보고 있었던지 시선이 마주쳤다. 쑥스러운 미소를 보내고 얼른 화면으로 시선을 돌렸다.

그저 멍하게 철길 위에서 죽음을 기다리는 꼬마 아이! 영화는 도입부부터 나를 꼼짝 못하게 만들었다. 너무나 많이 보아왔던 부조리한 사회와 마주한 공포감으로 심정은 불편했고, 마음은 착잡했다. 안개 낀 도시 무진의 이미지와 맞추어 흐르는 피아노 선율이 영화에 몰입하게 만들었다.

세탁실에서 본 충격적인 아동학대장면에선 주인공 인호보다 더 큰 공분을 느꼈고, 유리의 법정진술 장면은 그 끔찍함이 도가 넘쳤고 나도 모르게 온몸이 분노로 덜덜 떨렸다. 성폭행을 하기 위해 손과 발을 탁자에 묶었다는 유리의 진술 뒤에 이어지는 테이프 뜯는 소리는 마치 악마의 부르짖음처럼 들려 두 손으로 귀를 막고 말았다.

사립학교 선생이 되기 위해 내야하는 학교 발전 기금이라는 뇌물, 학원 비리를 돈을 받고 눈감아 주는 부패 경찰, 전직 판사 또는 검사가 변호사로 개업하여 유리한 판결을 내리게 만드는 전관예우라는 특혜, 자기의 소관이 아니라며 성폭력사건을 떠넘기는 시청과 교육청, 잘못을 뉘우치지 않는 안하무인의 기독교 교단, 물대포와 최루탄으로 진실을 틀어막는 공권력, 그리고 지위고하를 막론하고 룸살롱에서 추태를 부리는 남자들. 현실과 연계된 이런 사건들로 중첩된 내용은 마주하기에 정말 버거운 그러나 주위에서 쉽게 접할 수 있는 것들이었다.

화면에서 쉽게 눈을 뗄 수 없어 옆에 앉은 여자에게 관심을 두지 않았는데, 부스럭대는 소리에 자꾸 신경이 쓰였다. 끝내 상처를 치유하지 못하고 간 민수의 영정사진과 함께 흐르는 첼로 멜로디가 가슴에 저리도록 젖어드는 그 장면에서였다. 여자는 핸드백을 이곳저곳 뒤적이고 있었다. 찾는 물건이 없는지 한참이나 더 뒤적거렸다. 나는 다소 불쾌한 표정으로 여자를 슬쩍 건너다보았다. 여자는 보기에 딱할 정도로 눈물을 줄줄 흘리고 있었다.

나는 여자에게 손수건을 내밀었다. 여자는 내 얼굴을 빤히 쳐다보더니 손수건을 받아 눈물과 함께 콧물까지 닦아냈다. 그러더니 내 쪽으로 몸을 기울여 작은 목소리로 속삭였다.

"가방 속에 있는 줄 알았는데 아무리 찾아도 손수건이 없어서요."

그런 줄 알았다는 표시로 나는 고개를 끄덕였다. 여자에게서 풍기는 향은 잠깐 동안 정신을 아득하게 만들었다. 끝나고 밖으로 나오자, 여자가 따라 나와 고맙다며 정중하게 인사를 했다. 밝은 곳에서 보니 귀염성이 있는 얼굴이었다. 손수건은 빨아서 돌려주겠다고 여자가 내 연락처를 물었다. 나는 괜찮다고 말했고, 여자는 답례로 차라도 대접해야 마음이 편하겠다며 내일 만나자고 일방적인 약속을 정하고 떠났다.

다음날 약속장소로 나갔다. 여자는 일찍 와서 기다리고 있었다. 내가 의자에 앉자마자 여자는 깨끗이 빨아 다리미질까지 한 손수건을 내밀었다. 겸연쩍은 표정을 지으며 손수건을 받았다. 어제 일이 생각나 부끄러운지 여자가 말했다.

"주책없어 보였지요? 애들이 너무나 불쌍해서……."

"저도 말할 수 없이 가슴이 아프더군요.."

여자의 무렴을 없애주려고 웃으며 대답했다. 여자도 선한 웃음을 띠며 고개를 끄덕였다. 다른 사람의 불행에 마음 아파하고 울어줄 수 있는 여자가 마음에 들었다. 내 상처도 따뜻하게 보듬어 줄 수 있을 것만 같았다. 그런 인연으로 그녀는 나의 네 번째 여자가 되었다.

내 변신에 대한 평가를 미룰 수가 없었다. 그래서 여자에게 배경이 가장 아름다운 영화나 드라마를 아느냐고 물었다. 여자는 자기가 본 영화 중 가장 빼어난 풍경을 보여준 것은 '봄 여름 가을 겨울 그리고 봄' 이라고 추천했다. 그 영화는 보았노라고 말했다. 그럼 드라마 '겨울연가' 는 보았느냐고 여자가 다시 물었다. 나는 고개를 흔들었다. 세상에, 아직도 그렇게 아름다운 드라마를 보지 못한 사람도 있다니. 여자는 놀라는 눈치였다. 그러더니 무조건 나를 잡아끄는 것이었다.

우리가 간곳은 건물 이층에 자리 잡은 비디오방이었다. 처음 들어가 본 그곳은 내겐 무척 생소했다. 미적거리는 나를 잡아끌고 여자가 앞장 섰다. 낮인데도 손님이 꽤 있는 듯 칸칸이 나누어져 있는 방에서는 배우들의 대사소리가 희미하게 흘러나왔다. 앞장서서 빈방으로 우리를 안내한 남자는 어서 비디오를 선택하라는 표정으로 나를 빤히 쳐다보았다.

"'겨울연가' 요."

남자의 묘한 시선을 차단하듯이 여자가 서둘러 말했다. 그러자, 남자는 자신의 귀를 의심하는 표정으로 나를 쳐다보았다. 시선 속에 그건 성인 비디오가 아닌 걸 알고는 있나요? 하고 묻고 있었다. 나는 끄덕였다. 남자는 나가면서도 못내 의심스럽다는 듯 내게 다시 한 번 더 시선을 보냈다.

그 당시 한류열풍을 몰고 온 '겨울연가' 에 대해서는 나도 들어 알고 있었다. 그러나 사실 흑백으로 보는 드라마는 감흥이 별로였다. 그래서 몇 회 만에 다른 채널로 돌려버렸다. 그 후로 내가 즐겨본 프로는 주로 '유쾌한 두뇌검색', '블랙박스를 찾아라', '신비한 탐험', '정글의 모험' 같은 과학적인 탐구나 모험심에 자극을 주는 내용이었다.

화면이 바뀔 때마다 여자는 내게 세세하게 설명해 주었다. 유진과 준상의 수줍은 첫사랑이 시작된 숲속배경이 나오자, 저 곳은 남이섬이에요. 했다. 유진과 준상의 추억을 회상하는 아름다운 호수 장면이 비춰지자, 춘천에 있는 중도 유원지죠. 라고 여자는 말했다. 준상과 유진의 처음이자 마지막 여행지가 되었던 바닷가에서 하얀 갈매기가 날아오르는

명장면이 나오자, 추암 해수욕장 백사장이에요. 저 갈매기들은 사람을
두려워하지 않는대요. 하고 설명했다. 헤어졌던 그들이 재회한 장소,
준상이 유진을 생각하며 지었던 마지막 그 집, 망망한 바다를 배경으로
서 있는 그 집은 외도에 실제 있는 집이라고, 여자가 말했다.

그림처럼 아름다운 화면은 긴 시간을 꼼짝하지 않고 드라마에 빠져들
게 만들었다. 여자는 이미 여러 번 본 듯한데도 눈물을 그렁거리며 감동
에 차있었다. 전날 점심을 먹고 들어갔는데, 마지막 엔딩이 올라가고 밖
에 나오니 이른 아침이었다. 장면에 도취되어 꼬박 밤을 새운 것이다.

우리는 근처에 있는 식당에서 콩나물국밥을 먹었다. 건너다보니 뜨
거운 국물에 취한 듯 여자의 뺨이 발그레 상기되었다. 순간 나는 감전당
한 것처럼 화들짝 놀랐다. 분명 어제의 여자가 아니었다. 빗물이 흘러내
리는 유리창을 통하여 본 상처럼 흐릿한 모습으로 보이던 여자가 오늘
은 눈 밑에 깨알처럼 퍼진 주근깨까지도 선명하게 보였다. 몰라보게 밝
아진 시력. 모든 사물이 자연스런 색채로 보이는 세계. 가슴이 마구 뛰
었다. 너무나 기쁜 나머지 나는 수저를 들고 있는 여자의 손을 꼭 움켜
잡고 정말 아름다워! 하며 큰소리로 말했다.

수줍은 듯 여자의 볼이 더욱 붉게 타올랐다.

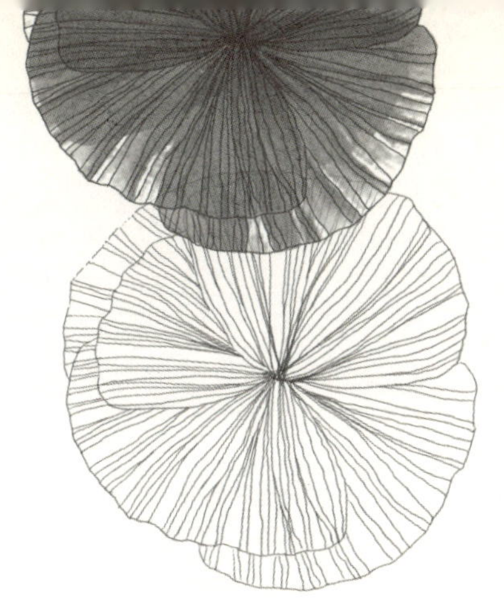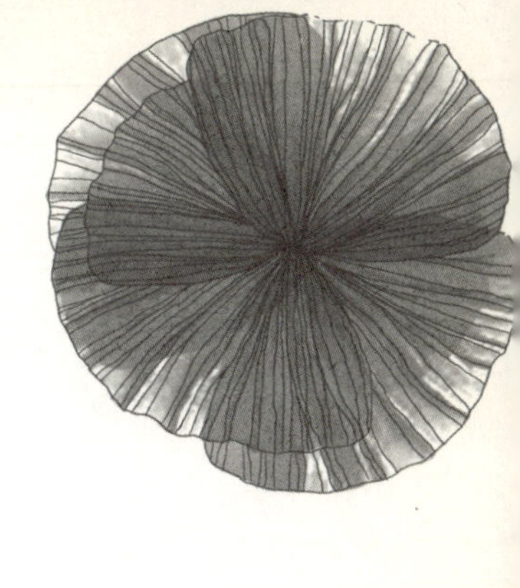

향香

향香

실내는 역한 냄새가 진동한다. 황은 울컥 욕지기를 느낀다. 순간적으로 황은 탈출하고 싶은 감정에 휩싸인다. 여자가 말하던 지독한 향기는 어떤 것일까? 잠깐 정신을 파는 사이 발가벗은 몸통이 트랙에 매달린 채 황의 눈앞에 멈춰 선다. 대롱대롱 매달린 짐승의 모습에선 생명의 자취를 찾을 수가 없다. 앞 파트에서 유압식 집게로 발굽을 떼어낸 놈의 발에서 선지피가 뚝뚝 떨어진다. 바닥은 온통 놈들이 쏟아놓은 피와 분비물로 질벅하다. 황은 작업대위로 조심스럽게 놈을 내린다. 피비린내가 물씬 코로 스며든다. 황은 잠깐 숨을 멈춘다. 벌써 한 달이 지났는데도 속은 쉽게 다스려지지 않는다. 냄새를 피하려고 숨을 참자 얼굴이 벌겋게 달아오른다.

작업대위에 널브러진 놈의 얼굴이 꽤나 기괴하다. 죽음의 순간 입 밖으로 빠져나온 흉측스런 혀가 칼을 든 황의 팔에 오소소, 닭살을 돋게 만든다. 도대체 언제까지 이 모양일지 황은 나약한 자신에게 혀를 찬다. 장의 말마따나 '소나 돼지를 식용으로 바꾸는 일' 을 하고 있을 뿐이라고 생각해보지만 말이 그렇지 적응하기 쉽지 않다. 껍질을 벗기는 일이 황의 담당이다. 익숙해지지 못한 탓에 황의 손등은 생채기가 가득하다. 이렇게 볼품없는 손을 따뜻하게 잡아주던 여자의 손길을 생각하고 황은 잠시 얼굴을 붉힌다. 다음 과정을 맡은 일꾼이 황을 향해 소리친다.

"어이― 황씨! 빨리빨리 넘기라고! 점심시간을 제대로 찾아 먹으려면 서둘러야 허잖여?"

도살라인을 오가는 쇠와 쇠가 맞부딪치며 내는 끽끽거리는 소리 때문에 동료는 마치 싸우듯 악을 쓴다. 이런 환경에서도 밥부터 챙기는 동료를 돌아보며 황은 쓴 웃음을 짓는다. 이일을 시작한 다음 울컥울컥 넘어오려는 욕지기 때문에 황은 제대로 식사를 하지 못한다. 속을 다스리는 데에 독한 소주가 제일이라는 장의 말에 따라 술로 위장을 채울 뿐이다. 황은 도살실 안을 둘러본다. 각기 자신들이 맡은 라인에 선 동료들은 벌건 피가 흘러내리는 비닐 앞치마를 입고 헬멧을 쓴 채 기계가 되어 손을 놀리고 있다.

몇 달 전까지 황은 타조를 도살장에 운반하는 일을 했다. 타조는 환경의 변화에 매우 민감했다. 놈들은 자신이 살던 울을 떠날 때부터 심한 스트레스에 시달렸다. 자신의 몸에 위협을 느끼면 놈들은 본능적으로 가까이 있는 타조를 이유 없이 공격했다. 그 일이 있기 전에 황은 그 사실조차 몰랐다.

그날은 운전 중에 소변이 급했다. 차를 국도 갓길에 세우고 볼일을 마친 후 부르르 떨며 지퍼를 올리던 황은 무심코 짐칸을 보았다. 놈들이 갈기를 세우고 한 마리의 타조를 죽기 살기로 공격하고 있는 것이 아닌가. 놈들에게 빙 둘러싸여 공격을 당하고 있는 타조는 이미 전의를 상실하고 있었다. 짐칸으로 뛰어든 황은 눈에 띈 막대기를 들어 공격하던 놈들을 마구 팼다. 그리곤 눈만 멀뚱거리며 쓰러져있는 타조를 안고 짐칸을 내려왔다. 몸통 곳곳에서 흘러나온 피로 타조의 깃털은 끈적끈적했다. 축 늘어진 타조는 품안에서 여러 차례 부르르 떨었다. 놈의 전율이 가슴으로 전해져 황도 덩달아 떨었다. 황은 기진맥진한 놈을 조수석에 내려놓았다. 타조들을 도살장에 넘기고 사육장에 도착했을 때까지만 해도 놈은 그 자리에서 가녀린 숨을 내쉬고 있었다. 황이 상처받은 놈을 울 속으로 막 넣으려는 순간, 놈의 머리가 뚝 꺾이는 것이 아닌가! 황은 놈에게서 전해진 전율과 따뜻함을 한동안 잊지 못했다.

그로부터 며칠 후 황은 회사를 그만두었다. 타조를 키우는 목장의 사장은 노발대발했고, 황에게 손해 배상까지 요구했다. 그는 그동안 일한 몫의 임금도 받지 못하고 회사를 쫓겨났다.

도살장에서 막 박피한 가죽은 신선해야 되고 상처가 없어야 했다. 운반 도중 저희들끼리 쪼아대면 그 상처가 가죽에 구멍을 만들게 되어 결국 최상의 가죽을 얻지 못한다. 그런데 그날 분노에 찬 황이 막대기로 후려친 타조들의 가죽은 혈액이 뭉치고 피멍이 들어 검은 반점을 형성했을 터였다. 황은 자신이 한일에 대하여 결코 후회하지 않았다. 사람이나 짐승이나 떼로 몰려들어 공격하는 것은 절대 용서할 수 없었다.

그 일로 잊으려했던 신고식이 새삼 떠오르게 만들었다.

그날은 아침부터 부슬부슬 비가 내렸다. 원장은 정부로부터 내려오는 지원금을 수령하러 나갔고, 원장의 부인인 부원장은 낮잠을 즐기고 있었다. 둘러싼 그들은 아무런 설명도 없이 황을 구타했다. 부모로부터 버림을 당했다는 황당함으로 황은 이미 전의를 상실하고 있었다. 한동안 몰매를 가하던 그들은 반항도 하지 않고, 울지도 않는 황에게 폭력을 계속하는 것에 대한 흥미가 반감되었던지 버려둔 채 가버렸다.

머리가 터졌는지 이마를 타고 흘러내려 입안으로 괸 피비린내는 오장을 뒤집었다. 한없이 게워내는 내장의 찌꺼기를 빗줄기가 깨끗하게 씻어내고 있었다. 일어나려고 몸을 세운 황은 맥없이 쓰러졌다. 무차별로 가해진 발길질로 황의 성기에서 피가 뭉클뭉클 쏟아졌다. 상처는 쉽게 아물지 않았고, 피와 고름으로 범벅이 된 아랫도리가 오랫동안 황을 괴롭혔다. 그러나 고아원의 책임자는 황의 부상에 대해서 관심도 가지지 않았고, 치료해 줄 의지도 없었다.

황이 한동안 일자리를 찾지 못하고 빈둥거리고 있을 때, 도살장에서 안면을 익힌 장이 만나자고 했다. 방구석에 처박혀 노는 것도 신물이 나고 좀이 쑤시던 참이었다. 예기치 못한 장의 부름은 그를 들뜨게 했다. 한달음에 달려 나갔다.

"자네 도살장에서 일하지 않겠나?"

황은 반색을 했다. 무슨 일인지 묻지도 않고 황은 하겠다고 했다.

"우리는 소나 돼지를 식용으로 바꾸는 일을 한다네."

장이 말했다.

'소나 돼지를 식용으로 바꾼다?' 한참을 생각하고 나서야 황은 그 말뜻을 이해할 수 있었다. 죽인다거나 도살한다거나 이해하기 쉽게 말하면 될 걸. 왜 돌려 말하는 건지. 의문은 쉽게 풀렸다. 죽음과 죽임이 계속되는 환경에서 오래 버텨내기 위해 스스로 최면을 거는 말이라는 것을.

　오전 작업이 끝나자, 일꾼들은 우르르 식당으로 몰려간다. 황도 엉거주춤 그들을 따른다. 작업장 끝에 붙어있는 간이식당에 들어서자 묘한 냄새가 진동한다. 피비린내에 섞인 음식냄새는 공복인 황의 내장을 자극한다. 이럴 땐 어쩔 수없이 마취를 시킬 수밖에 없다. 황은 컵에 술을 가득 따른다. 음료수를 마시듯 들이키자, 술은 목에서부터 내장까지 찌르르 훑고 내려간다. 황은 잠시 허둥댄다. 빈속에 들어간 술은 제값을 하듯 황의 몸을 허문다. 한 쪽 벽에 기대고 앉아 눈을 감은 황의 귀에 여자가 속삭인다.

　― 남편의 몸에서는 항상 향기가 났어요. 아니 집 곳곳에는 향기가 너울거리고 있지요. 안방에는 재스민향기, 거실에는 시트러스 향기, 화장실에는 핑크 페퍼 향기……, 그놈의 향기 때문에 매일매일 머리가 욱신거려 도무지 살수가 없어요. 제발 이 지독한 향기에서 벗어날 길은 없을까 하루에도 수십 번 생각하곤 해요. 처음 남편과 만났을 때 그에게서 풍겨오는 은은한 향기로 황홀했던 적도 있었지만.…… 무슨 향기냐고 묻자 남편은 어깨를 으쓱하며 샤넬향수도 모르느냐고 핀잔을 주더군요. 그러나 지금 그 향수 종류가 무엇이었는지 잊었어요. 이제 남편과 연관된 것은 하나도 기억하고 싶지 않으니까요.

　도대체 그녀는 남편을 왜 잊고 싶은 것일까? 황은 눈앞에 어른대는 여자의 얼굴을 밀치듯이 고개를 흔든다. 그녀와 다시 만날 일은 없을 것이다. 자신이 하고 있는 일을 정직하게 말하지 않았더라면 괜찮았을까? 황은 잠시 후회하는 표정이 된다. 휴식 시간이 끝났는지 주위가 술렁인다. 모두들 술기운이 뻗쳐서인지 소란하기가 장속 같다. 장이 황의 어깨를 툭 치며 소리친다.

"자네 내일 비번이지? 내가 부를 터이니 다른 약속 하지 말게!"

황은 씩 웃으며 고개를 끄덕인다. 항상 챙겨주는 사람은 장이다.

속이 비고 술기운이 가시지 않은 황은 비칠거리며 작업대 앞에 선다. 끊임없이 들리는 세척용 고압증기의 소음이 귀를 멍하게 만든다. 오후에 처음으로 들어온 놈의 단말마가 공장안을 들썩인다. 목을 따는 동료가 실수를 했는지 놈은 컨베이어 벨트에 거꾸로 매달려 악다구니를 질러댄다. 거꾸로 매달린 채 고통과 공포로 몸부림치는 놈을 보자, 생채기에 소금을 뿌린 것처럼 가슴이 쓰려온다. 등줄기에 한줄기 식은땀이 죽 흘러내린다. 이제 익숙해 질 때도 되었으련만 오늘은 유난하다는 생각이 든다.

"술 탓인 게야."

황은 중얼거린다.

작업을 어떻게 마쳤는지 모른다. 술집으로 우르르 몰려가는 동료들과 떨어져 황은 터덜터덜 집으로 걸어온다. 정리되지 않은 십삼 평 원룸은 썰렁하다. 황은 열쇠를 간이책상에 던진다. 아침에 빠져나온 이불은 황의 체형 그대로 만들고 있다. 황은 겉옷을 벗어 아무렇게나 던진 다음 이불속으로 기어든다. 열이 있는지 몸이 땅속으로 꺼져드는 것만 같다.

— 제삿날이었어요. 제사상에 꼭 올라야 할 것 중에는 닭찜이 있지요. 지금은 도살된 닭을 팔고 있어 아무 때나 구해서 삶으면 되지만, 그때는 집에서 기른 닭을 직접 잡아야 했지요. 아버지는 심성이 참 유약했어요. 그래서 닭의 모가지를 비틀지 못했지요. 어머니는 내가 그런 아버지를 꼭 빼 닮았다고 투덜대곤 했어요. 모가지를 비트는 일은 언제나 어머니 몫이었지요. 그날도 어머니는 물을 펄펄 끓여놓고, 암탉 중 가장

살찐 놈을 잡아 목을 비틀었어요. 축 늘어진 놈을 끓은 물에 담그더니 날개 죽지부터 털을 뽑기 시작하더군요. 파르르 떠는 닭의 눈꺼풀을 차마 볼 수 없어 상을 찌푸리며 외면하고 있었어요. 그때 어어— 요놈 봐라? 하는 어머니의 외침소리가 들렸지요. 눈앞에 푸드덕 날아오르는 닭이 보였어요. 거의 벌거벗은 놈은 요리조리 살길을 찾아 헤매고 있더군요. 나와 어머니, 그리고 놈의 숨바꼭질은 희극 같은 한 장면이었어요. 한동안 쫓고 쫓기는 장면이 이어진 끝에 놈은 결국 어머니의 손아귀에 붙들렸지요. 놈은 다시 목에 칼을 맞았어요. '질긴 것이 목숨이라고 결국은 죽고 말 것을……. 무에 그리 살겠다고 몸부림칠꼬?' 목에서 뚝뚝 피를 흘리는 놈을 뜨거운 물에 집어넣으며 어머니가 말했지요. 질긴 것이 목숨이라는 말이 오랫동안 머리에 남았어요.

환청처럼 들리던 여자의 목소리가 툭 끊긴다. 황은 물속으로 걸어 들어가는 여자를 잡아끄느라 용을 쓴다. 가냘픈 여자의 몸에 무슨 힘이 남아 있는지 도리어 황이 끌려 들어간다. 끌려가던 황이 잡았던 여자의 팔을 놓는다. 힐끗 돌아보던 여자는 점점 물속으로 빨려든다. 안 돼! 황이 팔을 휘저으며 소리친다. 자신이 지른 소리에 놀라 잠을 깬 황의 온몸은 식은땀으로 질펀하다.

황은 원룸 한 쪽에 설치되어있는 간이주방으로 간다. 주전자에 물을 부어 올린 다음 가스 불을 켠다. 연소되지 않고 분출된 가스냄새가 방안으로 스며든다. 여자가 말하던 향기는 도대체 어떤 것일까? 황은 잠시 콧등에 주름을 잡으며 향기를 맡아보려고 애를 쓴다. 자신이 항상 맡고 사는 피비린내나 가스냄새와는 다를 것이라는 생각은 들지만 그녀가 말하는 향은 어떤 것인지 황은 알지 못한다. 여자를 다시 만나면 꼭 물어

보리라.

물이 끓는다. 머그잔에 일회용 봉지커피를 넣고 젓는다. 커피 냄새가 빈 위장을 자극한다. 황은 커피 향을 먼저 마신다. 뜨거운 커피 한 잔이 열을 몰아낼 수 있을까?

커피를 마시며 황이 텔레비전을 튼다. 시간이 꽤 지났는지 심야시간에 방영되는 영화가 상영되고 있다. 때 아닌 흑백영화이다. 칼라화면에 길들여진 탓인지 꽤나 낯설게 느껴진다. 수백 명이 벌거벗은 채 끌려가고 있다. 그들이 가는 곳은 어디인가? 실오라기 하나 걸치지 않은 그들이 마치 도살장에 끌려온 동물처럼 보인다. 한곳에 몰아넣더니 문을 잠근다. 갑자기 무성 영화처럼 아무소리도 들리지 않는다. 무언가를 움켜잡으려는 팔 하나가 춤을 추는 모습이 창을 통해 보인다. 화면이 바뀐다. 수십 명의 여자들은 그들이 벗어놓고 간 옷 속에서 뭔가를 열심히 찾는다. 산더미처럼 쌓인 그들의 허물들! 그리고 피어오르는 연기. 황은 그 연기 속에서 살이 타는 노린내를 맡는다. 언제쯤이면 이 냄새에서 벗어날 수 있을까? 황은 텔레비전을 끈다.

모처럼 맞은 정기휴일에 집안에서 노총각 냄새피울 일 있겠느냐며 나오라는 장의 목소리가 수화기를 타고 들려온다. 그때까지 아랫목에 배를 깔고 누워 만화책을 뒤적이던 황이 주섬주섬 겉옷을 걸치고 나선다. 낮술부터 시작한 그들은 어둠이 내릴 때까지 마신다. 작업 때문에 거의 날마다 마셔왔기 때문인지 웬만큼 마셔도 그들은 취하지 않는다. 그런데 오늘은 술이 과했던지, 아니면 작심을 했던지 장이 호기를 부린다.

"자네, 아직 총각딱지도 떼지 못했지? 자, 가자고. 내가 오늘 확실하게 딱지를 떼어 줄 테니까."

장은 싫다고 버티는 황을 마구잡이로 끈다. 술김이었던지 아니면 간혹 이곳에서 여자를 산 적이 있었던지 앞장 선 장은 익숙해 보인다. 장이 먼저 여자 하나를 지목하더니 둘은 좁은 방으로 들어가 버린다. 황도 약간의 호기심이 발동하는 참인데 누군가 그를 잡아끈다. 붉은 전등의 불빛 때문인지 꽤나 도발적으로 보이는 그녀는 거의 반라상태이다. 황은 못이긴 척 따라 들어간다. 겨우 물체만 구별할 정도로 침침한 불빛 아래 야한 침구가 깔려있다. 그녀는 서슴없이 옷을 벗고 눕는다. 얼른 일을 끝내고 다음 손님을 받아야겠다는 조바심이 몸에 가득하다. 황은 잠시 망설인다. 불두덩이 전연 달아오르지 않는다. 그 동안 마음에 찜찜했던 터라 확인하고 싶어 황급하게 옷을 벗어던진다. 누워서 기다리는 그녀 몸을 덮친다. 기를 쓸수록 물건은 더욱 줄아든다. 불끈 일어서지 못하는 황의 물건은 동굴 안으로 들지 못하고 어정대기만 한다. 조바심으로 황은 그녀의 목덜미며 젖통을 열심히 빨아댄다. 하루 종일 뭇 사내들이 묻혀 놓은 분비물 때문인지 냄새가 지독하다. 끝내 실패한다. 주섬주섬 옷을 입고 있는 황의 등 뒤에 대고 그녀가 욕설을 내뱉는다.

"허우대는 멀쩡해 가지고……. 그걸 권총이라고 달고 다니냐? 아이 재수 없어! 퉤퉤."

황의 건장한 체구에 큰 기대를 걸었던지 그녀는 예상 밖의 몸짓을 보인다.

황은 밖으로 나온다. 몸이 갑자기 붕 떠오르는 것 같다. 도대체 어디에서 잘못된 것인가? 언젠가 장이 하던 말이 떠오른다.

― 자네 알고 있나? 고기의 풍미는 마블링에 의해 좌우된다네. 수컷은 자라면서 특이한 웅취가 심해지지. 그 웅취를 없애기 위해서 사육자

들은 생후 2~3주쯤에 거세시킨다네. 거세가 무엇인지는 알고 있겠지? 수컷의 불알을 발라내는 것이지. 그런데 말일세. 거세를 시키고 나면 웅취가 없어질 뿐만 아니라 지방이 많이 침착되고, 육질의 탄력성도 좋아진다고 하더군. 거세를 시킨 수컷은 자라면서 육질 사이로 적당하게 마블링이 생기지. 적당하게 마블링이 생긴 육질은 최상급의 고기로 등급이 매겨져 가격이 높아진다네. 우리 인간도 거세시키면 마블링이 생길까?

마지막 말을 농담처럼 내뱉고는 장이 껄껄 웃었다. 거세시킨 육체에 마블링이 생긴다면 내 몸값도 꽤나 비싸겠군. 중얼거리며 황은 미친 듯이 거리를 질주한다. 얼마나 달렸을까? 황은 여자를 처음 만났던 곳에 서있는 자신을 발견한다.

그날 황이 한강둔치에서 여자를 발견한 것은 우연이었다. 여자가 아주 심상한 태도로 걸어들어 갔기 때문에 황은 그 장면을 무심코 바라보고 있었다. 황이 사태를 짐작한 것은 여자의 목까지 물에 잠겼을 때였다. 미처 옷도 벗지 못하고 뛰어든 황이 여자를 끌고나왔다. 뚝뚝 물방울을 떨어뜨리며 여자는 사시나무 떨듯 몸을 떨었다. 그때 황은 품속에서 전율하던 타조의 마지막 모습을 상기했다. 여자가 타조처럼 죽으면 어쩌나하고 더럭 겁이 났다. 그러나 여자는 죽지 않았다. 목숨은 질긴 거라던 여자의 어머니 말처럼.

반쯤 정신이 나간 여자는 말이 없었다. 황은 어쩔 수 없이 여자를 집으로 데리고 왔다. 방에 들자, 아무 일이 없었던 것처럼 여자는 심상하게 실내를 둘러보았다. 코를 자극하는 냄새의 근원지를 알아내려는지 그녀가 이쪽저쪽으로 고개를 돌리며 킁킁거렸다. 그 모습이 어린아이처럼 천진했다. 황의 어깨에, 가슴에, 등에 코를 바짝 들이대고 맡았다. 달콤한 여자의 콧김이 황의 몸 이곳저곳을 훑었다. 지금 할일은 오직 그뿐인 것처럼 여자는 열중했다. 어찌나 열심인지 황은 몸을 내맡기다시피 한 채 움직이지 못했다. 한참 킁킁거리던 여자가 참지 못하고 물었다.

"이게 도대체 무슨 냄새죠?"

무슨? 하는 표정을 지으며 황은 불량스럽게 어깨를 으쓱했다. 처지에 알맞지 않은 질문을 던졌다는 생각이 들었는지 황을 향해 여자가 배시시 웃었다. 순간 여자의 뺨에 잠깐 보조개가 나타났다 사라졌다. 동그스름한 여자의 얼굴은 예쁘다기보다 귀여운 모습이었다. 뜯어볼수록 정이 가는 얼굴이었다. 풍만하지 않은 모습이 천해보이지 않았다. 야하지 않으면서 남자를 끄는 매력 또한 지녔다. 그런 여자가 왜 죽으려 한 것인가.

여자가 걸어 들어가던 강물엔 낙조가 물들어가고 있다. 주위를 삥 둘러 들어선 고층 아파트 창에 하나둘 전등이 켜진다. 강물에 비치는 불빛은 잔물결에 두세 개로 갈라진다. 왜 이곳에 서 있는가? 이해할 수 없는 자신의 행동에 황은 잠시 주춤한다. 여자처럼 나도 죽고 싶은 것일까? 그랬다면 고아원에 버려졌을 때 이미 죽었을 것이라고 황은 고개를 젓는다. 새어머니의 등쌀에 자신을 고아원에 버렸던 아버지. 버림받았다는 사실을 깨달았을 때 죽었어야지 지금은 아니다. 아니면 여자를 찾아왔는가?

술이 깨는지 머리가 지끈댄다. 황은 무릎사이에 머리를 박고 한동안 그대로 앉아있다. 저녁을 먹고 운동을 나온 사람들이 그의 곁을 지난다. 황은 눈을 감은 채 하나 둘 그들의 발자국을 센다. 건강하게 오래살고 싶어서 저렇게들 열심인데 지금 무얼 하자는 것인가? 황이 벌떡 일어선다. 막 걸음을 옮기려는 참인데 누군가 앞을 가로막는다. 그 여자다. 황

은 잠시 당황한다. 누가 먼저랄 것도 없이 둘은 운동하는 사람들 틈에
끼어 발길을 옮긴다. 한강둔치를 가로질러 나오자 야시장이 펼쳐져있
다. 둘은 말없이 시장 안을 걷는다. 마치 다정한 부부처럼 보인다. 그들
은 공기총으로 인형을 맞추는 놀이도 해보고, 즐비하게 그어진 네모 속
으로 동전을 던져 넣기도 한다. 야바위꾼의 손놀림에 정신을 팔기도 하
고, 각설이 분장을 한 총각의 엿장수 가위장단에 맞추어 어깨를 들썩이
기도 한다.

"저기요!"

여자가 인형 뽑기 기계를 손으로 가리킨다. 황은 동전을 기계에 넣는
다. 레버를 상하로 움직인다. 가위손에 잡힌 곰 인형이 손에 잡힐 듯 끌
려오다가 떨어져버린다. 여자는 안타까운 듯 낮게 탄성을 지른다. 다시
동전을 넣는다. 둘은 끈질기게 기계와 씨름을 했지만 한개도 건지지 못
한다.

황은 김이 모락모락 오르는 옛날만두를 산다. 만두에서 풍기는 야채
냄새가 시장기를 느끼게 한다. 돌아오는 길에 여자가 묻는다.

"그곳엔 왜 갔어요?"

황이 머뭇거리며 대답을 못하자 여자가 남의 얘기하듯 말한다.

"요즈음 남편은 새로운 향수냄새를 달고 다녀요. 그 향수의 이름을
알아내기 위하여 오늘 하루 종일 전문점을 돌아다녔어요. 남성용 향수
로 나온 제품들 중에 에고이스트거나 알뤼르 옴스, 혹은 플라티넘 에고
이스트의 향기는 아니었어요. 몇 군데를 훑고 다녔지만 찾지 못했어요.
그러다 문득 깨달았지요. 여성용 향수일지 모른다는 사실을 말예요. 그
래서 다시 향수 전문점을 돌기 시작했지요. 그러다 마침내 찾았어요. 그

향수는 N°5였어요. 내가 그 향수병을 만지작거리자 상점 주인이 쪼르르 달려와 장황하게 제품설명을 하드군요. 참, 잘 고르셨어요. 이것이 바로 샤넬이 평생을 걸쳐 탐구했던 간결함을 가장 잘 반영한 제품이랍니다. '여성의 향기는 영원합니다.' 라는 선전문구 들어보셨죠? 내가 신통한 반응을 보이지 않자, 상점주인은 아예 선전 팸플릿을 눈앞에 들이밀더군요. N°5 향수병 밑에는 다음과 같은 문구가 형광펜 색소 속에서 꿈꾸듯 숨어있었어요. '순수하고 가련하며 매혹적인 이미지의 향수', '천연향과 인공향의 완벽한 조화와 절묘한 균형', '약 80가지 성분이 조화된 매우 독특하고 섬세한 향의 플로럴계의 향수' 라고 쓰여 있더군요. 내가 주인에게 향수병을 건네자, 눈치 빠른 주인은 선물할거냐고 물으며 대답도 듣지 않고 포장을 해주었어요."

황은 장황한 여자의 말을 끊지 않고 들어준다. 지금껏 한 번도 들어보지 못한 향수의 이름을 마치 알고 있는 것처럼 고개까지 끄덕이면서. 황의 진지한 태도에 여자는 안심한 듯 말을 잇는다.

"집으로 돌아온 나는 상점 주인이 정성스럽게 싸준 포장지를 뜯어낸 뒤, N°5 한 방울을 화장지에 떨어뜨렸죠. 향수는 공기 중으로 날아오르며 향기를 내뿜더군요. 남편은 이 향기를 어디서 묻혀오는 것일까? 문득 그 향수를 쓰는 주인공을 만나고 싶어졌지요. 남편이 메모로 사용하는 수첩을 뒤졌어요. 학교 서무실에 근무하는 남편의 수첩에는 여러 사업체의 전화번호가 어지럽게 적혀있더군요. 나는 전화번호를 하나하나 손가락으로 짚어가며 더듬었죠. 대부분의 전화번호 옆에는 상호가 적혀있는데, 두 개의 번호만 이니셜이 남아있었어요. C와 N. 나는 잠시 생각하다 이니셜이 N이라 쓰인 핸드폰 전화번호를 눌렀지요. 수화기에서

앳된 목소리가 흘러나오더군요. 내가 말을 하지 않고 가만히 있자, 상대
방이 참지 못하고 좋알거렸어요. 자기야? 나 지금 뭐하고 있게? 당신이
제일 좋아하는 거 만들고 있는데……. 김밥 말이야. 자기? 듣고 있는 거
야? 그제야 나는 수화기에 대고 여보세요? 했지요. 누……누구세요?
N의 놀란 목소리가 커졌어요. 나는 침착하게 말했지요. 여기 화장품 가
게인데요. 주인아저씨가 선물 배달을 원해서요. 거기가 어디죠? 선물
이라는 말에 N의 목소리가 다시 통통 튀어 오르더군요. 아이 어쩜? 정
말예요? 여기는 장미아파트 120동 1205호인데요.…… 알았어요. 곧 가
지고 가지요. 그런데 아저씨께서 비밀로 하고 싶다고 하더군요. 아마 깜
짝 쇼를 하고 싶은가 봐요. 전화를 끊고 나는 뜯었던 포장지를 다시 예
쁘게 쌌어요. 그리고 집을 나섰지요."

여자가 잠시 말을 끊는다. 황은 여자의 분노가 터지면 어쩌나 걱정이
된다. 황의 우려에 관심을 보이지 않고 여자는 계속 말을 한다.

"초인종을 눌렀어요. 누구세요? 앳된 N의 소리가 인터폰에서 흘러나
왔어요. 선물예요. 나는 태연하게 응답했지요. 문이 열리더군요. 솜털
도 벗겨지지 않은 얼굴이 나를 향해 활짝 웃었어요. 십대로 보이는 N의
몸에서 코에 익은 향이 건너오드군요. 나는 작은 꾸러미를 그녀의 손에
쥐어주고 말없이 돌아섰지요. 남편은 언제나 설익은 과일 따는 데에 명
수였으니까요. 그녀들은 남편의 어떤 점에 넘어가는 것일까요? 폭력?
잔소리? 자린고비? 아닐 거예요. 어떤 여자가 그런 성정의 남자를 좋아
하겠어요. 그렇다면 남편은 이중생활을 즐기는 사람이 분명해요. 남편
이 N의 집에서 그 선물을 본다면 내가 다녀간 것을 알겠지요. 독이 오른
얼굴로 득달같이 달려와 내 머리채를 잡아챌 거예요. 네 년이 감히 남편

뒷조사를 해? 소리치며 온몸을 파랗게 먹칠할 것이 분명해요.”

말을 마친 여자가 부르르 몸을 떤다. 황은 겁에 질린 여자를 집으로 보낼 수가 없다고 생각한다. 둘은 원룸으로 돌아온다. 황은 간이식탁으로 사용하는 학생용 책상에 만두를 펼친다. 만두는 이미 차게 식어 있다. 황이 한 개의 만두를 입에 넣고 씹는 동안, 여자는 새삼스럽게 주위를 살핀다. 여자의 시선이 박제된 타조에 오래 머문다. 일 미터가 넘는 큰 키에 날개를 쭉 펴고 위용을 자랑하며 서 있는 타조는 방안을 혼자 온전히 차지한 느낌마저 준다.

“어떻게 이런 것이 여기에 있지요?”

황에게 시선을 보내며 여자가 묻는다.

“놈이 바로 내 분신이니까요.”

황이 건조한 목소리로 대답한다.

죽은 타조를 곁에 두기 위하여 동분서주하던 그때가 떠오른다.

조수석에 있던 차조가 죽었을 때, 황은 놈에게서 자신의 모습을 보았다. 자신의 죽음에 세상의 누구도 관심을 두지 않을 거라는 생각이 들자 참을 수가 없었다. 그래서 생각도 없이 놈을 집으로 가져왔다. 하루가 지나자 놈의 썩어가는 냄새가 지독했다. 놈을 곁에 오래 둘 수 있는 방법은 없는지 황은 여러 사람에게 묻고 다녔다. 누군가가 박제를 하면 될 거라고 알려주었다. 수소문 끝에 박제를 전문적으로 하는 회사를 찾을 수 있었다. 그곳에서 놈은 살았을 때의 위용을 자랑하는 모습으로 다시 태어났다.

박제된 놈에게서 황은 삶을 의욕을 찾는다. 황에게 놈은 아내이자 자식이다. 다녀올게. 짜샤! 다른 생각 말고 집 잘 보고 있어! 출근할 때 황

은 놈의 머리를 툭 치며 말한다. 퇴근해서는 심심했냐? 마치 아들에게
하듯 머리를 쓰다듬는다. 놈의 머리엔 반질반질 손때가 묻어있다. 놈은
황의 말상대를 해주고 친구도 되어 준다. 영혼과의 교류가 정말 있다면
둘은 이미 가족이다.

모처럼 뱃속을 채운 만두가 황의 뱃속에 포만감을 느끼게 한다. 황은
빈 스티로폼 포장지를 쓰레기통에 넣으며 여자에게 말한다.

"커피뿐인데 괜찮아요?"

여자가 고개를 끄덕인다. 황은 레인지에 물을 올린다. 그리고 두개의
머그잔에 일회용 봉지커피를 붓는다. 퐁. 퐁. 끓는 물소리가 화사하게
방안을 채운다. 둘 사이가 갑자기 어색해진다. 커피를 여자 앞으로 밀어
놓으며 어색함을 몰아내듯이 황이 수다스러워진다.

"놈이 없었으면 아마 당신처럼 죽으려고 했을지도 모르죠. 놈이 없었
다면……. 한동안은 아버지에 대한 적개심으로 살았어요. 나를 버린 아
버지가 얼마나 행복하게 사는지 내 눈으로 똑똑하게 보기 전에는 죽지
못하겠더라고요. 그런데 말이죠. 내가 복수할 나이도 되기 전에 아버지
가 죽고 말더군요. 아주 어이없이……."

바로 그때, 찌르레기 우는 소리 같은 초인종이 울린다. 둘은 움씰 놀
란 표정으로 마주본다.

"찾아올 사람이 없는데?"

황이 중얼거리며 밖에 대고 누구냐고 소리친다. 대답 대신 다시 찌르
레기가 운다. 황이 문을 연다. 누군가 방으로 뛰어든다. 여자의 동공이
두려움으로 확대된다.

"당신 누구야?"

황이 소리치며 남자를 붙잡는다.

"나? 이 여자 남편이다. 저리 비켜!"

남자는 황을 밀치며 여자에게 다가선다. 어느새 여자의 머리채가 남자의 손아귀에 잡혀있다.

"야, 이년아. 그래 세상에 바람 피울 놈이 없어서 저런 백정 같은 놈과 붙어 먹냐?"

머리채를 붙잡힌 여자는 새파랗게 질려있다. 손아귀에서 벗어나려고 안간힘을 쓴다.

"거! 그 손 놓고 말로 합시다. 말로."

황이 여자의 머리채를 잡고 있는 남자의 팔을 잡는다. 그러자 남자가 황의 멱살을 거머 잡는다.

"너 이 새끼! 할 짓이 없어 유부녀와 간통을 하냐? 너 같은 놈은 콩밥을 먹어야 정신을 차리게 돼!"

"간통 같은 것 한 적 없수!"

멱살을 거머 잡은 남자의 손을 쳐내며 황이 소리친다.

"어? 이 새끼 봐라. 현장을 목격했는데 오리발 내미네?"

남자가 황에게 달려든다. 그러나 다부진 황의 육체에 밀려 스스로 나가떨어진다.

"너 이 새끼! 이제 사람까지 쳐?"

말은 우악스럽게 하지만 남자는 황과 상대가 되지 못한다는 것을 알고 꼬리를 사린다. 대신 구석에 떨고 서있는 여자의 멱살을 잡아끈다. 질질 끌려가는 여자를 황은 어떻게 하지 못한다. 여자가 떠난 방은 썰렁하다. 그녀가 걱정이 되어 황은 밤새도록 잠들지 못한다.

이튿날 출근하자 장이 곁으로 다가와 은근한 목소리로 묻는다.

"총각 뗀 소감이 어때?"

황이 대답을 하지 않자, 장은 말하지 않아도 잘 안다는 듯이 한쪽 눈을 찡긋하더니 제자리로 간다. 황은 안절부절 일손이 잡히지 않는다. 여자는 어떻게 되었을까? 설마 죽지는 안했겠지? 되돌아보며 뭔가를 간절하게 원하던 여자의 순한 눈매가 어른댄다.

트랙을 따라 이동해 온 짐승을 내린 다음 칼질을 하다 그만 칼이 손바닥을 스쳤다. 피가 솟구친다. 지혈하기 위하여 다른 손바닥으로 상처 난 손을 누른다. 쓰리고 아프다. 손바닥이 아니라 가슴이 더 쓰려 참을 수가 없다. 기어이 참지 못하고 황은 장에게 간다. 장 앞에는 죽음을 기다리는 소 한 마리가 엎드려있다. 다가간 황을 순한 눈매로 놈이 쳐다본다.

"오늘 좀 일찍 나갈 일이……."

황은 말을 채 끝마치지 못한다. 장의 손아귀에 붙들린 소의 두 눈에서 주르륵 흐르는 한줄기 눈물을 보았기 때문이다. 놈의 순한 눈매에 두려움이 가득 담긴 여자의 눈매가 겹쳐 떠오른다. 주변을 에워싸고 있는 춤추는 향기로부터 그녀를 벗어나게 해 주고 싶다. 황은 여자에게 지금 이말을 꼭 해 주어야 할 것 같은 조바심으로 장의 대답도 듣지 않고 도살장을 뛰쳐나온다.

"죽지 말아요. 제발!"

황은 허공에 대고 소리친다. 열린 문틈으로 도살실 안에 가득 찼던 수증기가 꾸역꾸역 하늘로 날아오른다.

황은 미친 듯이 거리로 질주한다.

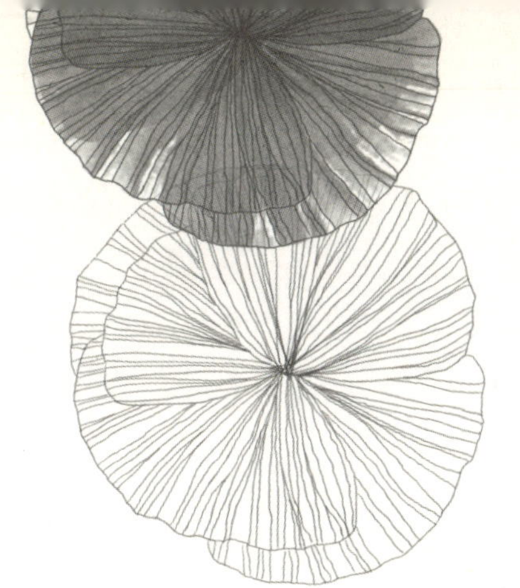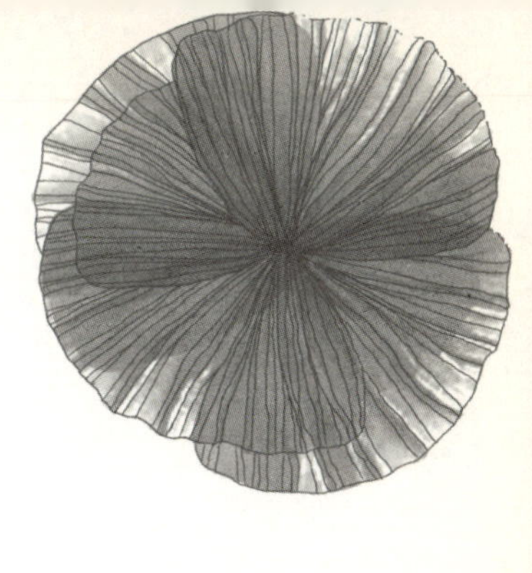

블랙박스

블랙박스

당신은 아는가? 세상곳곳에는 믿을 수 없는 일들이 때때로 일어나고 있다는 사실을. 지금부터 내가 하는 이야기를 당신이 믿을 수 없다면 그건 당신의 자유이고, 무조건 믿겠다는 의지를 보인다 해도 그건 어디까지나 당신의 자유이므로 나는 상관하지 않을 작정이다. 그러나 얘기를 하기 전에 당신이 어느 쪽을 선택하든 약간의 도움이 필요하리라 판단되어 예화 하나를 들려주고자 한다.

혹 당신도 보았을지도 모르겠지만, 난 며칠 전 우연히 텔레비전에서 놀라운 사실을 보게 되었다. 그러니까 믿을 수없는 사실을 캐내어 그 사실을 실험과 증거로 분석하는 '블랙박스' 라는 프로그램이었는데, 솔직히 말하면 도중에 TV를 켰기 때문에 처음에는 별 흥미를 느끼지 못하여 습관처럼 화면을 응시하고 있었다. 그러나 순간 '설마' 라는 화살이 내 의식의 심연을 명중시켰고 그만 그 프로에 빠져들고 말았다.

사건의 발단은 보지 못했다. 내가 보기 시작한 장면은 결과를 제시하고 사건의 주인공을 만나 그의 안전을 확인하는 모습이었는데, 거짓말처럼 그들은 멀쩡하게 살아있었다. 아파트 18층에서 떨어졌다는 여자아이와 13층에서 떨어졌다는 남자아이는 외상 하나 없이 씩씩하게 놀고 있었다. 그들이 환자복만 입고 있지 않았다면, 아니 주변의 목격자들이 목격담을 들려주지 않았다면 나는 그들의 부모가 거짓말하고 있다고 의심할 뻔했다. 물론 세상 곳곳에서는 있지도 않은 일을 꾸며 다른 사람들을 속이고 자신의 잇속을 챙기려드는 얼굴 두꺼운 사람들이 있긴 하지만, 자식의 목숨을 담보로 그런 사기극을 칠 부모가 어디 있겠는가?

목격한 아파트 주민들은 하나같이 기적과 같은 일이라고 입을 모았다. 그러면서도 제 나름대로 이유를 설명하려고 애를 썼다. 목격자의 말에 의하면 여자아이는 18층에서 떨어지면서 다행히 화단에 있는 큰 나뭇가지에 부딪쳐 1차로 충격이 완화되었고, 마침 떨어진 장소가 고추모를 심기위하여 땅위를 비닐로 덮어놓은 곳이었기 때문에 2차로 충격이 완화되었을 것이라는 설명을 하면서, 그때의 충격으로 부러져나간 가지의 흔적을 증거로 제시하고 있었다. 13층에서 떨어졌다는 남자아이의 경우는 떨어진 장소가 잔디밭이었기 때문에 충격이 적었을 것이라는 증언을 했다. 목격자들은 말끝에 하느님의 보호가 없었다면 절대로 살아날 수 없었을 것이라고 덧붙였다. 물론 그들이 모두 종교를 가진 것으로 밝혀지진 않았지만 종교인은 물론이고 무신론자들도 믿을 수 없는 일 앞에선 누구나 하느님을 들먹이는 일을 우리가 종종 겪는 일이니까 그냥 넘어가기로 한다.

프로그램의 진행자는 똑같은 상황을 설정하고 그대로 실험을 해보자고 우리의 호기심을 부추겼다. 우선 아이와 비슷한 크기의 마네킹을 일어난 그 장소에서 떨어뜨려 보자는 것이다. 먼저 18층에서 여자모형마네킹을 떨어뜨렸다. 놀랍게도 마네킹은 팔다리가 떨어져 나갔고, 머리와 몸통에 금이 간 상황이 벌어졌다. 13층에서 잔디밭으로 떨어뜨린 남자모형마네킹의 상황은 더욱 심각했다. 그렇다면 그들은 어떻게 해서 몸에 상처 하나 입지 않고 멀쩡할 수 있었단 말인가? 진행자는 우리에게 그렇게 되물었다. 그러더니 다른 실험을 하나 더 해보자는 말로 시청자들로 하여금 관심의 끈을 놓지 못하게 만들었다.

18층 높이에서 떨어지는 낙하의 속도로 자동차를 충돌시켜 보는 실험이었다. 그 실험 역시 자동차 앞부분이 흉측하게 망가지는 모습으로 우리의 가슴을 철렁 내려앉게 만드는 결과를 보여주었다. 그 후로도 몇 가지의 실험을 더 보여 주었으나 두 아이의 생존 이유를 명확하게 증명하지는 못했다. 이유를 밝힐 수 없는 불가사의한 일이 세상 곳에서 일어날 수 있다는 사실만 어정쩡하게 확인해 주었을 뿐이다.

그 프로를 보면서 내가 겪었으면서도 믿을 수 없었던, 그래서 지금까지 아무에게도 말하지 않았던 하나의 사건이 또렷하게 되살아났다.

지금부터 내가 밝히는 이야기를 서두에서 말 했던 대로 믿고 안 믿고는 당신의 자유이지만 행여 꾸며낸 이야기라고 폄하하지는 말라고 당부하고 싶다.

내가 제대하기 삼개월전 일이었다. 군대에 다녀온 대한민국남자라면 소속부대나 근무 장소에 대해서 그것이 안보에 꼭 필요한 상황이라면 절대로 발설해서는 안 된다는 것을 잘 알 것이다. 따라서 내가 겪은 일에 대해 정확한 지명이나 부대명 등을 밝히지 못하는 점을 양해해 주었으면 한다. 다만 안보에 무리가 없는 한도 내에서 그래도 충실하게 기술하려한다는 사실을 거듭 밝힌다.

그날 우리가 타고 있는 잠수정은 해안선 가까운 곳에서 작전을 수행하고 있었다. 그 때의 작전명은 '돌개바람'이었고, 주 임무는 연안정찰과 색적索敵이었다. 어떠한 첩보가 내려와 우리가 그 작전에 참가하게 되었는지는 알 수 없었지만 갑자기 차출되어 잠복하는 참이었다. 출동할 때의 긴박함과는 달리 예상 밖으로 며칠 동안 그 자리만 뱅뱅 돌고 있었을 뿐 특별한 작전은 없었다. 수병들은 긴장감이 느슨해져갔다. 모두 겉으로 표현하지 않았지만 대부분 작전을 마치고 빨리 구축함으로 돌아가기를 바라는 듯했다. 더군다나 이제 제대를 삼 개월 정도 남긴 내 처지에서야 더 말할 나위가 없었다. 군대의 마지막 작전에서 굳이 큰 교전을 바랄 이유가 있었겠는가. 시간만 빨리 지나가기를 손꼽아 기다리는 중이었다.

그날은 털보와 함께 보초를 서게 되었다. 그는 가슴이며, 팔, 다리에 유난히 털이 많아 털보라는 별명으로 불리는 나보다 6개월 늦은 후임 병이었다. 밤 10시부터 새벽 6시까지 적의 동태를 모니터화면으로 정찰하는 임무였는데, 군대 밥을 먹을 만큼 먹고 나니 슬그머니 꾀가 생겼다.

"둘이서 같이 밤을 꼬박 셀 게 뭐 있겠나. 모니터야 혼자 보아도 충분하니 번갈아 자자. 내가 먼저 보초를 설 테니 걱정 말고 눈을 붙이라고."

선임자인 내 명령에 털보는 못이기는 척 한쪽에 자리를 잡더니, 눕자마자 코를 골아댔다.

나는 모니터의 방향을 이쪽저쪽으로 돌려가며 정찰을 시작했다. 군

대에 오기 전 학교에서 스쿠버 동아리에 열심히 참가했던 터라 자진하
여 해군에 입대를 했다. 원했던 대로 수병이 되어 그토록 보고 싶어 하
던 바다 속을 원 없이 보게 되었으니 행운이라고 할만도 했다. 그날도
나는 유유히 떠있는 잠수정 안에서 제대하고 나면 다시는 보기 어려운
모습을 머릿속에 확실하게 각인시키기라도 하듯 주변의 아름다운 경관
에 빠져들었다.

　물 밖은 아직 장마가 끝나지 않은 탓인지 수중의 시계視界는 매우 맑았
다. 이처럼 흐린 날이나 비오는 날에는 플랑크톤이 활동하지 못하므로
수중의 모습이 다른 때보다 더 신비로웠다. 목 주위와 가슴, 꼬리지느러
미 위에 하얀 띠를 두른 흰동갈 돔이 잠수정 주위를 배회하고 있었다.
수중 암벽에 피어난 산호초의 오색영롱한 빛깔은 마치 용궁 세계에 온
듯 착각에 빠졌다. 맨드라미꽃을 담았다하여 맨드라미산호라 칭한 군락
지에는 그물코 쥐치가 숨바꼭질을 하듯 숨었다 보였다 하는 모습이 과
히 장관이었다. 잠수정에서 나가는 불빛을 받아 하얀 비늘을 별처럼 반
짝거리며 수중 발레를 하듯 떼로 몰려 유영하는 물고기들의 쇼에 나는
심취해있었다.

　그때였다. 뭔가 이상한 물체 하나가 내 시야에 들어왔다. 나는 순간
적으로 긴장을 하며 화면을 고정하는 동작을 취했고, 그 물체를 자세히
보려고 정지된 화면을 확대했다. 물체를 확인하는 순간 '윽', 비명이 터
졌다. 털보를 깨워야 하나? 하며 잠시 망설였다. 좀 더 자세히 관찰한
후에 해도 늦지 않을 것이라는 판단으로 나는 계속 물체의 움직임에 촉
각을 세웠다. 그때까지도 물체는 움직임이 보이지 않았다.

　내가 발견한 물체는 사람임이 분명했다. 수심 70m 아래에 부유하고

있던 잠수정에서 내가 포착한 사람의 웅크린 모습은 마치 한 마리의 곰 치 같았다. 침몰한 배에서 튕겨 나온 것인가? 아니면 스스로 목숨을 끊으려고 물에 뛰어든 것일까? 나는 한참동안 그 물체를 관찰하며 머리를 굴렸다. 그 깊이로 가라앉은 사람이 살아있을 리는 없을 테고, 그러니 물고기 밥이 될 수밖에 달리 도리가 없어 보였다. 나는 혀를 끌끌 차며 화면을 계속 응시했다.

"병장님! 이상 징후는 없습니까?"

그때 잠에 취해서도 한편으로는 긴장하고 있었는지 털보의 목소리가 등 뒤에서 들려왔다. 내 대답이 떨어지기도 전에 털보는 다시 잠에 빠진 듯 잠잠해졌고 나는 계속해서 화면의 물체에서 눈을 떼지 않았다. 순간 정신이 번쩍 들었다. 그리고 눈을 의심했다. 물체가 움직이는 것 같았 고, 그 움직임이 살려달라는 필사적인 몸짓으로 보였기 때문이었다.

다급한 목소리로 털보를 깨웠다. 아직도 잠에 취한 털보는 내 다급한 설명에 잠시 말뜻을 이해하지 못한 듯 멍청하니 화면을 보다가 화들짝 놀라 소리치는 것이었다.

"병장님! 살아있단 말입니까? 설마요!"

"보라고. 보라니까. 자네 눈에도 움직임이 보이지?"

"글쎄요. 그런 것도 같지만……."

"틀림없이 살아있어. 틀림없이!"

"어떻게 하시려는 건데요?"

"살려야지. 사람이 죽어가는 데 보고만 있을 수 없지 않나?"

"옛? 병장님! 우린 지금 작전 중입니다. 작전이탈자는 총살감입니 다."

"알고 있네. 그럼 자네는 몰랐던 걸로 하게. 전혀 몰랐다고 잡아떼면 되지 않겠나?"

내가 억지를 부리고 있음을 잘 알았다. 그러나 문책을 생각할 겨를이 없었다. 나는 빠르게 스쿠버 장비를 챙겼다. 나침반, 수중거리 측정기계, 수심계도 장치를 했다. 그때가 밤 열시였다. 말려야 소용없다고 생각했는지 털보는 어떻게 할 것인지를 내게 물었다.

"이곳으로 데려올 수는 없으니, 해변까지 떠올려주고 와야지"

교대 시간 전에 반드시 돌아와야 한다고 털보는 몇 번이나 내게 다짐했다.

비상 출입구를 통하여 물속으로 나온 내가 그 사람을 옆구리에 끼고 해변까지 데려다 주고 잠수정으로 돌아온 그 과정을 여기에서 세세하게 설명하고 싶지는 않다. 다만 내가 구한 사람이 여자라는 사실만 알았을 뿐 생사여부는 모른다. 믿을 수 없었던 일이었지만, 여자를 끼고 물 위로 솟구칠 때 가슴으로 전해오던 가벼운 울림, 바로 그녀의 가녀린 심장 소리는 오랫동안 가슴에 남았다.

제대하고 복학하여 학교를 졸업하고, 아직도 변변한 직장을 구하지 못한 처지가 과거의 믿기지 않은 기억을 재생시키지 못하게 막았는지도 모르겠다. 졸업 후 오랫동안 취직도 못하고 빌빌대는 나를 보고, 저러다 사람구실이나 할까? 하고 언뜻언뜻 내비치는 부모의 근심 섞인 넋두리는 내게 큰 부담으로 다가왔다. 아무도 몰래 몇 군데 이력서도 넣어보고 군소기업체에 줄도 대어 보았지만 취직은 쉽게 되지 않았다.

그즈음 내가 털보를 의식적으로 피하게 된 이유 중에 하나가 바로 학력콤플렉스 때문이었다. 나보다 그다지 나아보이지 않던 후임자였던 녀석은 일류대학졸업장하나로 모모한 회사에 입사하여 벌써 신사복이 몸에 맞아가고 있었다. 그런데 나는 아직까지 면접시험 한번 제대로 치르지 못하고 있으니 녀석 앞에서 나도 모르게 기가 죽는 것이었다. 아는지 모르는지 녀석은 자신의 상관이었다는 인연 하나로 병장님! 병장님! 하면서 나를 찾곤 했지만, 이제 그 호칭마저 나를 비웃는 대명사처럼 들려 스스로 자꾸 피하게 된 것이다.

없는 취직자리를 찾아 시간을 낭비할 것이 아니라 새로운 도전을 해봐야겠다고 뒤늦게 결심을 했다. 만만하지 않은 줄 알면서도 공무원 시험에 도전하리라 작심을 하고 고시원에 들어갔다. 세상의 번잡함을 모두 끊어버리고 한동안 시험공부에 매달렸다.

그러던 어느 날 휴식시간 중에 우연히 '블랙박스' 라는 프로그램을 시청하게 된 것이었다. 그 프로그램은 잊었던 사건을 생각나게 만들었다. 여자는 살아있을까? 정말 그 아파트 18층과 13층에서 떨어지고도 멀쩡하던 아이들처럼 여자도 살아있을 것만 같은 생각이 자꾸 드는 것이었다. 문득 털보 생각이 났고 그러자 녀석과 당장 이야기하고 싶어졌다.

녀석과 통화하기위해 꺼놓았던 휴대폰을 켰다. 순간 휴대폰은 세상 저편에서 나와 연결하고자 무지하게 애를 썼던 많은 메시지들을 한순간에 쏟아내기 시작했다.

"아들아, 건강하게 잘 지내고 있겠지? 이번 주말에 집에 한번 다녀가거라. 날씨가 쌀쌀해지니 옷도 좀 챙겨가고, 널 위해 보약을 지어놨으니 가져가고, 무엇보다 엄마는 네가 건강하게 지내기를 바란단다. 건강을 잃으면 모든 것을 잃는다는 사실을 잊지 마라. 긴 네 인생을 위한 도전이니 너무 조급하게 생각하지 말고. 아들아, 알고 있지? 엄마는 여유작작餘裕綽綽한 너의 기질을 좋아한다는 걸. 그럼 그날 보자."

어머니의 정겨운 목소리에 그만 울적해졌다. 울적한 심사를 달래기 위해 잠시 눈을 감고 있는데 열려진 휴대폰에서는 어서 자기의 사연도 들어달라고 삐삐거리며 아우성을 쳤다.

"병장님! 어디로 숨었습니까? 지금 꼭 만나야 합니다. 병장님께 꼭 알려드릴 일이 있다니까요. 병장님. 이 메시지 듣는 대로 바로 연락 주십시오."

털보 녀석의 다급한 내용의 메시지는 다섯 개나 저장되어 있었다.

나는 녀석의 휴대폰번호를 눌렀다. 상대방의 휴대폰에서는 인기그룹의 '미쳤어' 라는 노래가 벨소리로 흘러나왔고, 미쳤다는 멜로디는 한참 동안 계속되었다. 급하게 찾던 때는 언제이고 지금 뭐하는 거야? 나는 잠시 짜증을 부렸다. 하긴 지금 근무시간이니 한가롭게 전화를 받을 수 없을 것이라는 생각이 들었다.

내 호출번호가 확인되었는지 오래지않아 털보와 통화가 이루어졌다.

"병장님! 우리 소식 좀 자주하며 삽시다. 그렇게 꼭꼭 숨어있으면 어떻게 합니까?"

털보는 지청구부터 늘어놓았다.

"알았어, 임마. 내가 너처럼 한가한 사람이냐? 그래. 숨넘어가게 찾은 이유나 말해. 짜샤."

내 반격에 잊을 뻔 했던 사연이 그제야 생각났다는 듯 털보가 말했다.

"그게 전화로 할 얘기는 아니고……, 좌우간 할 말이 많으니 퇴근 후에 봅시다."

선뜻 말을 꺼내지 못하는 것으로 보아 예삿일은 아닌 듯싶었다. 허나 딱히 집히는 바도 없었다. 내심 궁금했으나 털보는 자기 마음대로 시간과 장소를 정하더니 급하게 전화를 끊었다. 그 시간 이후 나는 시험공부에 집중하지 못했다. 웬일인지 자꾸 과거의 사건이 머리에서 떠나지 않았다. 한동안 서성이다가 약속장소로 나갔다.

털보는 아직 보이지 않았다. 하긴 내가 약속시간보다 삼십분이나 빨리 도착했으니 기다릴 수밖에 없었다. 평일이었고 저녁을 먹기엔 아직 일러서인지 손님은 그리 많지 않았다. 무료하게 앉아있기도 뭐해서 생맥주 500c 한잔을 시켜놓고 기름에 튀긴 스낵과자를 안주삼아 홀짝였다.

"내 참 더러워서. 신입사원이라고 뭐 똥개 훈련시키는 거야. 뭐야!"

약속시간을 삼십분이나 넘기고 헐레벌떡 뛰어 들어온 털보는 내 앞자리에 털썩 주저앉으며 식식댔다. 기다리고 있는 내게 미안했던지 한결 소리를 높여 직장상사를 성토하는 것이었다.

"됐어, 임마. 백수인 내가 기다려야지 별 수 있냐?"

내가 웃으며 말했다.

"병장님! 오늘은 제가 벌주를 거하게 사겠습니다. 우리 한번 기어서 들어가 봅시다."

녀석이 술잔을 부딪치며 분위기를 띄웠다.

우리는 한동안 열심히 술잔을 비웠다. 술잔을 비우면서 녀석은 일류회사신입사원의 고달픔을 투정하듯 끊임없이 이어갔다. 차마 말을 끊지 못해 지겹게 신세한탄을 들어주며, 짜식 내 앞에서 배부른 소리하고 자빠졌네. 하며 나는 속으로 투덜거렸다.

나는 씁쓸한 기분으로 술잔을 기울였다. 어쩌면 녀석과 나는 상대방의 고민을 평생 이해하지 못할지도 모른다는 생각이 들었다. 상사와의 관계가 원만치 못해 그동안 스트레스가 매우 컸던지 털보는 술잔을 빠르게 비웠다. 시험날짜가 얼마 남지 않은 처지라 나는 몸을 사려 요령껏 술잔을 비우며 변죽을 맞춰주었다. 그런데 어느새 털보는 혀가 꼬부라지고 있었다.

"쨔샤! 정신 놓기 전에 용건부터 끝내야 할 것 아냐?"

"아, 참! 병장님, 머리에 쥐가 나도록 시달리다보니 젊은 나이에 이렇게 깜빡깜빡 합니다. 그려."

녀석은 저고리호주머니를 이곳저곳 뒤지더니 종이 한 장을 찾아 불쑥 내밀었다. 나는 종이를 폈다. 메일로 온 것을 바로 인쇄를 했는지 제일 윗줄에 정한돌님의 메일이라는 글자가 보였다. 정한돌이 누구지? 하며 잠시 고개를 틀다가 나는 그만 풋―하고 웃고 말았다. 군대시절 내내 이름마저 까마득히 잊을 정도로 우리는 녀석을 털보라 불렀다. 내가 웃자, 녀석은 붉어진 눈동자를 굴리며 의아하다는 표정으로 나를 빤히 쳐다보았는데, 나는 무시한 채 녀석이 준 종이를 꼼꼼히 읽기 시작했다.

제목 제발 만나게 해 주세요.

보낸날짜 Sun, 29 Sep 2011 14 : 45 : 01

보낸이 김성식

Kimss · nicenet.co.kr 수신거부

받는이 정한돌 Handol · hanmir.com

정한돌님의 메일 답장을 받고 너무나 반가워서 혹시 꿈이나 아닌지
걱정했습니다. 제가 찾고 있는 분을 알고 있다니 얼마나 다행인지. 제
불쌍한 동생을 위해 제발 만나게 해 주세요. 부탁합니다.

끝까지 다 읽었지만 이해가 되지 않았다. 이 메일을 내게 보여주는 이
유도 알 수 없었고, 읽고 나서도 내용이 무엇을 뜻하는지 이해할 수 없
어 털보를 향해 종이를 던졌다.

"도대체 이게 뭐야? 임마."

그러자 녀석은 의자를 가까이 당겨 앉더니 한결 목소리를 낮추어 깔
며 말했다.

"병장님 아니 형님! 군대에서 있었던 그 사건 말입니다."

"무슨?"

퍼뜩 잡히는 장면이 있었지만 나는 시치미를 떼었다. 녀석은 친밀감
을 높이고 싶은지 갑자기 호칭과 어투마저 바꾸며 제법 심각한 표정으
로 말을 이어갔다.

"며칠 전 인터넷으로 여기저기 클릭하다가 우연히 정말 우연히 사람
을 찾는 광고를 보게 되었지 뭡니까? 무심코 읽어갔는데 뭔가 탁 지피
는 것이 있어 유심히 살펴보았어요. 형님도 잊지 않았지요? '돌개바람'
이란 작전 수행 중에 형님이 목숨을 걸었던 사건 말입니다. 우리 둘밖에
모르는 일인데 날짜, 시각, 장소가 일치하지 뭡니까? 아― 바로 형님을
찾고 있구나. 하는 생각이 머리를 스쳐 지나갔습니다. 그러자 형님을 왜
찾고 있는지 궁금했고, 그렇게 다급하게 찾는 이유도 알고 싶고, 해서

제가 당사자를 알고 있노라고 메일에 답장을 띄웠지요. 그러는 사이에 여러 번 형님과 통화를 시도해 보았지만 번번이 불통이었고요."

그렇게 메일을 주고받으며 그때의 정황을 대충 알게 되었노라고 털보는 김성식이란 사람이 전해 준 내용을 내게 비밀스럽게 털어놓는 것이었다.

모처럼 집에 내려온 김성식은 바다낚시가 하고 싶었다. 그날은 비가 금방 내릴 것처럼 구름이 잔뜩 끼어 물고기가 잘 물것 같은 날씨였다. 그는 며칠 후에 이 나라를 영원히 떠나려고 결심한 상태였다. 그런 그의 마음을 짐작이라도 했는지 여동생이 낚시를 따라가겠다고 졸랐다. 다른 때는 가자고해도 싫다던 동생이 자진해서 따라온다고 하기에 그러자고 했다. 그동안 희생만 요구했던 동생에게 미안한 마음도 컸고, 모처럼 남매가 마지막 추억거리를 남기는 것도 좋을 성싶어 가까운 해안에 배를 띄웠다. 낚시를 하기엔 매우 알맞은 날씨였다. 날씨는 흐렸지만 바람도 불지 않았고 깊은 수중까지 들여다보일 정도로 물은 맑고 잔잔했다.

그런데 갑자기 배가 요동을 쳤다. 조그만 낚싯배는 균형을 잡지 못했고, 남매는 그만 물속으로 빠지고 말았다. 김성식은 헤엄을 쳐 가까스로 육지로 나왔으나, 동생은 보이지 않았다. 동생을 잃고 반쯤 넋이 나간 상태가 된 그는 파도에 밀려올지도 모를 동생의 시체라도 거두려고 해안을 미친 듯이 뱅뱅 돌고 있었다.

몇 시간이나 지났을까. 자리를 뜨지 못하고 있던 김성식은 어둠속에 그림자처럼 움직이는 뭔가를 발견하였다. 멀리서 보아도 사람인 듯 보인 그림자는 끙끙대며 허리에 끼고 온 물체를 백사장에 내려놓고, 한참

동안 주위를 두리번대더니 다시 물속으로 들어갔다. 순간 간첩이다. 하는 생각으로 오금이 저린 김성식은 움직일 수가 없었다. 한참 만에 정신을 차린 그는 물체를 향하여 조심조심 다가갔다. 백사장에 널브러진 동생은 다행히 여린 숨을 내쉬고 있었다. 급히 병원으로 옮겼는데…….

"깨어났겠지?"

털보가 말을 잇기도 전에 내가 다급하게 물었다. 목소리가 컸던지 주변 사람들의 시선이 모두 우리 쪽으로 쏠렸다.

"살긴 살았는데 그게……."

털보는 말을 끊었다. 살아있으면 됐어. 나는 안도의 숨을 내쉬며 속으로 중얼거렸다.

"그런데 형님, 이상하지 않아요? 바람도 불지 않았다는데 왜 배가 뒤집혔을까요?"

털보가 의문을 제기하는 순간 머리를 스치는 것이 있었다. 그날 우리는 잠수정의 배터리를 충전하기 위하여 디젤엔진을 돌렸다. 엔진을 가동하게 되면 잠수정 내의 산소가 급속히 소모되었다. 따라서 이때 잠수정은 수면으로 부상浮上해 해치를 열거나, 얕게 잠행한 상태에서 스노켈(snorkel)이라고 하는 공기 흡입관을 수면위로 뽑아내 함내 공기를 갈아주어야만 했다. 우리가 탄 잠수정은 육지로부터 아주 가까운 해안에 잠행하고 있었으므로 부상하여 해치를 열 상황이 아니었다. 그래서 후자의 방법을 택하여 함내 공기를 갈았던 것으로 기억되었다. 그렇다면? 나와 털보는 순간 같은 생각을 했고 서로 놀란 눈으로 마주 보았다. 디젤 엔진을 돌리면 일시적으로 큰 수압이 발생하여 주변의 물줄기는 소용돌이를 치게 되고 만약 가까운 곳에 배가 있다면 큰 물살의 영향을 받게 되었을 것이다. 우리가 기억하는 시각과 그가 낚싯대를 늘인 시각이 일치했다면 틀림없는 사고의 원인이 되었음직했다.

"그런데 왜 나를 찾는 거냐?"

떨떠름한 표정으로 내가 물었다.

"응, 그게……,"

잠시 주춤대더니 털보가 말을 이어갔다.

"오년이나 지난 일인데 이제 와서 무슨 이유로 찾으려 하느냐고 캐물었지요. 처음 발견했을 때 동생을 내려놓고 다시 물속으로 들어가는 모습을 본 그는 혼자서 오랜 시간 고민했다는 겁니다. 간첩이 틀림없는데 어찌되었든 동생의 목숨을 구해준 사람인데 차마 신고는 할 수는 없었대요. 그래서 주변사람들에겐 파도에 떠밀려온 동생을 병원에 옮겼노라고 돌려 말했다는군요. 그런데 기적적으로 목숨을 건진 동생이 그만 과거의 기억을 모조리 잃었다지 뭡니까? 자신이 누구인지도 모르고, 가족들을 전혀 알아보지 못하고 그러니 얼마나 답답했겠어요. 이민까지 결심했던 그는 어쩔 수 없이 주저앉았다 합디다."

이야기하다말고 털보는 새삼 화가 난다는 듯 얼굴도 모르는 김성식을 질타하기 시작했다.

"글쎄, 세상에 참 한심한 놈도 다 있더군요. 메일을 주고받다 안 사실인데 그의 탄생은 마치 개천에 용 나듯 했더라고요. 없는 집에 수재가 났으니 집안에 경사가 아니고 무엇이었겠습니까? 하여 그 김성식을 출세시키려고 피붙이가 모두 발 벗고 나서 뒷바라지 했다는데요. 없는 집안에서 어렵게 대학을 마친 그가 선택한 것이 이민이라 합디다. 뭐, 이

나라에서는 자신이 품은 큰 뜻을 펼칠 수가 없다나 뭐라나. 그게 어디 바른 정신을 가진 인간입니까? 남들이 가기 힘든 대학 나왔으면 저라도 집안을 잘 이끌고 나갈 생각을 해야지. 열심히 노력하여 그동안 뒷바라지기 한 부모 잘 모시는 것이 도리지. 안 그래요? 형님! 아무런 상관도 없는 내가 더 화가 치밀어 참지 못하겠습디다."

이야기의 중심이 본질에서 한참 벗어나 분노로 식식대는 털보에게 내가 다시 물었다.

"짜식! 열 내기는. 그래서 지금은 어찌 되었다든?"

"지가 별 뾰쪽한 수가 있겠어요? 고등학교만 마치고 마을금고에 취직하여 부모를 모시던 동생이 그렇게 돼버렸는데, 이민 갈 꿈을 접고 회사에 취직했다더군요."

"그러니까 임마, 그 사람이 왜 나를 찾는 거냐고?"

"그게 참 희한한데요. 형이 구해준 그 아가씨가 지금도 딱 한 가지는 기억하고 있다 하더라니 까요."

"무슨 기억 말이냐?"

"물속에서 자신을 구해 준 남자의 목소리를 말이죠. 그래서 자기 오빠에게 그 사람을 만나면 과거도 생각날지 모르니 찾게 해 달라고 줄곧 간청을 하고 있다는 겁니다."

그랬다. 여자를 옆구리에 끼고 물위로 숏구치면서 자꾸 말을 걸었던 기억이 났다.

— 의식의 끈을 꼭 붙잡으십시오. 호랑이가 물어가도 정신만 차리면 산다고 하지 않습니까? 사람의 목숨은 그리 쉽게 끊어지지 않는다고 합니다. 희망을 가지면 절망은 절대 달려들지 못할 것입니다.

그녀의 가물대는 의식을 되살리기 위해서 내가 무슨 말을 하고 있는지도 모른 채 나는 끊임없이 중얼댔다. 그녀를 백사장에 내려놓고도 한동안 말을 더 했다.

— 조금만 참으십시오. 당신을 구하러 누군가가 반드시 올 겁니다. 저는 더 이상 이곳에 머물 수없는 처지라 이제 가야합니다. 명심하십시오. 살려는 의지만 버리지 않으면 당신은 꼭 살아날 것입니다.

그녀를 만나면서 나는 풀 수 없는 수수께끼 속에 폭 빠진 느낌이었다. 그녀는 어떻게 서너 시간 이상을 물속에서 살아있었단 말인가?

인간이 수중에 머무를 때 받는 압력을 절대압이라 한다. 수압뿐만 아니라 대기압의 압력도 추가하여 받게 된다. 예를 들어 수심 30m로 잠수하면 수압 3기압과 대기압 1기압을 동시에 받게 된다. 바닷물에서 기준으로 한다면 수심 10m 마다 1기압씩 증가하니 내 기억으로 한다면 그녀는 8기압의 절대압력 속에서 5시간 이상을 견뎌냈다는 결론이다. 더구나 사람이 수중으로 하강하기 시작하면 압력이 증가하고 사람의 체내에서 폐쇄된 공기공간이 수축되는 압착현상이 발생한다.

스쿠버 다이빙에서 반드시 지켜야 할 규칙으로 계속적으로 호흡하는 것을 중요시하는 이유가 숨을 쉬지 않으면 허파가 팽창하여 손상을 입을 수 있기 때문이다. 그런데 그녀는 어떻게 숨을 쉬지 않고 오랫동안 견뎌낼 수 있었는지 생각할수록 불가사의했다. 내 상식으로 도저히 풀 수 없는 일이 눈앞에 벌어진 것이다.

그녀를 처음 만나는 순간 나는 또다시 놀랐다. 그녀는 내가 던진 인사말 한마디에 소개하지도 않았는데 나를 바로 알아보았다. 눈물을 가득 담은 눈길로, 감사하다는 그녀의 깍듯한 인사를 받자 오히려 내가 민망해졌다.

그녀와 만나는 동안 어느새 나는 낙천적인 본래의 내 기질로 돌아가 있었다.

'그래, 믿을 근거는 찾을 수 없지만 TV프로 '블랙박스' 에서 본 아이들처럼 그녀도 기적처럼 살아난 거야. 세상에는 정말 믿기지 않는 일이 종종 일어나니까.'

그렇게 생각하니 쉽게 믿어졌다. 그녀는 나를 만날 때마다 바다 속에 관하여 이야기해 달라고 조르곤 했다. 잘 알고 있는 바다에 관하여 이야기할 때마다 나는 신이 났다. 바다의 신비를, 풍광을, 그리고 바다 속에서 일어나는 피비린내 나는 생존투쟁에 관해서까지 세세하게 이야기해 주었다.

그녀는 특히 내가 그녀를 발견할 때 타고 있었던 잠수정에 큰 관심을 보였다. 잠수정을 한번만 타보면 원이 없겠다며 어린애처럼 나를 졸랐다. 그렇게만 할 수 있다면 그녀의 잃어버린 과거도 그녀의 의식 안으로 찾아들지도 모르겠다는 희망이 보였다. 나는 그녀의 소원을 들어주고 싶었다.

그녀에게 정신을 팔고 있는 동안, 털보는 하루에도 몇 번씩 전화를 걸어 나를 질책했다.

"형님! 시험이 코앞인데 도대체 어쩔 작정입니까? 이제 그만 만나십시오. 형이 무슨 휴머니스트라고……, 목숨 살려주었으면 됐지 잃어버린 기억까지 찾아주어야 할 책임은 없잖습니까? 참! 이상한 사람들 아닙니까? 물에 빠진 사람 건져주니 보따리 찾아내라고 한다더니 염치없는 사람들이잖아? 내가 괜히 일을 벌였나봅니다. 이번에도 시험에 실패하면 부모님 실망이 크실 텐데요."

나도 안다. 지금 나에게 가장 시급한 것은 취직이라는 사실을 말이다. 그러나 그냥 덮을 수만도 없는 일이라고 생각했다. 아무리 군작전중에 일어난 피치 못할 일이라 해도 그로인해 죄 없는 민간인이 피해를 당하지 않았는가. 그렇다면 책임을 지는 누군가가 반드시 있어야 정의로운 사회가 아닐까? 나는 자꾸 그런 자책에 빠져들었다.

막상 문제를 풀어보려고 해도 쉽지 않은 일이었다. 이미 오년이나 지난 일이었고, 내가 당시의 일을 양심고백 한다 해도 누가 곧이곧대로 믿어줄 것인가. 도리어 군사작전 중 이탈을 문제 삼아 나를 범죄인으로 엮을 것이 분명했다. 명확한 정황이 있음에도 불구하고 선의의 피해자가 늘고 있는 도무지 믿을 수 없는 현실의 권력에 기대고 싶지 않았다. 내가 할 수 있는 범위 안에서 그녀에게 도움을 주고 싶을 뿐이었다.

물론 모처럼 내가 결심한 공무원시험공부를 밀쳐두고 다른 일에 이리 골몰하고 있다는 사실을 알면 부모님의 실망은 매우 클 것이다. 제 앞가림 하나 제대로 못하는 놈이 오지랖 하나는 넓다며 화를 낼지도 모른다. 그러나 공무원 시험은 내년에도 후년에도 치를 수 있는 문제라고 스스로 결론을 내렸다.

어찌 되었든 그녀는 나를 의지하고 기억을 찾으려고 노력하고 있는데 그녀와의 한 약속이 더 우선이어야 한다고 생각했다. 살아가면서 작은 이익에도 약삭빠르게 행동하는 사람들은 이런 나를 보고 제 밥도 찾아 먹지 못하는 덜 떨어진 인간으로 취급할지도 모르지만 그런대도 상관하지 않겠다. 꼭 교과서대로 사는 것만이 후회 없는 삶은 아니지 않은가.

　그녀와의 약속을 지키기 위하여 후배들을 통해 수소문을 했다. 스쿠버동아리 후배 중에 하나가 문섬 주위에 잠수함을 타고 둘러보는 해저 관광이 생겼다는 사실을 알려왔다. 그녀가 바라는 소원을 이룰 수 있는 참으로 좋은 소식이었다.

　수중 경관이 빼어나다는 서귀포 앞바다! 그 바다 속 신비를 체험할 수 있도록 개발했다는 그곳에 그녀를 데리고 가리라. 가서 대국해저잠수함을 타고 수심 75m까지 그녀와 함께 잠수해야지. 저 깊은 곳에서 당신은 다섯 시간 이상 견디어 냈노라고, 그런 끈기를 가진 당신은 틀림없이 기억을 되찾을 수 있을 거라고, 그러니 절대 희망을 버리지 말라고 권하리라.

　특수섬유방탄아크릴로 된 전망 창을 통해 산호초군락과 아열대성어류의 모습이 어우러진 환상적인 분위기를 보여주고, 유영하는 스킨스쿠버들의 묘기를 감상하게 한다면 달아났던 그녀의 기억이 제자리를 찾을 수 있지 않겠는가!

　나는 그녀를 데리고 제주도 서귀포에 꼭 갈 것이다.

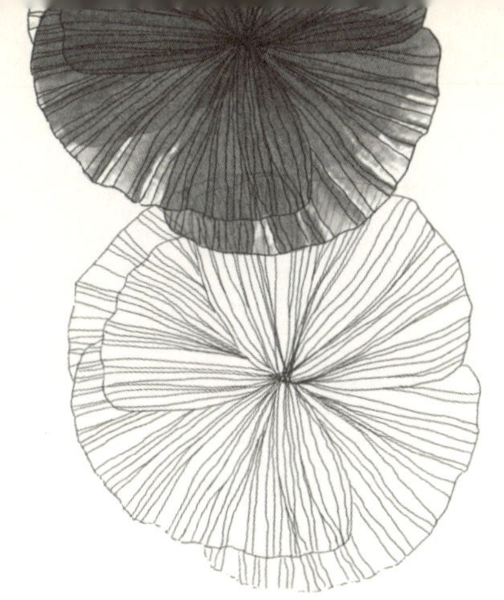
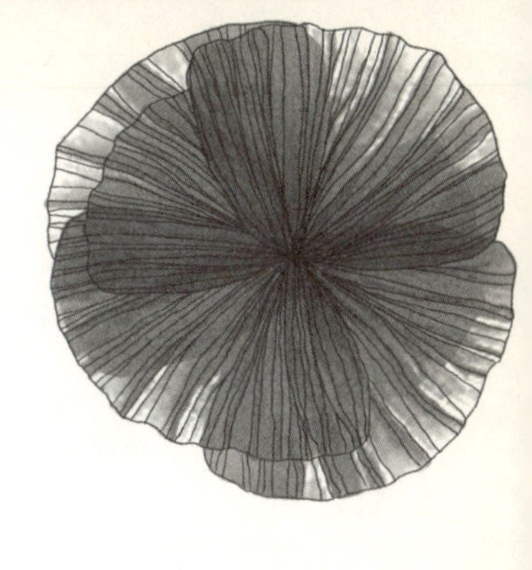

수數의 굴레

수數의 굴레

원장이 말한 카페 베티블루는 지하에 자리 잡고 있었다. 영화처럼 강렬한 이미지를 표현하고 싶었던지, 들어서니 벽이 온통 파란색이었다. 벽에는 커다란 영화 포스터가 나란히 걸려 있었는데, 파란 바탕에 클로즈업된 여주인공의 깊고 푸른 눈이 꽤나 도발적으로 보였다. 조그마한 등불로 밝힌 실내는 파란색 벽 색깔이 투영되어 비밀을 간직하고 있는 것처럼 느껴졌다.

나는 잠시 주위를 살피다가 포스터가 마주보이는 자리에 앉아 흘낏 시간을 확인했다. 오후 여섯시 삼분전이다. 약속시간을 얼추 맞춘 셈이다. 주위를 휘둘러보니 이른 탓인지 손님은 나 혼자였다. 그 때, 그녀가 들어섰다. 이곳이 처음인 듯 그녀도 한동안 주변에 관심을 쏟다가, 또각또각 경쾌한 하이힐 소리를 끌며 내 앞에 와 앉았다. 이미 나에 대해 모든 것을 꿰뚫어 알고 있다는 몸짓이었다. 몸을 뚫고 나오는 우수가 장막처럼 너울거리며 그녀와 나 사이를 에워싸고 있다는 느낌은 특별했다. 그녀는 인중이 빠진 그래서 조금은 백치 같은 표정으로 말없이 나를 건너다보고 있었다.

낮 시간이 많이 짧아져 여섯시가 조금 넘었는데 벌써 창밖은 어둠에 묻히고 있었다. 둘 사이의 침묵이 부담이 되는지, 그녀가 잠시 몸을 뒤척이더니 어렵게 말을 꺼냈다.

"우리의 문제를 얘기하죠."

꽤나 심각한 표정으로 말하는 그녀의 입을 바라보며 우리의 문제? 하고 나는 되뇌었다. 우리에게 무슨 문제가 있었던가? 그녀는 정말 모르고 나왔느냐며 어이없다는 표정을 지었다.

"남편이 얘기하지 않던가요?"

그녀가 송곳 같은 빛깔의 목소리로 빠르게 물었다. 고개를 끄덕이자, 난감하다는 표정을 짓더니 우리 술 한 잔 할까요? 했다. 스트레이트로 술잔이 돌았다. 술잔 속에 탐욕스런 원장의 얼굴이 떠올랐다.

고교 수학 반 2교시 강의를 막 마쳤을 때 원장이 나를 호출했다. 우람한 모습으로 위용을 자랑하는 접대용 응접세트에 자리를 권하는 원장은 다른 때와 달리 매우 싹싹했다. 탁자를 중심으로 십여 개가 빙 둘러 놓여있는 안락의자 윗부분에 원앙새가 쌍으로 새겨져 있었다. 그래서인지 고위층 관리의 접견실에 온 기분이 들곤 했다. 돈, 학력, 거기에 권력까지 탐하는 부유층 고객을 상대하자면 그에 맞는 분위기가 필요하다고 원장은 역설하지만 이곳에 들 때마다 거북살스럽기만 할 뿐 영 비위에 맞지 않았다. 고추 앉지 못하고 의자 끝머리에 엉거주춤 궁둥이를 들이밀며 나는 원장의 입만 건너다보았다. 한동안 뜸을 들이던 그가 입을 열었다.

— 차 박사! 아니 우리 오늘은 편하게 대화했으면 하는데 괜찮겠지요? 나이로 치면 내가 장형 쯤 될 터이니 말을 놓으리다.…… 자네를 보면 꼭 내 젊은 시절이 떠오른단 말이야. 나도 자네만한 나이 땐 꽤나 힘들었지.

발갛게 상기된 원장의 얼굴은 기름기가 번들거려 바라보고 있자니 자꾸 속이 느글거렸다. 체구에서 번져나는 탐욕과 입에서 나오는 말이 영 어울리지 않았다. 더군다나 그렇게 말을 놓을 정도로 정이 두터워진 사이도 아닌데 별스럽다는 느낌만 들었다. 자연히 나는 그의 입에서 나올 다음 말을 기다리며 잠자코 앉아있을 수밖에 없었다.

원장은 앞에 놓인 서류철을 뒤적이며 한동안 잠잠했다. 언뜻 넘겨다보니 나에 관한 서류였다. 아내를 통하여 제출했던 이력서에 붙은 명함판 사진은 3분 만에 나온 것이어서 그런지 오랜 세월이 지난 것처럼 퇴색되어 있었다. 이력서 밑에는 성적증명서, 박사학위증명서, 그리고 그 밖에 학교에서 내게 주었던 증명들이 여러 장 더 붙어 있었다. 이 년 동안이나 백수 생활을 하고 있던 나에게 모처럼 들어온 취직자리에 아내는 남보다 하나라도 더 많은 서류를 붙이려고 안달을 했었다. 좌우로 안락의자에 얹힌 몸을 자발스럽게 흔들며 앞에 놓인 서류를 뒤적이더니 원장이 뜬금없이 물었다.

— 자네, IQ는 몇인가? ……. 박사 딸 정도면 우리 머리보단 훨씬 높겠지?

노골적으로 빈정대는 원장의 얼굴에 앞에 놓인 재스민 차를 흩뿌리고 싶었지만 꾹 참았다. 귀를 파고드는 아내의 앙칼진 목소리가 들렸기 때문이었다. 박사가 별 거래? 돈도 되지 않는 박사 학위만 부둥켜안고 있으면 뭘 할 건데? 강사 자리도 얻기가 만만찮았다고 강조하던 아내. 끝까지 다 뒤적이던 원장이 이윽고 고개를 들며 물었다.

— 자네도 어서 이런 학원 하나 운영해야 하지 않겠나?

아내는 신혼여행지에서 신부답지 않게 말했었다. 집을 장만할 때까진 아이를 갖지 않겠어요. 아내의 첫 목표가 1억이라고 했던가. 언제부터 억이란 수가 우리 생활 속 깊이 파고들었는지. 생각해 보면 그건 정치가나 재벌가의 책임이 크다고 할 수 있겠다. 거의 날마다 불거지는 정치자금이나 검은 돈은 상상을 초월할 액수였고, 그 세세한 내용을 앞 다투어 까발리는 언론 덕분에 우리는 수에 대해 점점 둔감해지고 있었다. 서민에겐 평생을 모아도 채워지지 못할 액수가 금방이라도 손아귀에 쥐어질 듯이 느껴졌고, 수에 대한 가치도 혼란스러웠다.

— 그래도 머리가 있는 사람이 세상 살아가기에 훨씬 낫더구먼. 그래서 하는 얘긴데……

웬일인지 원장은 말을 끌었다. 그러더니 앞 뒤 설명 없이 자신의 아내를 만나 잘 해보라고 했다. 뭘 잘하라는 것인지 도무지 이해가 되지 않았지만 나는 굳이 되묻지 않았다. 베티블루. 6시—. 한 번 더 장소와 시간을 확인해 주고는 평생 동안 기회는 여러 번 오는 게 아니다. 그러니 왔을 때 무조건 잡아라. 원장은 아리송한 말로 내 등을 떠밀었다.

식어버린 찻잔을 들어 올리려던 그녀가 멈칫, 건너다보더니 고르게 박힌 새하얀 치아를 드러내며 미소를 지었다. 그녀는 더 이상 어떤 말도 하지 않았다. 보드카 한 병이 바닥을 드러냈을 때, 그녀와 나는 카페를 나왔다. 주량이 별로 세지 않은지 그녀가 흔들리고 있었다. 위태롭게 건는 그녀를 부축했을 때 로즈마리 향이 강하게 전해 왔다.

내 한 쪽 어깨에 의지하고 걷던 그녀가 한 곳을 가리키며 손을 잡아끌었다. 꿈의 숫자 6자리가 당신을 꿈의 궁전으로! 제160회차 당첨 번호 06, 10, 18, 26, 37, 38 보너스번호 03 1등 당첨금액 2,415,673,600원. 빠르게 앞자리의 글자를 지워가며 새로운 글자를 만들고 있는 전광판의 현란한 불빛이 취기를 몰고 왔다. 내게 그런 행운이 찾아 들 거라는 기대를 가진 적이 없었기 때문에 눈길 한 번 주지 않던 곳이었다. 그런데 그녀의 마술에 걸린 것처럼 아무런 저항도 하지 못하고 판매소로 끌려 들어갔다.

"선생니임! 수학박사니까 우리보다는 훠얼씬 맞출 확률이 높겠지요? 우리 한 번 해 봐요."

그녀는 취한 몸짓으로 애교를 부렸다. 로또복권이 맞을 확률은 얼마나 될까? 계산에 따르면 1등 당첨 확률이 8백14만5천60분의 1이라 했다. 언뜻 느끼기엔 1등 당첨도 그리 어려운 일이 아니라는 희망이 보여서인지 네 평도 되지 않은 상점 안은 사람들로 가득 했다. 그러나 그들은 모른다. 우리가 복권에 당첨될 경우가 벼락을 맞아 죽을 경우보다 훨씬 낮은 확률이라는 사실을. 그들은 하나같이 심각한 표정으로, 이마에 깊은 주름을 잡아가면서 열심히 수를 조합하고 있었다. 마치 살쾡이가 덫에 걸려 버둥거리는 것처럼 수의 굴레 속에서 헤어나지 못하는 무리들. 그들은 절박감과 함께 비장함이 깃든 표정으로 꿈을 사고 있었다.

서너 장의 로또 슬립을 내게 건네준 그녀는 자신도 서너 장을 들고 간이 책상 한 쪽에 붙어서더니 표기하기 시작했다. 그녀는 무슨 꿈을 저 속에 담고 있는 것일까? 그녀에게서 분출되고 있는 까닭 모를 외로움이 전해져왔다. 무슨 이유로 그녀에게 끌려와 함께 있어야 하는지 마치 최면에 걸린 사람처럼 행동하고 있는 자신을 이해할 수 없었다. 원장과 그녀의 앞 뒤 생략된 말과 돌출된 행동을 이해할 수 없는데도, 그들의 말을 따라 행동하고 있는 자신에게 그만 화가 나서 나가자고 볼멘소리를 질렀다. 재촉에도 불구하고 그녀는 자신 몫의 슬립에 서두름 없이 기표를 한 다음 입력하여 나온 영수증을 내밀었다.

"선물예요. 당첨 되거든 술 한 잔 사세요."

손에 쥐어 주더니 잠을 새도 없이 택시를 잡아타고 휭 떠나버렸다. 그녀가 떠난 뒤 남은 로즈마리 향을 나는 오랫동안 흡입하며 서 있었다.

7차 교육과정이 발표되자 학원가에서 이상한 조짐이 일기 시작했다. 일부 학원들은 마치 본고사가 부활된 것처럼 선전하며 학부형들의 불안을 부채질했다. 원장도 다른 학원에 뒤질세라 강사들을 총동원하여 초등학생을 둔 학부모를 초청하여 '초등학생이 고교 수학을 공부하는 비법 공개 설명회'를 열었다. 학생이 찰까? 강사들은 반신반의했는데 추측은 보기 좋게 빗나갔다. 초등학교 오륙학년 생을 위한 '고교 수학 반'은 이틀 만에 정원이 다 찼다. 기존 강사들은 모두들 맡기 싫다고 고개를 저었다. 원장은 내가 가진 박사라는 미끼로 학부형들에게 덫을 놓을 작정으로 나를 선택했음에 틀림없었다.

집에 돌아오자 아내가 기다렸다는 듯이 물었다.

"오늘 원장 사모님 만났죠?"

그걸 어떻게 아느냐며 눈을 동그랗게 뜨자, 아내가 쉬지 않고 떠벌였다.

"만날 때마다 놀라곤 해요. 하긴 돈이 많다고 인생이 다 행복한 건 아니겠지만요. 평범한 곳에 행복이 깔려있다는 말, 참 실감한다니까요."

요령부득인 아내의 말에 잠시 어지럼증을 느꼈다. 아내가 평소 나를 위한답시고 원장 댁에 들락거리는 것을 알면서도 막지 않았던 것이 마음에 걸렸다. 아내는 뭔가 더 얘기하고 싶어 하는 것 같았으나, 듣고 싶지 않아. 피곤해! 하고 아내의 뒷말을 끊어 버렸다.

아내와 관계를 가진 것이 언제였는지 기억할 수도 없었다. 아내의 주장대로 억이란 돈이 아직 모아지지 않았기 때문에 나는 아이를 원할 수조차 없었다. 그러자니 피임을 할 수 밖에 없었는데 아내는 피임약은 절대 먹지 않겠다고 했다. 그렇다면? 하고 묻자 아내는 '배란 주기 피임법'을 하겠다고 말했다. 전폭적인 도움이 필요하다는 설명에 처음에는 열심히 섹스만 해 주면 되는 줄 알았다. 그런데 그게 아니었다. 모처럼 성욕이 달아올라 가까이 다가서면, 오늘은 배란일 3일전이라 안 돼! 혹은 배란이 끝난 지 이틀 밖에 지나지 않았잖아? 하면서 사정없이 밀쳐냈다. 그러다보니 배란일이 무서워 성욕도 일지 않았고, 남근도 풀이 죽어 버리곤 했다.

어제 마신 술 때문에 잠긴 목이 풀리지 않아 콩콩 콧소리를 뱉었다. 바라보는 아이들의 눈길이 따가웠다. 저희들만 한 나이엔 넓은 운동장에서 신나게 뛰어놀아야 할 때가 아닌가. 축구장에서 혹은 야구장에서 뛰고 뒹굴며 쑥쑥 커 가야할 아이들이 지금 무엇을 위해 이 후덥지근한 공간에 갇혀 있어야 하나. 희멀끔한 얼굴들은 갈수록 누르스름하게 변해가고 표정조차 희미해져 갔다. 거기에 모자란 잠 때문에 하나같이 발

갖게 핏발 선 팔십여 개의 눈을 바라보노라면, 마치 가족 잃은 들개의 눈처럼 보여 왈칵 소름이 끼쳤다.

"오늘은 지수의 변천사부터 설명하겠다."

헛기침을 두어 번 한 다음 강의를 시작했다.

"처음에는 제곱, 세제곱 등 각각 다르게 불렀으나 14세기에 제곱에는 2, 세제곱에는 3, 네제곱에는 4라는 숫자를 써서……,"

거기까지 설명했을 때였다. 한 녀석이 번쩍 손을 들었다.

"샘! 지수나 로그는 어디에 써 먹죠?"

강의실 안이 와르르 난장판이 되고, 졸던 놈들도 눈을 번쩍 떴다. 녀석들에게 끌려가면 안 된다. 강의실 앞쪽에 매달려 강의하는 내용을 찍어대고 있는 카메라를 의식하며 천천히 아이들을 진정시켰다.

"지수, 로그, 미분, 적분을 몰라도 사는 데는 지장이 없다. 아니 너희들이 이미 알고 있는 덧셈, 뺄셈, 곱셈, 나눗셈을 몰라도 살아갈 수는 있다. ……"

생기를 찾은 아이들의 눈과 눈을 맞추며 예를 들었다. 공부하기 싫은 아이들에게 가끔 곶감을 던져 주는 것도 효과가 있으니까.

"너희들! 컴퓨터 게임 좋아하지?"

큰 소리로 대답하며 아이들은 금방 활기를 찾아갔다. 게임에서 많은 아이템을 가지고 있는 사람이 어떻게 되느냐는 질문에 많은 아이템을 가진 사람이 이긴다고 한소리로 대답했다.

"바로 그거야. 많은 수학적 지식을 갖게 되면 문제를 해결하기 위한 아이템을 많이 가진 것이나 똑같다는 거지!"

내 설명에 아이들은 겨우 수긍하는 것 같았다. 전개해 가는 강의가 허공을 떠돌고 있었다. 벽에 부딪쳐 메아리 없이 되돌아오는 반응, 먹혀들지 않고 있는 그들의 눈을 보면 막막해졌다. 가까스로 오십 분을 채웠다.

아이들이 화장실에 간 사이 복도로 나와 클라우드나인 한 개비를 피워 물었다. 단테의 신곡, 천국 편에서 담배 이름을 따왔다고 했다. 천계의 천사들이 하프를 뜯으며 노래하는 순간, 즉 세상에서 가장 행복한 순간을 맞이할 수 있다는 콘셉트로 지은 이름이라 했던가. 고급스러운 팔각외장에 마음이 끌려 즐겨 피우던 에쎄라이트에서 근래에 바꾼 담배 맛이 오늘은 유난히 썼다. 한 모금 깊게 들이마셨다. 코를 통해 다시 나온 연기가 창문의 조그만 틈으로 잽싸게 빠져나갔다.

수학을 무척 싫어하던 내가 수에 폭 빠지게 된 계기가 언제였던가? 중학교 1학년 내내 수학 시간엔 만화책을 읽었고, 시험 때는 연필을 굴려 답을 썼다. 2학년에 올라 새 담임은 여선생님이었다. 그녀는 동양란 꽃처럼 가냘팠고 청순했다. 담임은 사내애들이 모인 교실에 묘한 향기를 내 뿜었고 향긋한 냄새에 가슴은 마구 뛰었다. 그런데 불행하게도 그녀는 내가 가장 싫어하던 과목인 수학을 담당했다.

그 때부터 시작된 내 노력은 지금 생각해도 참 가상했다. 담임 눈에 들기 위해서 시작된 막고 품는 식의 공부, 수학 문제를 풀지 않고 문제와 답을 외웠다. 같은 문제가 나오면 점수가 올라가고 응용되어 나오면 뚝 떨어지는 그네뛰기 식 점수를 보며 담임은 고개를 갸우뚱거리곤 했다. 그러는 동안 나는 수의 마술에 점점 빠져 들고 있었다. 어쩜 담임은 고단수의 덫을 내게 걸었는지도 모르겠다.

시계를 보았다. 오후 네 시 삼십분. 2교시 강의를 시작할 시간이다.

창 너머로 교실을 넘겨다보았다. 강의 중에는 병든 닭처럼 고개를 처박고 있던 아이들이 생기를 찾고 조잘대고 있었다. 저런 모습은 천생 아이들이었다. 누가 저들을 고등학생으로 격상시켰는가? 도대체 누가? 미간을 찌푸린 채 교실로 들어갔다. 덮어 놓았던 책을 펼치는 소리, 의자를 앞으로 당겨 앉으며 내는 삐꺽거림 등으로 소란스럽던 실내가 조용해졌다.

수업을 마치고 막 강의실을 나오려는데 핸드폰이 삐삐거렸다. 폴립을 열자, 환히 밝혀진 창에 문자가 떴다. '베티블루예요. 왜 오시지 않나요?' 순간 폰에서 로즈마리향이 물씬 풍겨 나오는 듯 했다. 만나자는 약속을 한 기억도 없는데 그녀는 왜 기다리고 있는 것일까? 이유도 모른 채 베티블루로 향했다.

그녀는 어제처럼 커다란 영화포스터가 걸려있는 벽 쪽에 앉아있었다. 들어서는 나를 바라보는 그녀의 눈이 여주인공의 눈처럼 도발적으로 번득였다. 무슨 잘못이라도 저지른 사람처럼 그녀 앞에 앉았다. 어느 순간 그녀는 표정이 밝아지며 미리 시켜놓은 칵테일을 권했다.

"한 달 동안이라고 남편과 약속했지요. 그 동안 선생님의 허락을 받아내지 못하면 단념하겠다고요."

어젯밤 아내처럼 이해되지 않는 말을 그녀가 했다. 내게서 어떤 허락을 원하는 것인가? 그리고 또 무엇을 단념한다는 말인가? 혼란스러워 어떤 말도 하지 못하고, 앞에 놓인 술을 들이켰다. 술이 들어가자 프리즘을 통과한 일곱 개의 무지개 색이 눈앞에 번져 올랐다. 그들이 놓은 덫의 색깔은 빨강일까, 파랑일까, 보라일까?

"선생님은 왜 수학자가 되셨나요?"

뜬금없는 그녀의 물음에 나는 픽 웃었다. 수는 보지도 만지지도 못하는 환상의 세계에 존재하는 기호에 불과했다. 그러나 연산이라는 바탕 위에서는 서로 굳게 뭉쳐있었다. 그림자와 같은 기호에 지나지 않으면서 독자적 생명을 지닌 존재, 환상과 현실의 세계를 넘나드는 마술사의 양면성을 지닌 야누스적인 존재가 바로 수였다. 실제로 아무 형상도 갖고 있지 않은 수는 숫자라는 매개체를 통하여 그 신비성은 드러냈다. 그런 수의 신비를 체험하지 못한 그녀에게 수의 매력을 이해시키기는 힘들었다. 그래서 얼른 말머리를 돌렸다.

"어제 제 아내를 만났나요? 무슨 일이었지요?"

순간 그녀의 얼굴에 두려움이 스쳐 지나갔다. 나를 제외하고 그들은 한데 뭉쳐 도대체 무슨 일을 꾸미고 있단 말인가? 고개를 숙인 채 한동안 말이 없던 그녀가 결심한 듯 입을 열었다.

"결혼한 지 십 년 째예요. 그런데……."

품질 좋은 정자를 원한다. 돈은 원하는 만큼 주겠다. 그 대신 비밀을 보장해 달라. 토를 달고 나서는 그녀에게 미친 소리 하지 말라고 버럭 소리를 질렀다. 어떻게 카페를 뛰쳐나왔는지 기억이 없었다. 아무리 자식을 가지고 싶다 해도 어쩌면 그런 생각을 할 수 있단 말인가. 생각할수록 괘씸했다. 거기에 동조했을 아내가 더 얄미웠다. 한달음에 집으로 돌아와 아내의 면상에 주먹을 날렸다. 영문도 모르고 얻어맞은 아내는 징징거리며 달려들었다.

"내가 뭘 잘못했다고, 폭력까지 쓰고 야단이야. 야단이. 뭘 맞을 짓을 했느냐고?"

"구구로 입 다물지 못해! 제 정신이 아닌 사람들과 작당해 미친 짓에 동조했으면서 무슨 할 말이 남아있냔 말이야!"

씩씩거리며 몰아대는데도, 아내는 웬일인지 별다른 마음의 동요도 드러내지 않고 침착했다.

"원장 부인이 울면서 사정하는데 같은 여자 입장에서 외면할 수 없었단 말이야. 십 년이나 아기가 없어 애를 태웠는데 알고 보니 원장이 무정자증이래. 요즘 병원에 가면 정자은행에서 쉽게 얻을 수도 있지만 모르는 씨를 받기는 싫대."

도대체 무슨 생각을 하는지 점점 아내가 무서워졌다. 그것이 무얼 뜻하는지 번연히 알고 있으련만 그에 동조했다니 사람 같지 않았다.

"그래, 나더러 씨앗 장사를 하라고? 당신, 돈에 환장했어? 제 정신이야?"

"그래 나 돈에 환장했다. 그렇다면 어쩔 건데? 나도 남들처럼 아이를 갖고 싶단 말이야. 엄마 소리를 듣고 싶다고!"

징징대며 달려드는 아내를 밀치고 밖으로 뛰쳐나오니 가을비가 내리고 있었다. 노란 단풍잎으로 갈아입고 자태를 뽐내던 은행나무 잎들이 바람에 떨어져 가을비에 축축하게 젖어가고 있었다. 얼마나 쏘다녔던지 온 몸이 흠뻑 젖었다. 몸이 떨려오고 견딜 수 없도록 한기가 몰아쳐 따뜻한 곳에서 마시는 한 잔의 칵테일이 그리웠다. 어느새 나는 카페 베티 블루 문 앞에 서 있었다. 독한 진이 첨가된 칵테일 한 잔을 주문하고 의자에 깊숙하게 기대어 앉았다. 오래전에 이곳을 떠났을 터인데도 그녀가 남긴 로즈마리 향이 아직도 공간을 부유하는 듯했다. 나는 오랫동안 그 자리에서 혼자 술을 마셨다. 포스터 속 파란 바탕에 클로즈업된 여주인공의 깊고 푸른 눈이 안쓰럽게 나를 내려다보고 있었다. 술은 독하고 매우 썼다.

모든 사실을 이미 알고 있을 터인데 나를 대하는 원장의 태도는 심상했다. 전과 다름없는 그의 태도에 도리어 내가 안절부절못했다. 당장 학원을 그만두어야겠다는 마음이면서도 선뜻 사표를 던지지 못하고 있는 자신에게 더 화가 났다.

원장은 새로 불거진 문제에 고심하느라 잠시 그 문제에 관심이 멀어진 듯했다. 학부모들은 수학뿐만 아니라 영어 과외에도 목숨을 걸 듯 욕심을 부렸다. 그래서 원장은 미국 동부와 캐나다 출신 정통강사를 대폭 확보하여 원어민 방문과외를 실시하고 있었다. 그런데 갑자기 정부에서 영어체험마을을 만들어 어떤 상황에서도 영어를 자유롭게 구사할 수 있는 능력을 키우겠다는 교육프로그램을 발표하자 바짝 긴장하고 있는 참이었다. 그것도 강남이 아니라 강북에 들어설 계획이라는 보도에 강남에 있는 학원가는 술렁거렸다. 원장은 하루가 멀다 하고 열리는 대책회의 같은 모임에 참가하느라 정신이 없는 듯했다.

원장의 무관심이 오히려 나의 관심을 부추겼는지도 모르겠다. 아무런 연락이 없는 그녀가 궁금했다. 원장 집 전화번호를 돌리는 손이 웬일인지 자꾸 떨렸다. 신호는 가는데 받는 사람이 없었다. 그러자 불길한 생각이 내 머리를 스쳐 지나갔고, 나도 모르게 그녀의 핸드폰에 메시지를 남겼다.

'무슨 일 있는 건 아니죠? 베티블루에서.'

그녀가 베티블루 문을 열고 들어선 것은 한 줌 남은 빛이 어둠을 막 삼키고 있을 즈음이었다. 자리를 잡고 앉는 자리 뒤로 온통 파란색으로 장식된 탓인지 그녀가 금방이라도 증발해 버릴 것 같은 묘한 분위기를 풍

졌다. 마술사의 기압 소리와 함께 펑, 연기가 퍼지고 나면 사람이 온데
간데없어지는 그런 공간처럼 느껴졌다.

　그녀는 더 이상 내게 간청하지 않았다. 말이 없는 그녀를 건너다보며
나는 혼자 실소를 머금었다. 억이라는 돈이 없어 아버지가 되지 못하고
있는 나. 억 마리의 정자가 없는 남편 때문에 어머니가 되지 못하는 그
녀와의 동석이 참 희극적이라는 생각이 들어서였다. 내 미소에 희망이
보였던지 그녀도 덩달아 웃었다.

　처음에는 참 어색했다. 그녀의 얼굴을 똑바로 쳐다보며 섹스를 할 수
가 없었다. 그런데 차츰 나는 그녀에게 빠져들었다. 나는 지금 정자를
제공하고 있을 뿐이야! 섹스를 할 때마다 자신에게 되뇌어보지만 그 때
뿐이었다. 원장에게나 아내에게 느꼈던 죄의식도 점점 약해져갔다. 원
장에게는 커다란 수혜를 베풀고 있는 것으로 아내에게는 목표를 달성할
수 있는 기회를 주는 것으로 도리어 나는 당당해져 갔다.

　사실을 정확하게 알고 있는지 모르는지 원장이나 아내는 캐묻지 않았
다. 원장은 사업에 몰두하고 있다는 제스처로 나를 피했고, 아내는 별다
른 내색 없이 지켜보고 있었다.　억이라는 수의 굴레를 쓴 여자, 아내를
볼 때마다 온몸에 소름이 돋았다. 그래서인지 차츰 인간적인 그녀에게
정이 쏠렸다.

　다른 날과 달리 그날의 섹스는 마음과 몸이 일치되어 정점으로 치달
았다. 나뿐만 아니라, 그녀도 천상의 오르가즘을 느끼는 듯 했다. 그녀
가 내뱉는 알 수 없는 신음소리는 아주 오랫동안 계속되었다. 정자를 제
공하는 역할이 아닌 그녀의 남자가 되고 싶다는 생각까지 들었다. 끈끈

한 땀으로 범벅이 된 그녀를 다시 품에 안았다. 이렇게 빠져들면 안 되는데 걱정이 되면서도 그녀를 밀쳐낼 수 없었다.

"우리 조금만 더 있다 가요."

그녀도 미련이 남았던지 순순히 내 품을 다시 파고들었다. 아마 약속된 날짜가 다가오기 때문에 초조한 마음이었을 게다. 폭풍 속에 밀려 떠내려가듯 우리는 두 번째 정사를 치렀다. 어쩌면 살면서 그녀와의 시간을 잊을 수 없을 것이라는 우려가 슬며시 들었다.

주섬주섬 옷을 입는 그녀의 홍조 띤 얼굴에 잠깐 그늘이 지는 듯 했다. 무슨 할 말이 있는 듯 머뭇대던 그녀가 어렵게 입을 떼었다.

"사실 남편은 모르고 있어요."

이건 또 무슨 소린가? 그렇다면 내가 피의자가 될 수도 있는 상황이 아닌가? 원장과 한 약속이 문서로 남겨져 있는 것도 아니고, 확실하게 입증할 만한 참고인도 없는 마당에 간통죄로 몰린다면? 정신이 번쩍 들었다. 격양된 내 표정을 보며 그녀가 손사래를 쳤다.

"아니에요. 걱정할 일은 아니고……, 남편은 병원에서 정자 시술치료를 하는 것으로 알고 있어요. 그러니 우리가 입만 다물면 문제 될 것은 없어요."

"그렇다면 처음부터 그 방법을 택했어야죠. 이게 뭡니까? 사람을 가지고 논 것이 아니라면."

"미안해요. 아이에게 생명을 주는 건데, 딱딱한 수술대 위에서 기계를 이용하고 싶지는 않았어요. 선생님께 절대 해를 끼치진 않을 게요. 약속해요."

집으로 돌아오며 그들의 술수에 빠진 것만 같아 자꾸 불안하고 초조해졌다. 밤늦게 들어온 나를 맞이하면서도 아내는 별다른 내색을 하지 않았다. 내게 아무런 관심도 보이지 않는 아내의 얼굴을 보자, 불안이 화로 솟구쳤다.

"당신 나를 사랑하기는 하는 거야? 늦게 들어오면 바가지라도 긁는 것이 당연한 거 아냐? 그런데 당신 언제부터 그렇게 모든 것을 눈 감아주는 보살이 된 거야?"

"늦게 들어와 미안하면 아무 말 말고 잠이나 잘 것이지 되레 큰 소리는? 만만한 게 홍어 젓이라더니, 밖에서 당하고 들어와 집에서 화풀이하는 꼴이라니! 좀생이가 따로 없어!"

"뭐라고? 꼴? 좀생이? 지금 말 다했어?"

순간 나는 앞에 있는 전화기를 집어 던졌다. 전화기는 퍽 소리와 함께 두 조각으로 튕겨났다. 잠시 실내에는 무거운 정적이 감돌았다. 나 자신을 용서할 수 없는, 그래서 터져 나오는 분노였다. 박사를 따고도 직장마저 선택하여 갈 수 없는 현실에, 돈이 없어 남편 대접을 받지 못하고 있는 현재에 울분이 솟았다. 부조리한 사회, 부도덕한 인간관계에 깊이 빠져 버린 자신을 용서할 수 없었다.

"그게 나 혼자 잘 살려는 거야? 당신 눈에는 내가 쉽게 결정한 일인 것 같아 보여?"

아내의 넋두리 같은 소리도 듣기 싫어 서재로 피했다. 설핏 잠이 들었던가. 고환에서 빠져나온 셀 수 없는 많은 정자 떼가 꼬리를 흔들며 달려들었다. 자세히 살펴보니 활발하게 운동하는 정자들 사이로 비정상적인 모양을 갖고 있거나 제자리 운동만 하는 정자들도 많았다. 여름철 유인 등에 달라붙는 하루살이 벌레들처럼 내 몸에 달라붙는 정자를 떼어

내느라 땀이 흠뻑 젖었다. 그런 와중에 둘러보니 내가 떼어낸 정자들을 커다란 망태기에 쓸어 담는 사람이 있었다. 얼굴의 반 쯤 모자로 눌러 쓴 사람의 뒷모습이 눈에 익었다. 나는 그가 들고 있는 망태기를 빼앗으려고 안간힘을 썼다. 그도 빼앗기지 않으려고 애를 썼기 때문에 그만 망태기가 두 동강으로 찢어지고 말았다. 그 바람에 땅으로 쏟아진 정자 떼들은 모두 죽었는지 움직이지 않았다. 그러자, 핏발 선 눈으로 나를 쏘아보던 원장이, 유치장에 처넣어 버릴 거야! 낮게 읊조렸다. 어느 새 다가온 아내와 그녀는 도와달라는 간절한 내 눈길을 낯선 얼굴로 외면하고 있었다.

간밤의 뒤숭숭한 꿈 탓인지 아침부터 신경이 곤두섰다. 자꾸 불길한 예감이 들어 그녀에게 전화를 했지만 핸드폰은 꺼져 있었다.

강의 시간 중에 원장이 나를 호출했다. 급한 일이 아니면 강의 시간 중에는 호출하지 않는 것이 불문율로 되어 있는데 별 일이라는 생각을 하며 원장실로 올라갔다. 원장은 벌겋게 상기된 표정으로 기다리고 있었다. 말없이 쏘아보는 눈길이 심상치 않았다.

"나쁜 새끼! 먹물 많이 먹은 인간치고 믿을 놈 하나 없다니까."

"무슨 일인지! 말씀이 지나치지 않습니까?"

"지나쳐? 흠! 곧 죽어도 영예롭게 죽겠다? 좆같은 새끼!"

원장은 내 앞에 종이 한 장과 몇 장의 사진을 던졌다. 종이에는 그녀를 만나 섹스를 했던 시간과 장소가 빠짐없이 적혀 있었다. 그렇다면? 갑자기 뒤통수를 얻어맞은 듯 얼얼했다. 탐욕이 가득 담긴 원장의 두툼한 입술에서 흘러나온 소리가 허공 속으로 퍼져나갔다.

"다시는 아내 앞에 나타나지마! 지키지 않으면 간통죄로 감방에 처넣겠어. 알아들어? 그리고 마지막으로 내 충고 하나 해 주지. 인생은 수학 공식처럼 간단하게 풀 수 있는 게 절대 아니거든! 영리한 머리로 도대체 뭘 배운 게야!"

정신없이 뛰쳐나온 거리에는 비에 젖은 낙엽이 바람에 이리저리 흩날리고 있었다. 은행나무 가로수들은 잎을 다 떨어뜨린 채 발가벗은 몸으로 떨고 서 있었다. 나는 그 나무 밑에서 바람을 등진 채 미친 사람처럼 크크, 소리 내어 웃었다.

사랑, 동물적 본능, 인간애의 진화 방정식

송하춘

(작가 · 고려대 명예교수)

먼저, 이 책의 타이틀 롤로 제시한 「수레국화꽃」을 분석하는 것으로 글머리를 열고자 한다.

「수레국화꽃」은 총 8개 항으로 구성된 단편소설이다. 항을 달리하면서 어머니와 아들이 번갈아 서술자의 역할을 담당하는데, 그것은 탁월한 실험정신의 소산이다. 단편에서 서술자를 교차하는 일은 작가의 모험 없이는 단행할 수 없는 용기를 수반하기 때문이다.

그 대신 그런 실험에는 아무나 해내지 못하는 위험이 따르는데, 「수레국화꽃」은 처음부터 큰 실수 없이 작가가 의도한 효과를 충분히 살렸다. 이 점에서 노령은 타고난 이야기꾼임을 믿는다. 탁월한 소설가임에 틀림없다. 이야기의 앞뒤를 짜 맞추어 한 편의 소설을 겨우 꾸려내는 초심자가 아니라, 자기가 하고 싶은 이야기를 형식에 얽매이지 않고 훌훌 털어낼 줄 아는 아주 넉넉한 이야기꾼의 모습을 한껏 발휘하였다.

같은 예로, 「해삼과 불가사리」의 독특한 이야기 서술방법도 노령소설의 매력이다. 이 작품도 결국 5개의 각각 다른 항을 하나의 이야기로 연결하는데, 그 창의적인 노력이 돋보였다.

이야기의 마디마다 앞에 동물의 보호색을 예시문으로 제시하고, 본문에서는 그와 관련된 어떤 연애이야기를 펼친다. 가령 첫 번째 항에서, 작가는 맨 앞에 해삼과 불가사리의 천적관계를 예시문으로 제시한다. 불가사리가 공격하자, 해삼은 자신의 내장을 다 쏟아내어 생명을 보존하더라는 TV화면의 한 장면이다. 그리고 그 수중생물들의 위장술에 값하는 화자의 어떤 이야기를 전개하는데, 내용은 색각이상자가 미술학도 애인을 사귀다가 자신의 색각에 문제가 있는 것이 발각되어 헤어진다는 것이다. 같은 방법으로 두 번째 항에서는, 야행성 동물의 변신을 예로 들어 색맹인 그가 군대에 무사히 입대했지만, 다시 색맹 때문에 교통사고를 당하고, 교통사고에 힘입어 오히려 두 번째 여자를 만난다는 이야기이다. 세 번째 항에서는, 곤충들의 위장술을 예로 들어 그녀와 헤어지는 이야기, 네 번째 항에서는, 문어의 변신술을 들어 자신이 교사가 되고, 여자를 만나고, 헤어지는 이야기. 다섯 번째 항에서는, 인도네시아의 포식물고기를 예로 들어 다시 네 번째 여자를 만나는 이야기이다.

이 세상 모든 이야기의 주종은 남자와 여자가 만나고 헤어지는 구조이다. 「해삼과 불가사리」 또한 남녀가 만나고 헤어지는 이야기이지만, 그럼에도 불구하고 이 소설은 이야기하는 방식이 다르다. 경쾌하고 솔직하고 아름답고 슬프고, 그런 감정을 그는 해중생물의 보호색을 동원하여 비유를 해내는 것이다. 남녀관계란 어쩌면 해삼과 불가사리처럼 천적관계인지도 모른다. 그런 천적관계의 삶도 결국은 위장과 변신과 지혜를 발휘함으로서 각각 안전하고도 행복한 삶을 누리며 세상을 아름답게 꾸려간다. 노령의 이야기솜씨가 그걸 해냈다.

노령의 소설은 언제나 오늘의 문제가 중첩된 사건의 현장에 굳건히 서있다. 시간을 거슬러 올라가 함부로 역사 속을 방황한다든가, 근거 없는 공상과 망상으로 미래를 점친다든가 하는 일은 노령의 소설에는 없다.

「수레국화꽃」은 그가 사는 오늘의 사회를 기술사회와 물질사회로 규정한다. 기술과 물질이 현대사회를 이끌어가지만 그러나 그 기술과 물질로 인해 인간은 피폐해지기도 한다. 「수레국화꽃」은 바로 그 기술과 물질만능이 야기하는 한 가정의 붕괴를 다룬 점에서, 이 소설이 문제의 중심에 서있음을 입증한다. 그것은 서술자가 교차하는 이야기 솜씨에 힘입어 시너지 효과를 더하는데, 잠깐 요약하여 제시하면 다음과 같다.

먼저 어머니의 시점으로, TV화면에서는 올림픽에서 금메달을 딴 체조선수가 효자로 각광받는 장면이 연출되고, 그것은 현재 대학 강사 자리를 박차고 나온 자신의 아들과 오버랩 된다. 다음 아들의 시점으로, 다시 화면은 방금 체조선수의 아버지와 자신의 아버지를 오버랩 시킨다. 체조선수의 우승은 선수의 아버지를 살려냈지만, 아들의 실직은 아버지의 죽음을 막지 못하였다. 남편의 자살과 자식의 실직은 이 시대 우리사회의 풍속도로 문제시 되고 있는 가부장의 몰락을 의미한다. 어머니의 가정은 가장이 실재하면서도 역할부재의 몰락현상을 빚고 있는 투명가장의 사회가 되고, 아들과 아버지의 가정은 이미 검은 돈과 기술에 밀려 파괴된 부조리의 사회가 되고 말았다.

「수레국화꽃」의 경우 그래서 '아버지의 자살은 사회적 타살이다.' 라는 문제로 발전한다. 회사에서 아버지의 꿈은 자연친화적인 자동차를 개발하는 것이었다. 꿈은 실현된다. 그러나 누군가 해킹을 하려한다는 소문이 나돌고, 회사의 비밀을 빼낸 불법기술이라는 모함에 휩쓸린다. 우울증과 자폐증에 시달린다. 자살로 이어진다. 기술개발의 꿈과 정보유출의 좌절과, 그로 인한 우울과 자살은 현대 물질사회가 야기한 가장 큰 병리현상임을 지적한 것이다. 먹고 살다 보니 결국 그 먹고 사는 일에 먹혀 죽게 된다는 역설은 우리 소설사가 이미 오래 전부터 흥미롭게 다뤄 온 주제였다. 과도한 노동으로 인해 생명을 잃어가는 것을 뻔히 알면서도 또 인력거를 끌지 않을 수 없는 주요섭의 「인력거꾼」, 곰국 한 그릇을 벌어다가 마누라를 살려야 하는 그가 결국 너무 많은 손님들이 밀리는 바람에 그만 때를 놓치고 마누라를 잃어야 하는 현진건의 「운수좋은 날」이 바로 살기 위해 죽어갈 수밖에 없었던 가난한 현실이었다. 오늘의 물질만능주의를 살아가는 아버지의 자살이 사회적 타살일 수밖에 없는 이유가 거기 있다.

「울밑에 선 봉선화야」는 한반도에 들어와 사는 연변동포들의 디아스포라 현장이다. 연변에 두고 온 병든 아버지, 아버지의 병원비를 벌기 위해 한반도로 건너온 어머니, 잇단 어머니의 실종, 어머니를 찾아 나선 딸, 성적 피해, 생명경시, 무관심, 불법체류, 강체출국, 절도, 도주 등등 연변동포들이 한반도에 건너와 적응하지 못하고 죽어가는 이야기를 생생하게 다루고 있다. 그런가 하면「습작인생」은 한때 부동산을 투기하여 번 돈으로 어린 손자 손녀들의 조기유학을 돌보느라고 필리핀에 건너가 살고 있는 졸부들의 속물적인 삶의 현장이고,「數의 굴레」는 줄기세포가 이슈로 떠오른 오늘에 불임과 수임의 문제를 놓고 한 번쯤 다루어볼만한 인공수정의 문제를 다루고 있다. 경제력은 풍요롭지만 아이가 없어 아이 갖기를 원하는 어느 불임부부, 그런가 하면 아이를 갖고 싶지만 돈이 없어 아직 아이 갖기를 미뤄온 어느 신혼부부. 이들의 상반된 욕망을 절묘하게 대조시킴으로서 인간과 기계 사이에 놓인 운명적인 욕망이 흥미롭다.

　노령의 소설 속에는 의지의 여인들이 들어있다. 기술만능, 황금만능주의가 판을 치는「수레국화꽃」에서 아버지가 자살하고 아들이 실직한 가정을 이끌어가는 주체는 어머니의 힘이다. 부조리한 사회와 맞서 불합리한 현실을 이겨내는 인물은 어머니뿐이다. 남편의 자살이 단순한 개인적 패배가 아니라 사회적 책임이라고 파악할 수 있었던 것도 어머니의 힘이고, 아들의 실직이 단순한 무능 때문이 아니라 황금만능주의의 희생이라고 결단을 내린 것도 어머니의 용기이고, 동창회에 가서 장차 재벌가의 며느리이자 국회의원 사모님이 될 친구의 얼굴에 마지막 술잔을 끼얹을 수가 있었던 것도 다름 아닌 어머니의 힘이었다.
　그런가 하면「습작인생」에서는 어머니 대신 며느리의 힘이 살아있다. 며느리는 지금 시어머니의 속물주의에 밀려 아이들을 빼앗기고, 남편의 무관심에 방치되어 인간의 지위를 상실할 위기에 처해있다. 그녀는 마침내 소설창작을 시작하여 인간회복을 꿈꾸고, 이혼을 단행하여 자유로

운 여성을 선언한다. 이 시대 이 사회의 속물주의에 대한 위대한 결별이
다.

　노령의 소설을 끌고 가는 힘은 바로 이 의지의 여인들이다. 그것은 물
질만능시대를 살아가는 여성의 위대한 사회적 저항이다. 남녀와 노소가
불평등한 시집을 뛰쳐나와 스스로 인간을 찾아나서는 현대판 노라가 노
령의 소설 속에는 들어있다.

　이상, 노령은 이야기 솜씨가 창의적이다, 노령의 소설은 언제나 사건
의 중심에 서있다, 노령의 소설 속에는 의지의 여인이 들어있다, 말은
그렇게 하면서도 정작 우리가 노령의 소설에서 주목할 점은 그의 글감
이 매우 탁월하다는 것, 그것들을 취재하고 조사하는 자세가 거의 전문
가 수준급이라는 것이다. 노령의 글맛은 거의가 이 글감의 독특함에서
비롯되는 것인지도 모른다. 노령의 글감들은 어쨌든 여느 소설에서는
볼 수 없는 아주 특이하고 희귀한 소재만을 다룬다.

　「가면을 쓴 세 명의 연주자를 위한 고래의 목소리」의 그는 '골프공다
이버' 이다. 골프 칠 때 물에 빠뜨린 공을 건져 올리는 일이라고 한다. 젊
어서 한 때는 '돌고래쇼를 위한 훈련조련사' 였다. 그 동안 우리 소설에
서 흔히 보던 직종의 일들이 아니다. 거의 독창적이라 할 만큼 희귀한
일들이다. 글감이 독특한 만큼 작가의 발견도 매우 독창적이다. 돌고래
를 훈련시키는 과정에서 그는 돌고래의 강한 모성을 발견한다. 그 때부
터 그는 고래와 같은 포유동물을 함부로 포획해서는 안 되겠다는 생각
을 갖게 되고, 그것은 현 사회의 생명경시풍조를 질타하는 의식으로까
지 발전한다. 이야기는 다시 골프공 다이버 쪽으로 옮아가면서 오늘의

황금만능주의에 반기를 들기에 이른다.

그런가 하면 「어둠이 귀를 열다」에서는 개사육이 직업이다. 작가가 작품을 새로이 쓸 때마다 희귀한 체험을 구한다는 것은 일단 작가의 성실성을 말해주는 부분이다. 나아가 그것은 작가의 치열한 도전정신이기도 하다. 「어둠이 귀를 열다」에서도 작가는 개 사육을 통해 발견되는 동물의 특성을 특히 주목하는데, 이는 돌고래의 체험에 못지않다. 돌고래 조련이나, 개사육이나, 결국 이와 같은 동물적 본능이 다시 인간의 문제와 연결된다는 점에서 노령의 소설은 매우 큰 의미를 지닌다. 「어둠이 귀를 열다」에서, 개 사육장에 종사하는 나와 그와 쫑과는 아주 특별한 욕망의 삼각관계를 형성한다. 그는 내가 한 때 불같은 열정으로 사랑한 남자였다. 그는 카레이서가 되기 위해 속도훈련을 쌓는 중이었고, 내가 그의 훈련장을 방문했을 때 그의 달리는 차와 쫑이 부딪치는 바람에 그는 다리를 절단해야하는 불구자가 되었다. 그로 인한 그의 폐칩된 은거와, 나 때문에 다친 다리를 내가 고쳐주고 폐칩된 생활을 열어보겠다고 지금 그와 함께 살고 있는 것은 결국 내가 나를 가둔 함정에 불과하다. 그들은 지금 서로가 서로를 위해 파놓은 함정에 빠져있다. 철망을 빠져 달아나는 개가 도망치지 못하도록 그는 철망 밖에 허방을 세 개나 파두었다. 그 허방 속에 그는 지금 실제로 빠져있는 상태이다. 내가 구해주지 않으면 자력으로는 헤어 나올 수 없는 함정이다.

그는 쫑을 학대하지만 나는 쫑이 가엾고, 나는 그가 죽도록 사랑스럽지만 죽이고 싶도록 밉고, 그는 내가 죽도록 사랑스럽지만 또 죽이고 싶도록 밉고, 그것은 사랑과 동정에 묶여 사는 현대인의 인간관계이다. '치자색보다 더 샛노랗게 물들어가는' '암수 두 그루의 은행잎' 처럼 노령의 욕망은 강렬하다. 인간이 인간에게 품는 살의殺意까지도 일단 노령의 언어에 사로잡히면 그만큼 독해지는 지도 모른다.

"이빨 사이로 빠져나오는 분노가 깃든 그의 목소리에서 불현듯 깨달았다. 그가 도체의 배를 능숙하게 가르면서 나를 죽이고 싶은 심정을 다독였을지도 모른다는 사실을, 나는 부르르 진저리를 쳤다."

다시 「가면을 쓴 세 명의 연주자를 위한 고래의 목소리」에서는 돌고래의 모성을 통한 인간애가 그만큼 강렬하게 표현된 작품이다. 골프장에서 그는 골퍼와 사랑에 빠진다. 골퍼는 국제대회에 출전하고 싶지만 돈이 없다. 나는 골퍼를 돕기 위해 고래사냥을 나선다. 잡은 고래가 하필이면 새끼를 낳은 어미고래이다. 돌고래를 구할 것이냐, 골퍼를 구할 것이냐의 선택적 기로에 서서 갈등할 때, 이때 돌고래의 자살은 인간과 동물의 본성을 일치시킨 감동의 장면임에 틀림없다. 돌고래는 새끼에게 모유를 먹여야 하는데, 공연을 하게 되면 새끼에게 젖을 먹일 수가 없다. 마지못해 공연장에 나가지만, 물위로 떠올라 숨을 쉬어야할 고래가 떠오르지를 않는 것이다. 일부러 숨을 쉬지 않고 자살을 감행한 것이다. 모정을 견디지 못한 돌고래의 자살이다. 마침내 그는 어망을 찢어 돌고래를 구한다. 그것은 나아가 골프장 사장한테 옥죄는 골퍼를 구하는 일과 맞물려 어떤 휴머니즘을 발휘한다. 노령의 동물사랑. 자연보호, 인간애의 방정식이 바로 이와 같다.

노령의 동물사랑, 자연보호는 어찌 보면 현대사회의 황금만능주의에 대한 반론의 또 다른 표현이지도 모른다. 「탁란托卵」의 뻐꾸기 사랑을 읽으면서 그런 생각을 해본다. 젊어서 월경전중후군을 앓다가 아이를 얻지 못하고 양자를 들인 노부부. 폭식증환자에다가 저능아로 자란 양

자. 그럼에도 불구하고 지극정성을 다하여 양아들의 생명을 보호하는 모정은, 단순한 모성을 넘어 그 이상의 어떤 깊은 인간애를 말해준다. 가족을 위해 삼림 속에 황토집을 지어주고, 인디언의 원형적인 생활방식을 살다간 남편. 그들의 친환경적 생활방식은 어쩌면 「수레국화꽃」의 아버지가 개발한 자연친화적인 자동차 기술과 연결되며, 나아가 남편의 죽음을 몰고 온 기술만능주의에 대한 강한 반발로 이어진다.

이에 비해 「독毒」은 인간 욕망의 얽힘들이 훨씬 복잡하고도 절실하여 그 생명력이 한결 더 질겨 보인다. 이 소설은 어머니와 딸의 심리적 갈등을 스토리의 근간으로 삼고 있지만, 욕망의 분출과 억제라는 일종의 성적 트라우마로 표출되는 그것은 복어알의 독소만큼이나 강렬한 이미지를 담고 있다. 어린 시절. 그녀는 남편 없는 엄마의 무질서한 성생활을 목격하였고, 그로 인해 성을 죄악시하는 성 도착 증세를 보인다. 그리고 엄마의 무질서한 욕망분출과 딸의 병적인 욕망억제의 근저에는 아버지의 부재가 자리 잡고 있었다. 아버지 때문에 어머니는 욕망 결핍증세에 시달리고, 아버지로 인하여 딸은 성적 결벽증에 시달린다. 상반되는 모녀간의 트라우마 맨 밑바닥에는 다함께 아버지가 살아있는 것이다.

「독毒」에서 아버지의 부재는 복어 알로 대치된다. 얼굴도 기억 못 할 정도로 일찍 돌아가신 아버지, 발가락이 다 문드러져 없는 어머니, 그럼에도 불구하고 딸은 이유도 모른 채 '애비 잡아먹은 년!' 이 되어버린 그들 운명의 삼각관계 안에 복어가 자리 잡고 있는 것이다. '발가락은 왜 그렇게 되었는데?' 그 대답은 '복 먹고 죽을까 봐 밤새 자지 못하도록 끌고 다녀서' 이다. '복어에 독성이 없다면 사람들로부터 사랑을 받을 수도 없었을 거여. 그날 니 에비와 먹은 복탕은 정말 잊을 수 없는 환상적인 맛이었웅게. 그란디 그 밤, 중독된 나가 잠을 자면 죽으니께,' 복의 독기를 먹은 듯 아버지의 지독한 사랑을 잊지 못하는 어머니. 어머니의 무절제한 성생활조차 그것으로는 아버지를 잊을 수 없는 정, 사랑. 이때 어머니의 절규는 다음 한 마디뿐이다. '사랑하는 사람을 떠나보내는 지독한 아픔을 니년이 알기나 혀?'

한편, 뱃속에 든 아이를 위해 바다에 나갔다가 끝내 돌아오지 못한 아버지, '애비 잡아먹은 년!' 은 그렇게 시작된다. 뱃속의 아이만 죽으면 따라 죽겠다고 어머니는 독한 술을 사흘 동안이나 들이켰다. '그러니 이런 독한 어머니를 버리라고', 끈질기게 자라는 뱃속의 아이에게 어머니는 증오를 퍼부었다. 그래서 이제는 절대 '엄마처럼 살지 말라' 고 저주하지만, 집나간 딸은 다시 엄마 곁으로 돌아와 복어국을 끓인다. '죽어도 엄마처럼은 살지 않겠다' 고 집을 나갔지만 다시 '가슴과 거웃만을 수건으로 가린 당신이 그녀 앞을 지나친다. 순간 헉, 그녀는 숨이 막히고', '어머니가 사용한 목욕탕에서 강한 엄마의 체취' 를 느끼면서, 이제는 어머니를 위해 다시 복탕을 끓이는 그것은 운명적인 욕망이다. 사랑이다. 생명력이다. 인간의 살아있음이다.

이쯤에서 우리는 노령의 소설쓰기가 얼마나 방대한 자료를 섭렵했는지, 그 정보자료를 조사하는 작가의 탁월한 취재벽取材僻에 놀라지 않을 수 없다. 노령의 지식정보는 거의 전문가수준급이다. 골프공 다이버, 돌고래 조련사, 개사육 등 지금까지 우리는 노령소설의 소재가 얼마나 희귀한지를 언급해왔는데, 지금 말하려는 지식정보란 그것들과 또 다른 면이다. 가령, 「독毒」에서 복어국이 아주 희귀한 글감이라면, 이번에는 복어국을 끓이는 방법, 복어를 다루는 요령, 복어의 일반적인 속성. 생태. 복어알의 독성에 관한 자료들을 거의 전문가 수준급으로 조사하고 취재했다는 말이다. 노령의 소설은 대부분 이와 같은 지식정보체계의 제시라고 해도 과언이 아닐 것이다.

다시 「독毒」을 보면, 모녀의 성적 트라우마를 설명하는 데에 유난히 결벽증이 강한 식물 '우츄프라 카치아'가 등장하는 것을 볼 수 있다. 이때 '우츄프라 카치아'에 대한 작가의 지식정보는 완벽하다. '우츄프라 카치아'는 유난히 결벽증이 강해서 누군가 자신의 몸을 건드리면 죽는다고 한다. 그렇지만 무조건 남의 손이 닿기만 하면 죽는 것이 아니라 한번 건드린 사람이 계속해서 건드리면 그는 오히려 죽지 않는다고 한다. 직장에서 그녀를 탐내어 삼년 동안이나 그녀 곁을 맴돌던 Y라는 청년이 있었다. 그녀에 관한한 우츄프라 카치아 같은 존재였지만 그런 남자임에도 불구하고 그녀가 끈질기게 거부하자 결국 떠나버렸다는 것이다. 주체할 수 없을 만큼 강한 인간의 욕망과 그럼에도 불구하고 더욱 강렬하게 거부하는 결벽증을 대조시키면서 「독毒」은 어머니의 성적 욕망과 딸의 성적 욕망의 결벽을 강조하는 데 성공한다. 「독毒」은 작품 전체가 욕망의 독소로 가득 차있다.

그런가 하면 작가의 복어에 대한 연구 또한 더할 나위 없이 전문가 수준급이다. '복어는 산란기가 되면 종족번식을 위해 온몸에 독성을 가득 채운다고 한다. 복어의 본능적인 방어적 생태에 그녀는 잠시 머뭇댄다.' 복어 알의 강한 독성이 마침내 생물의 생명력으로 이어지는 대목이다. '네년이 감히 어떻게 복탕을 끓이겠다고…… 당신은 마치 자신의 영역을 침범한 치한을 몰아내듯이 그녀를 밀쳐낸다. 그러더니 익숙한 손놀림으로 복을 손질한다. 지느러미를 자르고, 등과 배에 칼집을 넣어 꼬리쪽에서 머리쪽으로 껍질을 벗겨낸다.' 그리고도 독을 씻어내기 위해서는 '복 한 마리에 물 한 섬'을 부어야 한다거나, '알을 까다가 죽은 복어의 명복을 비는 소리' 같은 말은 이 방면에 깊은 조사연구가 없이는 구사하기 어려운 매우 값진 정보자료가 아닐 수 없다.

이 밖에도 노령의 전문가 수준급의 취재벽은 이미 앞에서 언급한 거의 모든 작품에서 나타난다. 「수레국화꽃」에서는 '여름국화로 유명한 수레국화꽃은 수레바퀴를 닮았다 하여 붙은 이름이다. 청색, 홍색, 분홍색으로 피어나는데 보랏빛이 도는 짙은 수레국화꽃은 여름을 시원하게 해주는 매력 있는 꽃이다. 항균작용과 항산화작용을 가진 여름철 대표적인 건강꽃차의 재료라서.' 라든지, 「어둠이 귀를 열다」에서 벌레잡이 식물 네펜테스가 자기 몸 안에 동물을 가두어 녹이는 탁월한 비유를 하기까지, 노령의 취재는 방대하고도 유익하다. 뿐만 아니라, 같은 「어둠이 귀를 열다」에서 개사육과 관련된 치밀한 정보체계와 개 죽이기의 상세한 진행, 어린 개들의 중성화수술, 성대수술을 통한 욕망의 억제, 그것들은 마치 인간의 욕망과 억제의 수단으로 쓰이는 일련의 참고자료처럼 치밀하고 실제적이다.

"누군가가 지시하는 대로 따라하듯 내 손은 능숙하게 움직인다. 내장의 파열을 막기 위해 칼날을 도체의 바깥쪽으로 향하게 하여 배를 가르고 벌어진 배 안에서 생식기를 먼저 절개하고 내장 적출을 하는 과정을 반복하는 동안 나는 제정신이 아니었다. 작업을 다 마치고 내려다보니 손과 옷의 앞자락이 온통 피투성이다. 샤워기가 달린 호스를 피 묻은 손에 대고 수도꼭지를 튼다. 꾸륵꾸륵 소리를 내며 하수구로 빠져나가는 붉은 핏물을 보며 오랫동안 헛구역질을 한다."

작가는 이미 그의 「습작인생」에서 소설 창작에 미치는 경험의 중요성을 심도 있게 토로한 바 있다. 직접경험이든 간접경험이든 소설 창작은 일단 자기가 경험했던 모든 사실들을 토대로 하여 이루어진다. 아니다, 경험하지 않은 사실을 마치 사실처럼 표현한다는 것은 독자들에게 사기 치는 것이다, 라는 논제를 놓고, 경험 없이는 절대로 창작이 불가능하다, 체험의 중요성을 그만큼 강조한 바 있었던 것이다. 노령의 취재벽과 결코 무관한 발언이 아님을 실감하는 부분이다.

다시 글감의 희귀성과 독특한 취재벽에 대해 하던 말을 계속하자면, 「향香」에서 '황'이 하는 일은 도살장 작업이다. 소나 돼지를 식용으로 바꾸는 일이라고 한다. 그 전에는 타조 박피장 일을 보았었다. 도살장에 타조를 운반하는 일이다. 이와 같이 도살장에서 소를 잡은 일이나, 타조 껍질을 벗기는 일이나, 그 어느 것도 소설의 글감 치고 흔한 일은 아니다. 그것들은 그 자체로 독자들의 눈길을 끌기에 충분한 희귀적 가치가 있다고 보는데, 그럼에도 불구하고 다시 그것들을 다루는 방법이나 진행과정이 어찌나 치밀하게 조사되었는지, 노령 소설의 힘이 바로 여기서 나오는 게 아닌가 생각한다. 예컨대 「향香」에 제시된 지식정보 체계란 요약하면 이런 식이다.

여인은 남편이 닭 잡은 이야기를 할 때 그에게서 어떤 냄새를 맡는다. 남편에게서 나는 어떤 냄새는 영화의 한 장면과 겹친다. 수 백 명이 벌거벗은 채 끌려가는 모습. 수십 명의 여자들은 그들이 벗어놓고 간 옷 속에서 뭔가를 열심히 찾는다. 산더미처럼 쌓인 그들의 허물들. 그리고 피어오르는 연기. 황은 그 연기 속에서 살이 타는 노린내를 맡는다. 그것은 육체의 냄새이다. 전쟁터에서 맡는 육체의 냄새는 이번에는 사창굴에서의 육체 냄새와 겹친다, 그것은 성의 냄새이다. 동물의 수컷은 옹취가 난다고 한다. 옹취를 없애기 위해 생후 2-3주쯤에 거세시킨다. 이 정보에 대해서도 그는 전문가적인 조사를 해낸다. 황은 자살 직전의 여인을 만난다. 달콤한 여인의 콧김이 황의 몸 이곳저곳을 핥는다. 무슨 냄새죠? 그것은 여자의 색기色氣이다. 남편에게서 향수냄새가 난다. 그것은 여성용 향수냄새이다. 그 냄새의 근원을 찾아 남편의 여자를 찾아낸다. 남편에게 외면당한 여인은 박제된 타조에 불과하다. 「향香」은 냄새의 총 집합체이다. 여자의 냄새와 남자의 냄새, 육체의 냄새와 색기의 냄새, 살육의 냄새와 죽음의 냄새, 그것들이 어울려 뿜어내는 향香은 한 마디로 생명의 냄새이다. 죽음까지도 생명의 냄새이다. 이토록 더럽고도 치사하고, 위험천만하고도 건강한 냄새들을 동시에 풍길 수 있는 노령은 어떤 작가인가, 그의 생동감에 문득문득 읽는 이의 마음이 소스라쳐지고는 한다.

이 밖에도 「울밑에 선 봉선화야」는 이장移葬하는 장면. 유골 짜맞추기. 장례절차가, 「해삼과 불가사리」는 색각이상자의 불편함을 덜어주는 크로마텐 렌즈의 용도와 속성을 실속 있게 조사하여 제시하는가 하면, 또 한편으로는 반 고흐에 관한 모든 정보를 공부하여 아는 척하다가 결국 연인의 옷 색깔을 맞추지 못하여 들통이 나는 일까지 벌어지기도 한다.

이상, 노령의 단편 11편을 단숨에 독파하였다. 마지막 소감은 한 마디로 '충만' 이다. 그것은 용기라 해도 좋고, 희망이라 해도 좋고, 아니면 지식정보라도 좋고, 보람이라도 좋고, 어쨌든 국어사전에 나오는 어떤 단어 하나로 압축하여 말할 수는 없지만 그래도 뭔가로 꽉 찬 느낌이었다. 무엇을 어떻게 읽었던가, 다시 돌이켜보면 대충 다음 5가지 항목으로 요약할 수 있을 것 같다.

　첫째, 글쓰는 솜씨가 창의적이다. 둘째, 노령의 소설은 오늘의 문제가 중첩된 사건의 현장에 굳건히 서있다. 셋째, 노령의 소설 속에는 의지의 여인이 들어있다. 넷째, 글감이 매우 희귀하다. 다섯째, 노령의 지식정보체계는 거의 전문가 수준급이다. 이상 다섯 가지 중에서도 특히 네 번째와 다섯 번째 사항은 다른 데 아무 소설에서나 볼 수 없는 노령만의 큰 장점으로 기록될 만하다. 희귀한 글감의 취재, 해당 소설이 채택한 작은 화소들에 대한 전문가 수준급의 정보자료, 노령의 소설은 실로 이들 살아있는 정보자료들의 집합체이다. 그 중에서도 노령이 선택한 글감이나 지식정보는 대부분 동식물을 포함한 살아있는 생명체이다. 그들이 벌이는 생존경쟁, 보호색, 위장술, 성적 욕망들이 노령의 소설쓰기 망에 걸려들었을 때, 그것들은 다시 인간의 욕망과 삶과 생명체가 되어 약동하는 힘을 발휘하였다. 노령의 열정이 놀랍다. 소설쓰기에 임하는 그의 열정은 흡사 수류탄을 매달고 전장에 뛰어드는 병사들의 전투력과도 같다. 처음 만나보는 창작집 『수레국화꽃』을 통해 새롭게 노령의 힘을 발견할 수 있어서, 그만큼 내 기쁨도 컸다.